विश्वम्भरनाथ शर्मा कौशिक

1891–1945

विश्वम्भरनाथ शर्मा कौशिक का जन्म पंजाब के अंबाला शहर में हुआ था। हिन्दी, संस्कृत, उर्दू, फ़ारसी भाषाओं में मैट्रिक की पढ़ाई करने के बाद उन्होंने अपना लेखन शुरू किया। प्रारंभ में उर्दू में लिखते थे लेकिन जल्दी ही उन्होंने हिन्दी में लिखना शुरू किया। उनकी रचनाएं उस समय की प्रतिष्ठित पत्रिका सरस्वती में प्रकाशित होने लगीं, जिसमें किसी रचना का प्रकाशित होना उस लेखक की काबलियत का प्रमाणपत्र माना जाता था। कौशिक जी ने अपने जीवन में उपन्यास, नाटक, व्यंग्य, कहानियां–सभी विधाओं में लिखा। उनके अनेक कहानी संकलन प्रकाशित हुए। 'मां' और 'भिखारिणी' उनके बहुत चर्चित उपन्यास थे। 'ताई' के अतिरिक्त 'ननकू चौधरी' और 'भक्त की भक्ति' जानी-मानी कहानियों में से हैं जो इस संकलन में सम्मिलित हैं।

ताई और अन्य कहानियाँ

विश्वम्भरनाथ शर्मा कौशिक

संचयन व संपादन

सुरेश सलिल

शिक्षा भारती

₹ 165

ISBN : 978-81-7483-151-4

प्रथम संस्करण : 2014

TAEE AUR ANYA KAHANIYAN

by Vishwambharnath Sharma Kaushik

मुद्रक : दीपिका एन्टरप्राइज़ेज, दिल्ली

शिक्षा भारती

मदरसा रोड, कश्मीरी गेट-दिल्ली-110006

विश्वम्भरनाथ शर्मा कौशिक–एक कहानीकार के रूप में

आधुनिक हिन्दी कहानी के विकास में गुलेरी, प्रेमचन्द, प्रसाद के क्रम में एक महत्त्वपूर्ण नाम विश्वम्भरनाथ शर्मा कौशिक का है। काल-क्रम की दृष्टि से यह सभी, हिन्दी में एक आध साल के अन्तर से लगभग साथ-साथ आए और सभी ने अपनी विशिष्ट पहचान बताई। गुलेरी जी मात्र तीन कहानियाँ—'सुखमय जीवन,' 'बुद्धू का काँटा' और 'उसने कहा था'—लिखने के बावजूद, एक ही कहानी 'उसने कहा था' से अमर हो गए। 'प्रसाद' जी, छायावाद की वृहत्रयी के शीर्ष कवि और इतिहास दक्ष से समृद्ध हिन्दी के प्रथम गम्भीर नाटककार के साथ-साथ, गीतिमय मनोद्वन्द्व वाली आदर्शवादी कथा प्रवृत्ति के लिए अलग से पहचाने और रेखांकित किए गए, प्रेमचन्द यथार्थवादी जीवन दृष्टि के सिरमौर कथाकार के रूप में प्रतिष्ठित हुए, तो विश्वम्भरनाथ शर्मा कौशिक ने यथार्थ और आदर्श के समन्वय से उत्तर भारत के सामाजिक जीवन के बोलते चित्र अपनी कहानियों में उभारे और 'ताई' जैसी अमर कहानियाँ हिन्दी को दे गए।

विश्वम्भरनाथ. शर्मा कौशिक का जन्म सन् 1891 में अविभक्त पंजाब के अम्बाला शहर में हुआ था। उनके पिता का नाम हरिश्चन्द्र कौशिक था, किन्तु उनके निस्सन्तान चाचा श्री इन्द्रसेन ने उनके बचपन में ही उन्हें दत्तक (गोद) ले लिया था, अतः उनके साथ वे कानपुर चले आए और वहीं उनका पालन-पोषण, शिक्षा-दीक्षा हुई। विश्वम्भरनाथ जी ने हिन्दी, संस्कृत, उर्दू और फारसी भाषाओं के साथ मैट्रिक परीक्षा पास की और उसके बाद साहित्य-सृजन की ओर उन्मुक्त हुए। प्रारम्भ में उनकी रुचि उर्दू की ओर थी। उर्दू में उन्होंने छिटपुट लेखन भी किया, किन्तु जल्दी ही उन्होंने भाषा-माध्यम बदल दिया और हिन्दी की ओर अभिमुख हुए। हिन्दी की उनकी प्रारम्भिक रचनाएँ कानपुर के स्थानीय पत्र साप्ताहिक 'जीवन' में प्रकाशित हुईं, किन्तु जल्दी ही 'सरस्वती'-सम्पादक आचार्य महावीर प्रसार द्विवेदी की दृष्टि उनकी ओर गई। पहले उन्होंने कौशिक जी से कतिपय मंगल भाषा की कहानियों के अनुवाद हिन्दी में कराए, फिर 1993 में उनकी पहली मौखिक कहानी 'रक्षाबन्धन' सरस्वती में प्रकाशित की। उस ज़माने में 'सरस्वती' में प्रकाशित होना

किसी भी लेखक या कवि के लिए सबसे बड़ा प्रमाण पत्र माना जाता था। फलस्वरूप, 'रक्षाबन्धन' के प्रकाशन के साथ ही, एक कथाकार के रूप में कौशिक जी की प्रगति का पथ प्रशस्त हो गया। उसके बाद उन्होंने पीछे मुड़कर नहीं देखा सन् 1945 में उनका निधन हुआ और उपलब्ध तथ्यों के अनुसार, उनकी अन्तिम कहानी 'बदला', 'माधुरी' पत्रिका के अगस्त 1945 के अंक में प्रकाशित हुई। इस तरह कह सकते हैं कि श्री विश्वम्भरनाथ शर्मा कौशिक अन्तिम साँस तक साहित्य-सृजन में दक्ष रहे।

कौशिक जी का साहित्य-सृजन बहुभाषायी है। मूलतः कथाकार होते हुए भी उन्होंने नाटक और व्यंग्य और पत्रकारिक लेखन में भी हाथ आजमाया। बल्कि पुरुस्काकार प्रकाशन-क्रम में उनकी पहली प्रकाशित पुस्तक कहानियों की अथवा उपन्यास पर होकर नाटक है। सर्वप्रथम उनका पूर्णकालिक नाटक 'भीष्म' (1918 ई.) प्रकाशित हुआ और उसके एक वर्ष उपरान्त 'गल्प मन्दिर' नामक कहानी संग्रह आया। उनके प्रकाशित कहानी संग्रहों में 'मणिमाला', 'चित्रशाल' (2 भाग), 'कल्सोल', 'पेरिस की नर्तकी', 'ईश्वरीय दंड', आदि के नाम लिए जा सकते हैं। 'माँ' और 'भिसारिणी' उनके बहुचर्चित उपन्यास हैं और 'दूबेजी की चिट्ठियाँ' उनकी सामाजिक व्यंग्य रचनाओं का संग्रह है। कथेत्तर व्यंग्य रचनाएँ वे विजयानन्द दूबे के कल्पित नाम से लिखते थे। जैसा पीछे उल्लेख हो चुका है, उन्होंने प्रभूत साहित्येत्तर लेखन भी किया। इस श्रेणी में 'रुद्र का राहू' (रासयुतिन की जीवनी), 'जारीना' (रुद्र की रानी जारीना की जीवनी) तथा 'संसार की असभ्य जातियों की स्त्रियाँ' के नाम आते हैं। अन्तिम पुस्तक के लेख धारावाहिक और सचित्र रूप में 'प्रभा' पत्रिका में 1922 से 1925 के बीच प्रकाशित हुए थे।

कौशिक जी की कहानियों में मानव-हृदय की कामना वृत्तियों का प्रस्फुटन प्रभावशाली रूप में हुआ है। परिवार, समाज और अपने समय के राजनीतिक वातावरण को समेटते हुए उन्होंने चरित्र प्रधान और वातावरण प्रधान कहानियों के अच्छे उदाहरण प्रस्तुत किये। इस दृष्टि से 'ताई' की गणना हिन्दी की अमर चरित्र प्रधान कवि के रूप में दी जा सकती है। 'ननकू चौधरी' भी कौशिक जी की स्मरणीय चरित्र प्रधान कहानी है। वातावरण प्रधान कहानियों में 'भक्त की भक्ति', 'सबूत', 'वंचना', 'पाकिस्तान' आदि उल्लेखनीय हैं।

कहानियों की भाँति ही, 'माँ' और 'भिसारिणी' उपन्यासों में भी कौशिक जी ने अपनी यथार्थोन्मुख-आदर्शवादी जीवन दृष्टि के अनुरूप नारी-मन की कोमल वृत्तियों की प्रभावशाली और मार्मिक छवियाँ उकेरी हैं। उनकी भाषा तत्समप्रधान किन्तु सरल, प्रवाहपूर्ण और स्वाभाविक है तथा चरितात्मक, संख्यामत्मक एवं वर्णनात्मक शैलियों में उनकी कहानी-कला के दिगंत उद्घाटित हुए हैं।

आधुनिक हिन्दी कहानी के निर्माताओं में अग्रणी श्री विश्वम्भरनाथ शर्मा कौशिक की प्रतिनिधि कहानियों का यह समन्वयन निश्चय ही एक बड़े अभाव की पूर्ति करेगा।

—सुरेश सलिल

क्रम

ताई

"ताऊजी, हमें लेलगाड़ी (रेलगाड़ी) ला दोगे?"—कहता हुआ एक पंचवर्षीय बालक बाबू रामजीदास की ओर दौड़ा।

बाबू साहब ने दोनों बाहें फैलाकर कहा—"हाँ बेटा, ला देंगे।"

उनके इतना कहते-कहते बालक उनके निकट आ गया। उन्होंने बालक को गोद में उठा लिया और उसका मुख चूमकर बोले—"क्या करेगा रेलगाड़ी?"

बालक बोला—"उसमें बैठके बली दूल जाएँगे। हम भी जाएँगे। चुन्नी को भी ले जाएँगे। बाबूजी को नहीं ले जाएँगे। हमें लेलगाड़ी नहीं ला देते। ताऊजी, तुम ला दोगे, तो तुम्हें ले जाएँगे।"

बाबू—"और किसको ले जाएगा।"

बालक दम-भर सोचकर बोला—"बछ औल किछी को नहीं ले जाएँगे।"

पास ही बाबू रामजीदास की अर्द्धांगिनी बैठी थी। बाबू साहब ने उनकी ओर इशारा करके कहा—"और अपनी ताई को नहीं ले जाएगा?"

बालक कुछ देर तक अपनी ताई की ओर देखता रहा। ताईजी उस समय कुछ चिढ़ी हुई सी बैठी थीं। बालक को उनके मुख का वह भाव अच्छा न लगा। अतएव वह बोला—"ताई को नहीं ले जाएँगे।"

ताईजी सुपारी काटती बोलीं—"अपने ताऊजी को ही ले जा। मेरे ऊपर दया रख।"

ताई ने यह बात बड़ी रुखाई के साथ कही। बालक ताई के शुष्क व्यवहार को तुरन्त ताड़ गया। बाबू साहब ने फिर पूछा—"ताई को क्यों नहीं ले जाएगा?"

बालक—"ताई हमें प्याल (प्यार) नहीं करती।"

बाबू—"जो प्यार करे, तो ले जाएगा?"

बालक को इसमें कुछ सन्देह था। ताई का भाव देखकर उसे यह आशा नहीं थी कि यह प्यार करेंगी। इससे बालक मौन रहा।

बाबू साहब ने फिर पूछा—"क्यों रे, बोलता नहीं? ताई प्यार करें तो रेल पर बिठाकर ले जाएगा?"

बालक ने ताऊजी को प्रसन्न करने के लिए केवल सिर हिलाकर स्वीकार कर लिया; परन्तु मुख से कुछ नहीं कहा।

बाबू साहब उसे अपनी अर्द्धांगिनीजी के पास ले जाकर उनसे बोले—"लो, इसे प्यार कर लो, तो यह तुम्हें भी ले जाएगा।" परन्तु बच्चे की ताई श्रीमती रामेश्वरी को पति की यह चुहलबाजी अच्छी न लगी। वह तुनक कर बोली—"तुम्हीं रेल पर बैठकर जाओ, मुझे नहीं जाना है।"

बाबू साहब ने रामेश्वरी की बात पर ध्यान नहीं दिया। बच्चे को उनकी गोद में बिठाने की चेष्टा करते हुए बोले—"प्यार नहीं करोगी तो फिर रेल में नहीं बिठावेगा। क्यों रे मनोहर?"

मनोहर ने ताऊ की बात का उत्तर नहीं दिया। उधर ताई ने मनोहर को अपनी गोद से ढकेल दिया। मनोहर नीचे गिर गया। शरीर में चोट नहीं लगी; पर हृदय में चोट लगी। बालक रो पड़ा।

बाबू साहब ने बालक को गोद में उठा लिया, चुमकार-पुचकार कर चुप किया और तत्पश्चात् उसे कुछ पैसे तथा रेलगाड़ी ला देने का वचन देकर छोड़ दिया। बालक मनोहर भयपूर्ण दृष्टि से अपनी ताई की ओर ताकता हुआ उस स्थान से चला गया।

मनोहर के चले जाने पर बाबू रामजीदास रामेश्वरी से बोले—"तुम्हारा यह कैसा व्यवहार है? बच्चे को ढकेल दिया। जो उसके चोट लग जाती?"

रामेश्वरी मुँह मटकाकर बोली—"लग जाती, तो अच्छा होता। क्यों मेरी खोपड़ी पर लादे देते थे? आप ही तो उसे मेरे ऊपर डालते थे, और आप ही अब ऐसी बातें करते हैं।"

बाबू साहब कुढ़कर बोले—"इसी को खोपड़ी पर लादना कहते हैं?"

रामेश्वरी—"और नहीं किसे कहते हैं! तुम्हें तो अपने आगे और किसी का दुःख-सुख सूझता ही नहीं। न-जाने कब किसका जी कैसा होता है। तुम्हें इन बातों की कोई परवा नहीं, अपनी चुहल से काम है।"

बाबू—"बच्चों की प्यारी-प्यारी बातें सुनकर तो चाहे जैसा जी हो प्रसन्न हो जाता है। मगर तुम्हारा हृदय न जाने किस धातु का बना है।"

रामेश्वरी—"तुम्हारा हो जाता होगा। और, होने को होता भी है; मगर वैसा बच्चा भी तो हो। पराए धन से भी कहीं घर भरता है।"

बाबू साहब कुछ देर चुप रहकर बोले—"यदि अपना सगा भतीजा भी पराया धन कहा जा सकता है, तो फिर मैं नहीं समझता कि अपना धन किसे कहेंगे।"

रामेश्वरी कुछ उत्तेजित होकर बोली—"बातें बनाना बहुत आता है। तुम्हारा भतीजा है, तुम चाहे जो समझो; पर मुझे ये बातें अच्छी नहीं लगतीं। हमारे भाग ही फूटे हैं! नहीं तो ये दिन काहे को देखने पड़ते? तुम्हारा चलन तो दुनिया से निराला है। आदमी सन्तान के लिए न-जाने क्या-क्या करते हैं—पूजा-पाठ कराते हैं, व्रत रखते हैं, पर तुम्हें इन बातों से क्या काम? रात-दिन भाई-भतीजों में मग्न रहते हो।"

बाबू साहब के मुख पर घृणा का भाव झलक आया। उन्होंने कहा—"पूजा पाठ,

व्रत, सब ढकोसला है। जो वस्तु भाग्य में नहीं, वह पूजा पाठ से कभी प्राप्त नहीं हो सकती। मेरा तो यह अटल विश्वास है।''

श्रीमती जी कुछ-कुछ रुआंसे स्वर में बोली—''इसी विश्वास ने तो सब चौपट कर दिया है। ऐसे ही विश्वास पर सब बैठ जाएँ, तो काम कैसे चले। सब विश्वास पर ही बैठे रहें, आदमी काहे को किसी बात के लिए चेष्टा करे।''

बाबू साहब ने सोचा कि मूर्ख स्त्री के मुँह लगना ठीक नहीं, अतएव वह स्त्री की बात का कुछ उत्तर न देकर वहाँ से टल गए।

बाबू रामजीदास धनी आदमी हैं। कपड़े की आढ़त का काम करते हैं। लेन-देन भी है। इनके एक छोटा भाई है। उसका नाम है कृष्णदास। दोनों भाइयों का परिवार एक ही में है। बाबू रामजीदास की आयु 35 वर्ष के लगभग है, और छोटे भाई कृष्णदास की 21 के लगभग। रामजीदास निस्संतान है। कृष्णदास के दो सन्तानें हैं। एक पुत्र-वही पुत्र, जिससे पाठक परिचित हो चुके हैं—और एक कन्या है। कन्या की आयु दो वर्ष के लगभग है।

रामजीदास अपने छोटे भाई और उनकी सन्तान पर बड़ा स्नेह रखते हैं—ऐसा स्नेह कि उसके प्रभाव से उन्हें अपनी सन्तानहीनता कभी खटकती ही नहीं। छोटे भाई की सन्तान को वे अपनी ही सन्तान समझते हैं। दोनों बच्चे भी रामजीदास से इतने हिले हैं कि उन्हें अपने पिता से अधिक समझते हैं।

परन्तु रामजीदास की पत्नी रामेश्वरी को अपनी सन्तानहीनता का बड़ा दुःख है। वह दिन-रात सन्तान ही के सोच में घुला करती हैं। छोटे भाई की सन्तान पर पति का प्रेम उनकी आँखों में काँटे की तरह खटकता है।

रात को भोजन इत्यादि से निवृत्त होकर रामजीदास शय्या पर लेटे हुए शीतल और मन्द वायु का आनन्द ले रहे थे। पास ही दूसरी शय्या पर रामेश्वरी, हथेली पर सिर रखे, किसी चिन्ता में डूबी हुई थीं। दोनों बच्चे अभी बाबू साहब के पास से उठकर अपनी माँ के पास गए थे।

बाबू साहब ने अपनी स्त्री की ओर करवट लेकर कहा, ''आज तुमने मनोहर को इस बुरी तरह से ढकेला था कि मुझे अब तक उसका दुख है। कभी-कभी तो तुम्हारा व्यवहार बिल्कुल ही अमानुषिक हो उठता है।''

रामेश्वरी बोली—''तुम्हीं ने मुझे ऐसा बना रखा है। उस दिन उस पंडित ने कहा था कि हम दोनों के जन्मपत्र में सन्तान का योग लिखा है, और उपाय करने से सन्तान हो भी सकती है। उसने उपाय भी बताये थे, पर तुमने उनमें से एक भी उपाय करके न देखा। बस, तुम तो इन्हीं दोनों में मग्न हो। तुम्हारी इस बात से रात-दिन मेरा कलेजा सुलगता रहता है। आदमी उपाय तो करके देखता है। फिर होना न होना तो भगवान के अधीन है।''

बाबू साहब हँसकर बोले—''तुम्हारी-जैसी सीधी स्त्री भी क्या कहूँ, तुम इन

ज्योतिषियों की बातों पर विश्वास करती हो, जो दुनिया-भर के झूठे और धूर्त हैं। ये झूठ बोलने की ही रोटियाँ खाते हैं।"

रामेश्वरी तुनककर बोली—"तुम्हें तो सारा संसार झूठा ही दिखाई पड़ता है। ये पोथी-पुराण भी सब झूठे हैं। पण्डित कुछ अपनी तरफ से तो बनाकर कहते ही नहीं हैं। शास्त्र झूठा है, तो वे भी झूठे। अंग्रेजी क्या पढ़ी, अपने आगे किसी को गिनते ही नहीं। जो बातें बाप-दादे के जमाने से चली आयी हैं, उन्हें भी झूठा बताते हैं।"

बाबू साहब, "तुम बात तो समझती नहीं, अपनी ही ओटे जाती हो। मैं यह नहीं कहता कि ज्योतिष शास्त्र झूठा है। सम्भव है, वह सच्चा हो, परन्तु ज्योतिषियों में अधिकांश झूठे होते हैं। उन्हें ज्योतिष का पूर्ण ज्ञान तो होता ही नहीं, दो-एक छोटी-मोटी पुस्तकें पढ़कर ज्योतिषी बन बैठते और लोगों को ठगते फिरते हैं। ऐसी दशा में उनकी बातों पर कैसे विश्वास किया जा सकता है।"

रामेश्वरी—"हूँ, सब झूठे ही हैं। तुम्हीं एक बड़े सच्चे हो। अच्छा एक बात पूछती हूँ। भला तुम्हारे जी में सन्तान की इच्छा क्या कभी नहीं होती?"

इस बार रामेश्वरी ने बाबू साहब के हृदय का कोमल स्थान पकड़ा। वह कुछ देर चुप रहे। तत्पश्चात् एक लम्बी साँस लेकर बोले, "भला ऐसा कौन मनुष्य होगा, जिसके हृदय में सन्तान का मुख देखने की इच्छा न हो? परन्तु क्या किया जाए? जब नहीं है, और न होने की कोई आशा ही है, तब उसके लिए व्यर्थ चिन्ता करने से क्या लाभ! इसके सिवा जो बात अपनी सन्तान से होती है, वही भाई की सन्तान से भी हो रही है। जितना स्नेह अपनी पर होता, उतना ही इन पर भी है। जो आनन्द उनकी बालक्रीड़ा से आता वही इनकी क्रीड़ा से भी आ रहा है। फिर मैं नहीं समझता कि चिन्ता क्यों की जाए।"

रामेश्वरी कुढ़कर बोली, "तुम्हारी समझ को मैं क्या कहूँ? इसी से तो रात-दिन जला करती हूँ। भला यह तो बताओ कि तुम्हारे पीछे क्या इन्हीं से तुम्हारा नाम चलेगा?"

बाबू साहब हँसकर बोले—"अरे तुम भी कहाँ की पोच बातें लायीं। नाम सन्तान से नहीं चलता। नाम अपनी सुकृति से चलता है। तुलसीदास को देश का बच्चा-बच्चा जानता है। सूरदास को मरे कितने दिन हो चुके? इसी प्रकार जितने महात्मा हो गए हैं, उन सबका नाम क्या उनकी सन्तान ही की बदौलत चल रहा है? सच पूछो, तो सन्तान से जितनी नाम चलने की आशा रहती है, उतना ही नाम डूब जाने की सम्भावना रहती है। परन्तु सुकृति एक ऐसी वस्तु है, जिससे नाम बढ़ने के सिवा घटने की कभी आशंका रहती ही नहीं। हमारे शहर में राय गिरधारीलाल कितने नामी आदमी थे? उनके सन्तान कहाँ है? पर उनकी धर्मशाला और अनाथालय से उनका नाम अब तक चला जा रहा है, और अभी न जाने कितने दिनों तक चलता जाएगा।"

रामेश्वरी—"शास्त्र में लिखा है कि जिसके पुत्र नहीं होता उसकी मुक्ति नहीं होती?"

बाबू—"मुक्ति पर मुझे विश्वास नहीं। मुक्ति है किस चिड़िया का नाम? यदि मुक्ति होना मान भी लिया जाए, तो यह कैसे माना जा सकता है कि सब पुत्रवानों

की मुक्ति हो ही जाती है? मुक्ति का भी क्या सहज उपाय है। ये जितने पुत्र वाले हैं, सभी की तो मुक्ति हो जाती होगी?''

रामेश्वरी निरुत्तर होकर बोली—''अब तुमसे कौन बकवाद करे। तुम तो अपने सामने किसी की मानते ही नहीं।''

मनुष्य का हृदय बड़ा ममत्व प्रेमी है। कैसी ही उपयोगी और कितनी ही सुन्दर वस्तु क्यों न हो, जब तक उसको पराई समझता है, तब तक मनुष्य उससे प्रेम नहीं करता। किन्तु भद्दी से भद्दी और बिल्कुल काम में न आने वाली वस्तु को भी यदि मनुष्य अपना समझता है तो उसे प्रेम करता है। पराई वस्तु कितनी ही मूल्यवान क्यों न हो, कितनी ही उपयोगी क्यों न हो, कितनी ही सुन्दर क्यों न हो, उसके नष्ट होने पर मनुष्य कुछ भी दुःख अनुभव नहीं करता, इसलिए कि वह वस्तु उसकी नहीं, पराई है। अपनी वस्तु कितनी ही भद्दी हो, काम में न आने वाली हो, उसके नष्ट होने पर मनुष्य को दुःख होता है, इसलिए कि वह अपनी चीज है। कभी-कभी ऐसा भी होता है कि मनुष्य पराई चीज से प्रेम करने लगता है। ऐसी दशा में भी जब तक मनुष्य उस वस्तु को अपनी बनाकर नहीं छोड़ता अथवा अपने हृदय में यह विचार नहीं दृढ़ कर लेता कि वह वस्तु मेरी है, तब तक उसे सन्तोष नहीं होता। ममत्व से प्रेम उत्पन्न होता है, और प्रेम से ममत्व है। इन दोनों का साथ चोली-दामन का-सा है। ये कभी पृथक् नहीं किए जा सकते।

यद्यपि रामेश्वरी को माता बनने का सौभाग्य प्राप्त नहीं हुआ था तथापि उनका हृदय एक माता का हृदय बनने की पूरी योग्यता रखता था। उनके हृदय में वे गुण विद्यमान तथा अन्तर्निहित थे, जो एक माता के हृदय में होते हैं। परन्तु उनका विकास नहीं हुआ था। उनका हृदय उस भूमि की तरह था, जिसमें बीज तो पड़ा हुआ है, पर उसको सींचकर और इस प्रकार बीज को प्रस्फुटित करके भूमि के ऊपर लाने वाला कोई नहीं। इसीलिए उनका हृदय उन बच्चों की ओर खिंचता तो था, परन्तु जब उन्हें ध्यान आता था कि ये बच्चे मेरे नहीं, दूसरे के हैं, तब उनके हृदय में उनके प्रति द्वेष उत्पन्न होता था, घृणा पैदा होती थी। विशेषकर उस समय उनके द्वेष की मात्रा और भी बढ़ जाती थी, जब वह देखती थी कि उनके पतिदेव उन बच्चों पर प्राण देते हैं, जो उनके (रामेश्वरी के) नहीं हैं।

शाम का समय था। रामेश्वरी खुली छत पर बैठी हवा खा रही थी। पास ही उनकी देवरानी भी बैठी थी। दोनों बच्चे छत पर दौड़-दौड़कर खेल रहे थे। रामेश्वरी उनके खेल को देख रही थी। इस समय रामेश्वरी को उन बच्चों का खेलना-कूदना बड़ा भला मालूम हो रहा था। हवा में उड़ते हुए उनके बाल, कमल की तरह खिले हुए उनके नन्हें-मुन्ने मुख, उनकी प्यारी-प्यारी तोतली बातें, उनका चिल्लाना, भागना, लोट जाना इत्यादि क्रीड़ाएँ उनके हृदय को शीतल कर रही थीं। सहसा मनोहर अपनी

बहन को मारने दौड़ा। वह खिलखिलाती हुई दौड़कर रामेश्वरी की गोद में जा गिरी। उसके पीछे-पीछे मनोहर दौड़ता हुआ आया, और वह भी उन्हीं की गोद में जा गिरा। रामेश्वरी उस समय सारा द्वेष भूल गयीं। दोनों बच्चों को उसी प्रकार हृदय से लगा लिया, जिस प्रकार वह मनुष्य लगाता है, जो कि बच्चों के लिए तरस रहा हो। उन्होंने बड़ी सतृष्णता से दोनों को प्यार किया। उस समय यदि कोई अपरिचित मनुष्य उन्हें देखता, तो उसे यही विश्वास होता कि रामेश्वरी ही उन बच्चों की माता है।

दोनों बच्चे बड़ी देर तक उनकी गोद में खेलते रहे। सहसा उसी समय किसी के आने की आहट पाकर बच्चों की माता वहाँ से उठकर चली गयी।

"मनोहर ले रेलगाड़ी।" कहते हुए बाबू रामजीदास छत पर आए। उनका स्वर सुनते ही दोनों बच्चे रामेश्वरी की गोद से तड़पकर निकल भागे। रामजीदास ने पहले दोनों को खूब प्यार किया, फिर बैठकर रेलगाड़ी दिखाने लगे।

इधर रामेश्वरी की नींद-सी टूटी। पति को बच्चों में मगन होते देखकर उनकी भौंहें तन गयीं। बच्चों के प्रति हृदय में फिर वही घृणा और द्वेष का भाव जग उठा।

बच्चों को रेलगाड़ी देकर बाबू साहब रामेश्वरी के पास आए और मुस्कराकर बोले—"आज तो तुम बच्चों को बड़ा प्यार कर रही थीं। इससे मालूम होता है कि तुम्हारे हृदय में भी इनके प्रति कुछ प्रेम अवश्य है।"

रामेश्वरी को पति की यह बात बहुत बुरी लगी। उन्हें अपनी कमजोरी पर बड़ा दुःख हुआ। केवल दुख ही नहीं, अपने ऊपर क्रोध भी आया। वह दुख और क्रोध पति के उक्त वाक्य से और भी बढ़ गया। उनकी कमजोरी पति पर प्रकट हो गयी, यह बात उनके लिए असह्य हो उठी।

रामजीदास बोले—"इसीलिए मैं यह कहता हूँ कि अपनी सन्तान के लिए सोच करना वृथा है। यदि तुम इनसे प्रेम करने लगो, तो तुम्हें ये ही अपनी सन्तान प्रतीत होने लगेंगे। मुझे इस बात से प्रसन्नता है कि तुम इनसे स्नेह करना सीख रही हो।"

यह बात बाबू साहब ने नितान्त शुद्ध हृदय से कही थी। परन्तु रामेश्वरी को इसमें व्यंग्य की तीक्ष्ण गन्ध मालूम हुई। उन्होंने कुढ़कर मन में कहा—"इन्हें मौत भी नहीं आती। मर जाएँ—पाप कटे, आठों पहर आँखों के सामने रहने से प्यार करने को जी ललचा ही उठता है। इनके मारे कलेजा और भी जला करता है।"

बाबू साहब ने पत्नी को मौन देखकर कहा—"अब झेंपने से क्या लाभ? अपने प्रेम को छिपाने की चेष्टा करना व्यर्थ है। छिपाने की आवश्यकता भी नहीं।"

रामेश्वरी जल-भुनकर बोली—"मुझे क्या पड़ी है, जो मैं प्रेम करूँगी? तुम्हीं को मुबारक रहे। निगोड़े आप ही आ-आ के घुसते हैं। एक घर में रहने से कभी हँसना-बोलना पड़ता है। अभी परसों जरा यों ही ढकेल दिया, उस पर तुमने सैकड़ों बातें सुनाईं। संकट में प्राण हैं, न यों चैन, न वों चैन।"

बाबू साहब को पत्नी के वाक्य सुनकर बड़ा क्रोध आया। उन्होंने कर्कश स्वर में कहा—"न जाने कैसे हृदय की स्त्री है। अभी अच्छी-खासी बैठी बच्चों को प्यार

कर रही थी, मेरे आते ही गिरगिट की तरह रंग बदलने लगी। अपनी इच्छा से चाहे जो करे, पर मेरे कहने से बल्लियों उछलती है। न जाने मेरी बातों में कौन-सा विष घुला रहता है। यदि मेरा कहना ही बुरा मालूम होता है, तो न कहा करूँगा। पर इतना याद रखो, कि अब जो कभी इनके विषय में निगोड़े-सिगोड़े इत्यादि अपशब्द निकाला तो अच्छा न होगा! तुमसे मुझे ये बच्चे कहीं अधिक प्यारे हैं।''

रामेश्वरी ने इसका कोई उत्तर न दिया। अपने क्षोभ तथा क्रोध को वह आँखों द्वारा निकालने लगी।

जैसे ही जैसे बाबू रामजीदास का स्नेह दोनों बच्चों पर बढ़ता जाता वैसे ही वैसे रामेश्वरी के द्वेष और घृणा की मात्रा भी बढ़ती जाती थी। प्रायः बच्चों के पीछे पति-पत्नी में कहा-सुनी हो जाती थी, और रामेश्वरी को पति के कटु वचन सुनने पड़ते थे। जब रामेश्वरी ने यह देखा कि बच्चों के कारण ही वह पति की नजर से गिरती जा रही है, तब उनके हृदय में बड़ा तूफान उठा। उन्होंने सोचा—'पराए बच्चों के पीछे मुझसे प्रेम कम करते जाते हैं, मुझे हर समय बुरा-भला कहा करते हैं। इनके लिए बच्चे ही सब कुछ हैं। मैं कुछ भी नहीं। दुनिया मरती जाती है, पर इन दोनों को मौत नहीं आती। ये पैदा होते ही क्यों न मर गए। न ये होते, न मुझे ये दिन देखने पड़ते। जिस दिन ये मरेंगे उस दिन घी के दिए जलाऊँगी। इन्होंने ही मेरा घर सत्यानाश कर रखा है।'

इसी प्रकार कुछ दिन व्यतीत हुए, एक दिन नियमानुसार रामेश्वरी छत पर अकेली बैठी हुई थी। उनके हृदय में अनेक प्रकार के विचार आ रहे थे। विचार और कुछ नहीं, वही अपनी निज की सन्तान का अभाव, पति का भाई की सन्तान के प्रति अनुराग इत्यादि। कुछ देर बाद जब उनके विचार स्वयं उन्हीं को कष्टदायक मालूम होने लगे, तब वह अपना ध्यान दूसरी ओर लगाने के लिए उठकर टहलने लगीं।

वह टहल ही रही थीं कि मनोहर दौड़ता हुआ आया। मनोहर को देखकर उनकी भृकुटी चढ़ गयीं, और वह छत की चहारदीवारी पर हाथ रखकर खड़ी हो गयीं।

संध्या का समय था। आकाश में रंग-बिरंगी पतंगें उड़ रही थीं। मनोहर कुछ देर तक खड़ा पतंगों को देखता और सोचता रहा कि कोई पतंग कटकर उसकी छत पर गिरे तो क्या ही आनन्द आवे। देर तक पतंग गिरने की आशा करने के बाद वह दौड़कर रामेश्वरी के पास आया, और उनकी टाँगों में लिपटकर बोला—''ताई हमें पतंग मँगा दो।'' रामेश्वरी ने झिड़ककर कहा—''चल हट, अपने ताऊ से माँग जाकर।''

मनोहर कुछ अप्रतिभ होकर फिर आकाश की ओर ताकने लगा। थोड़ी देर बाद उससे फिर न रहा गया। इस बार उसने बड़े लाड़ में आकर अत्यन्त करुण स्वर में कहा, ''ताई पतंग मँगा दो; हम भी उड़ावेंगे।''

इस बार उसकी भोली प्रार्थना से रामेश्वरी का कलेजा कुछ पसीज गया। वह कुछ देर तक उसकी ओर स्थिर दृष्टि से देखती रहीं। फिर उन्होंने एक लम्बी साँस लेकर मन ही मन कहा, 'यदि यह मेरा पुत्र होता तो आज मुझसे बढ़कर भाग्यवान

स्त्री संसार में दूसरी न होती। निगोड़ा मरा कितना सुन्दर है, और कैसी प्यारी-प्यारी बातें करता है! यही जी चाहता है कि उठाकर छाती से लगा लें।'

यह सोचकर वह उसके सिर पर हाथ फेरने वाली ही थी कि इतने में मनोहर उन्हें मौन देखकर बोला—"तुम हमें पतंग नहीं मँगवा दोगी तो ताऊ जी से कहकर तुम्हें पिटवायेंगे।"

यद्यपि बच्चे की इस भोली बात में भी बड़ी मधुरता थी तथापि रामेश्वरी का मुख क्रोध के मारे लाल हो गया। वह उसे झिड़ककर बोली, "जा कह दे अपने ताऊ जी से। देखूँ, वह मेरा क्या कर लेंगे।"

मनोहर भयभीत होकर उनके पास से हट आया, और फ़िर सतृष्ण नेत्रों से आकाश में उड़ती हुई पतंगों को देखने लगा।

इधर रामेश्वरी ने सोचा, यह सब ताऊजी के दुलार का फल है कि बालिश्त भर का लड़का मुझे धमकाता है। ईश्वर करे, इस दुलार पर बिजली टूटे।

उसी समय आकाश से एक पतंग कटकर उसी छत की ओर आयी और रामेश्वरी के ऊपर से होती हुई छज्जे की ओर गयी। छत के चारों ओर चहारदीवारी थी। जहाँ रामेश्वरी खड़ी हुई थी, केवल वहीं पर एक द्वार था, जिससे छज्जे पर आ जा सकते थे। रामेश्वरी उस द्वार से सटी हुई खड़ी थी। मनोहर ने पतंग को छज्जे पर जाते देखा। पतंग पकड़ने के लिए वह दौड़कर छज्जे की ओर चला। रामेश्वरी खड़ी देखती रही। मनोहर उनके पास से होकर छज्जे पर चला गया और उनसे दो फीट की दूरी पर खड़ा होकर पतंग को देखने लगा। पतंग छज्जे पर से होती हुई नीचे घर के आँगन में जा गिरी। एक पैर छज्जे की मुंडेर पर रखकर मनोहर ने नीचे आँगन में झाँका और पतंग को आँगन में गिरते देख प्रसन्नता के मारे फूला न समाया। वह नीचे जाने के लिए शीघ्रता से घूमा; परन्तु घूमते समय मुंडेर पर से उसका पैर फिसल गया। वह नीचे की ओर चला। नीचे जाते-जाते उसके दोनों हाथों में मुंडेर आ गयी। वह उसे पकड़कर लटक गया और रामेश्वरी की ओर देखकर चिल्लाया, "ताई!" रामेश्वरी ने धड़कते हुए हृदय से इस घटना को देखा। उनके मन में आया कि अच्छा है, मरने दो, सदा का पाप कट जाएगा। यह सोचकर वह एक क्षण के लिए रुकी। उधर मनोहर के हाथ मुंडेर पर से फिसलने लगे। वह अत्यन्त भय तथा करुण नेत्रों से रामेश्वरी की ओर देखकर चिल्लाया, "अरी ताई!" रामेश्वरी की आँखें मनोहर की आँखों से जा मिलीं। मनोहर की वह करुण दृष्टि देखकर रामेश्वरी का कलेजा मुँह को आ गया। उन्होंने व्याकुल होकर मनोहर को पकड़ने के लिए अपना हाथ बढ़ाया। उनका हाथ मनोहर के हाथ तक पहुँचा ही था कि मनोहर के हाथ में मुंडेर छूट गयी। वह नीचे आ गिरा। रामेश्वरी चीख मारकर छज्जे पर गिर पड़ी।

रामेश्वरी एक सप्ताह तक बुखार में बेहोश पड़ी रही। कभी-कभी वह जोर से चिल्ला उठतीं, और कहतीं—"देखो-देखो वह गिरा जा रहा है उसे बचाओ, दौड़ो मेरे मनोहर को बचा लो।" कभी वह कहतीं, "बेटा मनोहर, मैंने तुझे नहीं बचाया। हाँ,

हाँ, मैं चाहती, तो बचा सकती थी, मैंने देर कर दी।" इसी प्रकार के प्रलाप वह किया करतीं।

मनोहर की टाँग उखड़ गयी थी। टाँग बिठा दी गयी। वह क्रमशः फिर अपनी असली हालत पर आने लगा।

एक सप्ताह बाद रामेश्वरी का ज्वर कम हुआ। अच्छी तरह होश आने पर उन्होंने पूछा, "मनोहर कैसा है?"

रामजीदास ने उत्तर दिया, "अच्छा है।"

रामेश्वरी, "उसे मेरे पास लाओ।"

मनोहर रामेश्वरी के पास लाया गया। रामेश्वरी ने उसे बड़े प्यार से हृदय से लगाया। आँखों से आँसुओं की झड़ी लग गयी, हिचकियों से गला रुँध गया।

रामेश्वरी कुछ दिनों बाद पूर्ण स्वस्थ हो गयी। अब वह मनोहर की बहन कुन्ती से भी द्वेष और घृणा नहीं करती और मनोहर तो अब उनका प्राणधार हो गया है। उसके बिना उन्हें एक क्षण भी कल नहीं पड़ती।

आशा पर तुषार

तीन बज चुके हैं। अमृतसर स्टेशन के प्लेटफ़ार्म पर मुसाफ़िर बड़ी बेचैनी के साथ लाहौर से आने वाली कलकत्ता मेल की प्रतीक्षा कर रहे हैं। प्लेटफ़ार्म पर उपस्थित लोगों में से एक वृद्ध सज्जन विशेष प्रकार से विकल मालूम होते हैं। वे दो-दो मिनट के बाद बेंच पर से उठकर प्लेटफ़ार्म लाइन के पास आकर जिधर से गाड़ी आने वाली है, उधर देखते हैं और गाड़ी का कोई चिह्न न देख कुछ उदास होकर लौट आते हैं। कभी वे किसी मुसाफ़िर से कहते हैं 'क्यों साहब, आज तो गाड़ी बहुत लेट मालूम होती है। रोज़ तो तीन बजने के चार मिनट पूर्व ही ठीक टाइम पर आ जाती थी। क्या बात है?' उत्तर में कभी कोई मुसाफ़िर केवल 'जी हाँ' कह देता और कोई कहता—आज मेल 30 मिनट लेट है, साढ़े तीन बजे आवेगी। यह सुन वृद्ध सज्जन चुपचाप बेंच पर जा बैठते।

इसी प्रकार सवा तीन बजे। सवा तीन बजते ही लाइन क्लीयर की घण्टी बजी। प्रतीक्षा में थके हुए मुसाफ़िरों को घण्टी का शब्द बड़ा प्रिय और मधुर मालूम हुआ। घण्टी का शब्द सुनते ही वृद्ध सज्जन का मुख खिल उठा और वे दीर्घ निश्वास लेकर पास बैठे हुए एक सज्जन से बोले, "बड़ी बात राम राम करके अब कहीं आई। प्रतीक्षा करते-करते जी ऊब उठा था।" फिर वे उठे और कुछ आगे बढ़कर प्लेटफ़ार्म पर खड़े हो गए।

ठीक तीन बज कर पच्चीस मिनट पर मेल प्लेटफ़ार्म पर आ कर रुकी। मेल के रुकते ही डिब्बों के द्वार खुल गए और लोग उतरने चढ़ने लगे। वृद्ध सज्जन भीड़ को चीरते हुए इंटर क्लास की ओर चले। उनके मुख पर सन्दिग्ध आशा के भाव आ-जा रहे थे। अन्त में एक इंटर क्लास के द्वार पर एक सुन्दर नव-युवक को खड़े देखकर उनका चेहरा ख़ुशी से खिल उठा। उधर नवयुवक भी वृद्ध महाशय को देखकर प्रसन्न हुआ और तुरन्त प्लेटफ़ार्म पर उतर आया। नीचे आकर उसने वृद्ध सज्जन को प्रणाम किया। वृद्ध ने युवक के सर पर हाथ फेर कर आशीर्वाद दिया और बोले—बेटा आज तो गाड़ी बड़ी लेट आई प्रतीक्षा करते-करते एक घंटा हो गया!

युवक मुस्कराकर बोला—जी हाँ, आज रावल-पिण्डी से लेट हुई है।

वृद्ध—बेटा तुम कुछ दुबले हो गए, क्या तबीयत कुछ ख़राब रही?

युवक हँसकर बोला—जी नहीं, ख़राब तो नहीं रही। इम्तहान के कारण कुछ चिन्ता रही और परिश्रम भी अधिक पड़ा...।

उसी समय कुली ने कहा, ''चलिए साहब, बस इतना ही असबाव है न!''

युवक—हाँ बस इतना ही है।

स्टेशन के बाहर आकर एक ताँगे पर पिता पुत्र बैठे और शहर की ओर चले।

पिता ने पूछा—कहो इम्तहान के पर्चे कैसे किए?

युवक—थर्ड इयर के पर्चे ही क्या। इसमें तो यदि एक-आध पर्चा ख़राब भी हो जाएगा तो भी प्रमोशन मिल जाएगा।

वृद्ध—हाँ, अगले साल यूनिवर्सिटी का इम्तहान होगा। उसमें देखो क्या होता है?

इसी प्रकार की बातचीत करते हुए दोनों घर पहुँचे। ताँगे से उतरते ही वृद्ध ने कहा—मैं असबाब उतरवा लूँगा, तुम अपनी माँ से मिल आओ। जब से उसे तुम्हारे आने की बात मालूम हुई तब से तड़प रही है, कल रात भर सोई नहीं।

युवक अन्दर आया। वृद्धा माता पुत्र के आने की राह देख ही रही थी। युवक ने माता को प्रणाम किया, माता ने प्रेमाश्रु-पूर्ण नेत्रों से युवक के सुन्दर मुख को देखकर गद्‌गद कण्ठ से आशीर्वाद दिया, सर और पीठ पर हाथ फेरा। माता ने कहा, मनमोहन तू बड़ा दुबला हो गया?

मनमोहन हँसा। उसने मन में सोचा कि माता और पिता जी को मैं सदा दुबला ही दिखाई पड़ता हूँ।

माता ने कहा, जब से तेरी चिट्ठी आई, तब से मैं तड़प रही हूँ। आज सवेरे ही से मुझे यह सन्देह रहा, कि कहीं ऐसा न हो कि तुझे गाड़ी न मिले और तू आज न आवे। तुझे गाड़ी मिल जाए और तू अच्छी तरह घर आ जाय, इसके लिए मैंने परसाद (प्रसाद) बाँटना क़बूला।

शिक्षित पुत्र माता के दुर्बल विश्वास और उनकी सरलता पर मन ही मन हँसा।

माता ने कहा, अच्छा जा कपड़े उतार, गर्मी के मारे मुँह कुम्हला रहा है। अब तो छुट्टी हो गई होगी?

मनमोहन—हाँ अब दो-ढाई महीने की छुट्टी ही है।

माता-भला, ख़ैर दो-ढाई महीने तो घर पर रहेगा। भगवान जाने इस पढ़ाई से कब छुट्टी मिलेगी। इस पढ़ाई के मारे देखने तक को तरस जाते हैं।

यह कहकर माता वहाँ से दूसरी ओर चली गई।

मनमोहन कोट के बटन खोलता हुआ एक छोटे से कमरे में प्रविष्ट हुआ। उस कमरे में घुसते ही एक रूपवती षोड़शी मुख नीचा किए हुए आकर उससे लिपट गई।

मनमोहन का कुम्हलाया हुआ चेहरा गुलाब के पुष्प की तरह खिल उठा। उसने युवती को हृदय से लगा कर कहा, क्यों, अच्छी तो हो! परन्तु युवती सर नीचा किए रही। मनमोहन की बात का उसने कोई उत्तर नहीं दिया। मनमोहन ने कुछ क्षण तक उत्तर की प्रतीक्षा की, तत्पश्चात् उसकी ठुड्ढी पकड़ कर उसका मुख ऊपर को उठाया।

युवती की आँखों से आँसू बह रहे थे। यह देखकर मनमोहन ने कहा, रोती क्यों हो, रोने की क्या बात है, अब तो मैं आ गया और अब तीन-चार महीने तुम्हारे पास ही रहूँगा। युवती आँसुओं को पोंछकर मुस्कराई और बोली, 'मैं कुछ जान कर थोड़े ही रोती हूँ, निगोड़े आँसू आप ही निकल पड़ते हैं।'

मनमोहन ने 'तुम बड़ी पगली हो' कह कर युवती के गुलाबी कपोल पर मिलन-चिह्न मुद्रित कर दिया।

मनमोहन प्रसाद के पिता बाबू माधोप्रसाद जाति के खत्री हैं। वे एक सरकारी दफ़्तर में हेडक्लर्क थे, आजकल पेंशन पाते हैं। माधोप्रसाद के मनमोहन को छोड़ अन्य कोई सन्तान नहीं। माधोप्रसाद की सारी अभिलाषायें सारे अरमान केवल मनमोहन प्रसाद पर ही लगे हुए हैं। वृद्ध माता-पिता की सारी सम्पत्ति-सारी दौलत जो कुछ है, वह मनमोहन है। वे इसी के मुख को देख-देख कर जीते हैं। मनमोहन लाहौर के एक कॉलेज में पढ़ता है। इस वर्ष उसने थर्ड इयर की परीक्षा दी है। माधोप्रसाद की इच्छा है कि उसके बी.ए. पास कर लेने के पश्चात् उसे किसी ऊँचे सरकारी पद पर नियुक्त करा दें। बाबू माधोप्रसाद बड़े राज-भक्त हैं। वे अपने को सरकार का नमक खाने वाला समझते हैं और इस कारण सदैव नमकहलाल बनने की चेष्टा करते हैं।

बाबू माधोप्रसाद का परिवार एक सुखी-परिवार है। इस परिवार को किसी प्रकार का कष्ट नहीं, दुःख नहीं। इस परिवार के हृदयों में उमंगें हैं, उच्चाभिलाषायें हैं।

तेरहवीं अप्रैल थी। दिन के बारह बज चुके थे। बाबू माधोप्रसाद और मनमोहन दोनों बातचीत कर रहे थे। माधोप्रसाद ने कहा, लोग बड़ा पागलपन कर रहे हैं, जो आज मीटिंग करने का विचार कर रहे हैं। जो दुर्घटना हो चुकी है उससे इन्हें अभी काफ़ी सबक़ नहीं मिला।

मनमोहन ने कहा—इसमें पागलपन की कोई बात नहीं।

माधोप्रसाद—बात क्यों नहीं, जब जनरल डायर की आज्ञा प्रकाशित हो चुकी है कि सभा न की जाए तब सभा करना पागलपन नहीं तो क्या है? पीछे जो कांड हो चुका है उस पर मिट्टी डालें, पर साथ ही अब तो समझ से काम लें।

मनमोहन—जब सभा करने का उद्देश्य केवल अपने विचारों को प्रकट करना है और किसी प्रकार की गड़बड़ करने का नहीं, तब सभा करना सर्वथा न्यायसंगत है।

माधो—अभी तुम बच्चे हो, इन बातों को नहीं समझ सकते। याद रक्खो, सरकार के विरुद्ध काम करने में हानि उठाने के अतिरिक्त लाभ कुछ भी नहीं और इसका पूरा प्रमाण भी मिल चुका है।

मनमोहन ने कुछ मुस्कराकर कहा—पर यह भी तो मालूम हो कि इसमें सरकार के विरुद्ध कौन सी बात है? यदि केवल अपना दुखड़ा रोना और उचित और न्यायसंगत बात का कहना ही सरकार के विरुद्ध काम करना है तो बस हो चुका। इसका अर्थ

तो वही हुआ जो एक उर्दू कवि ने कहा है—

न तड़पने की इजाज़त है न फ़रियाद की है।
घुटके मर जाऊँ ये मर्ज़ी मेरे सय्याद की है॥

माधो—"हाँ, यदि सरकार ऐसा भी चाहे तो हमारा कल्याण इसी में है हमें यही करना चाहिए।"

मनमोहन ने सोचा, पिता जी की रग-रग में सरकारी नमक समाया हुआ है। इनके ऐसे विचार होना कुछ अधिक अस्वाभाविक नहीं। ये नमकहलाली के वह अर्थ लगाते हैं, जैसी कि एक कुत्ते की नमकहलाली होती है। कुत्ता स्वामी द्वारा ठुकराये जाने पर भी दौड़कर उसके पैर चाटता है। इन्हें मनुष्योचित नमकहलाली का बिल्कुल ज्ञान नहीं।

प्रकटतः मनमोहन ने कहा—पिता जी क्षमा कीजिए, मैं आप से इस विषय में सहमत नहीं।

माधोप्रसाद मुस्कराकर बोले—यह मैं जानता हूँ कि तुम्हारे विचार बहुत स्वतन्त्र और आधुनिक हैं। मैं तुम्हारे इन विचारों की हत्या नहीं करना चाहता, पर साथ ही मैं अपने विचारों को भी सुरक्षित रखना चाहता हूँ। संसार की कोई शक्ति मेरे इन विचारों को बदल नहीं सकती।

पिता की इस बात पर मनमोहन के हृदय में उनके प्रति कुछ अश्रद्धा का भाव उत्पन्न हुआ, परन्तु अन्त में उसने यह सोचा कि पिता जी आधुनिक जागृति की लहर से बिल्कुल अलग हैं। साथ ही उनकी आयु एक प्रकार से पूरी ही हो चुकी। उन्हें जो कुछ करना था वह कर चुके। उनसे अब कोई आशा नहीं। ऐसी दशा में उनके विचार चाहे जैसे हों हानि ही क्या है! यह सोचकर मनमोहन ने पिता के प्रति अपनी अश्रद्धा को दबाया।

माधोप्रसाद ने कहा—आज सभा है देखो क्या होता है?

मनमोहन—हाँ आज सभा है। आज तो ज़रा आप भी चलिएगा।

माधोप्रसाद आँखें विस्फारित करके बोले—क्या मैं?

मनमोहन—हाँ, हाँ आप। क्यों हानि ही क्या है?

माधोप्रसाद—मैं तो ऐसी सभाओं से कोसों दूर रहता हूँ। मैं तुम्हें भी जाने की सलाह न दूँगा। न जाने क्या हो, क्या न हो?

मनमोहन—मैं तो अवश्य जाऊँगा। अभी तक मैं आपके कहने से घर के बाहर तक नहीं निकला, पर कल तो ज़रूर जाऊँगा। जलियांवाला बाग़ तो यहाँ से बहुत दूर नहीं है।

माधोप्रसाद के मुख पर चिन्ता का भाव उदय हुआ। वे बोले—देखो बेटा, ऐसा पागलपन मत करना। आजकल जैसी स्थिति है उससे यह अनुमान नहीं लग सकता कि कब क्या होगा। ऐसी दशा में आजकल अपने घर में चुपचाप बैठा रहना ही अच्छा

है। तुम्हें अभी इन सभाओं इत्यादि में भाग लेने की आवश्यकता नहीं। तुम अभी विद्यार्थी जीवन में हो। जब पढ़ लेना तब चाहे जो करना मैं मना न करूँगा; पर अभी तुम्हारा इन झगड़ों में पड़ना ठीक नहीं। इसके अतिरिक्त, ईश्वर न करे, यदि तुम्हारा बाल भी बाँका हुआ तो हम दोनों बे मौत मर जायेंगे। याद रक्खो, हम दोनों बूढों का जीवन तुम्हारे ही ऊपर अवलम्बित है।

मनमोहन कुछ उदास होकर बोला—वैसे, जैसी आपकी आज्ञा, पर मैं तो इसमें कोई हानि देखता नहीं।

माधोप्रसाद—अभी तो कोई हानि-लाभ नहीं दिखाई पड़ता, पर स्थिति का रंग क्या जाने कैसा हो जाए, क्योंकि जनरल डायर की आज्ञा सभा करने की नहीं है।

मनमोहन यह सोचकर उस समय चुप हो रहा कि अभी से तर्क-वितर्क करने से क्या लाभ, सभा में जाने के समय किसी न किसी प्रकार पिता जी आज्ञा दे ही देंगे।

तीन बजने के पश्चात् मनमोहन कपड़े पहन कर तैयार हुआ और पिता के पास जाकर बोला—यदि आप कहें तो ज़रा खड़े-खड़े मैं भी देख आऊँ।

माधोप्रसाद आश्चर्य से बोले—तुम जाने के लिए तैयार ही हो गए।

मनमोहन—जहाँ हज़ारों आदमी जा रहे हैं, वहाँ यदि मैं भी जाता हूँ तो क्या बुरा करता हूँ?

माधोप्रसाद—यदि वहाँ कुछ गड़बड़ हुई तो?

मनमोहन—गड़बड़ होने का कोई कारण नहीं दिखाई देता। सभा करने वालों का उद्देश्य गड़बड़ करने का नहीं है।

माधोप्रसाद—मान लो यदि अफ़सरों ही ने कुछ किया?

मनमोहन—नहीं, ऐसा सम्भव नहीं। जब हम लोग शान्त रहेंगे तो फिर अफ़सरों को कुछ करने की आवश्यकता ही क्या होगी।

माधोप्रसाद—बेटा, मेरी राय तो बिल्कुल नहीं कि तुम वहाँ जाओ आगे जैसी तुम्हारी इच्छा। तुम स्वयं समझदार हो।

मनमोहन—और यदि यह भी मान लिया जाए कि वहाँ कुछ गड़बड़ ही हो सकती है तो जो हज़ारों आदमियों पर बीतेगी वही मुझ पर भी बीतेगी। आख़िर इतने लोग वहाँ जाएँगे, उनको और उनके घर वालों को भी तो उनके इष्टानिष्ट का ख्याल है।

माधोप्रसाद ने इसका कुछ उत्तर न दिया, सिर झुकाकर चुपचाप रह गए। इधर पिता के मौन का अर्थ यह समझ कर कि वे अब उसे जाने की आज्ञा दे रहे हैं—मनमोहन जलियांवाला बाग की ओर चल दिया।

उसके चले जाने के कुछ ही मिनट पश्चात् माधोप्रसाद ने अपने नौकर को बुलाकर कहा—द्वारका, तू मनमोहन के साथ चला जा और उसी के साथ रहना, यदि ज़रा भी

कुछ गड़बड़ हो तो उसे जिस तरह बने घर ले आना।

द्वारका तुरन्त मनमोहन के पीछे चल दिया।

शाम को साढ़े पाँच बज चुके थे-माधोप्रसाद अपने कमरे में बैठे एक पुस्तक पढ़ रहे थे। देखने में तो वे पुस्तक पढ़ रहे थे, पर उनका हृदय मनमोहन के साथ था। वे सोच रहे थे कि ईश्वर कुशल रक्खे, सभा सकुशल समाप्त हो, न जाने आज मेरा कलेजा क्यों धड़क रहा है। माधोप्रसाद ऐसी ही शुभाशुभ बातें सोच रहे थे कि उन्हें गली में कुछ आदमियों के दौड़ने का शब्द सुनाई पड़ा। वे चौंक पड़े और शीघ्रतापूर्वक पुस्तक रखकर द्वार पर आए। वहाँ आकर उन्होंने देखा कि छः-सात आदमी भागे चले जा रहे हैं। उन्होंने एक आदमी की बाँह से ख़ून टपकते भी देखा। माधोप्रसाद का माथा ठनका। उन्होंने घबरा कर एक भागते हुए आदमी से पूछा—क्यों भाई क्या हुआ?

आदमी ने केवल इतना कहा—गोली चल रही है।

इतना ही यथेष्ट था। माधोप्रसाद के प्राण से निकल गए। उनके मुँह से अकस्मात् निकल गया—हाय, हमारा मनमोहन न जाने किस दशा में हो।

माधोप्रसाद अत्यन्त व्याकुल हो गए। वे भागे हुए घर के भीतर गए और मनमोहन की माता से बोले—मनमोहन की माँ, बड़ा ग़ज़ब हुआ। जलियांवाला में गोली चल रही है, मनमोहन को मैं मना करता रहा, पर वह न माना, चला ही गया, न जाने कहाँ हो! कैसा हो? उफ़, मेरे तो शरीर की सब शक्ति निकल सी गई। किसे भेजूँ? मैं तो एक क़दम भी नहीं चल सकता।

यह कहकर माधोप्रसाद भूमि पर थसक कर बैठ गए।

मनमोहन की माता ने रोकर कहा—ऐसे बैठने से कैसे काम चलेगा? किसी को भेजो।

उसी समय द्वार पर कुछ भड़भड़ाहट मालूम हुई। माधोप्रसाद चौंक कर उठे और शीघ्रतापूर्वक द्वार पर पहुँचे। वहाँ पहुँचकर जो दृश्य उन्होंने देखा उससे उनकी आँखों तले अँधेरा छा गया। उन्होंने देखा कि मनमोहन दहलीज़ में बेहोश पड़ा है और उसके कपड़े ख़ून में तर हैं। माधोप्रसाद चीख़ मारकर मनमोहन के ऊपर गिर पड़े।

उनकी चीख़ सुनकर मनमोहन की माता और घर की दासी दौड़ी हुई आई, मनमोहन की पत्नी भी लज्जा को त्याग व्याकुल होकर दौड़ी।

आश्चर्य और दुःख का प्रथम वेग कुछ कम होने पर सब ने मिलकर मनमोहन को उठाया और कमरे में लाकर चारपाई पर लिटाया। जल्दी-जल्दी मनमोहन के कपड़े उतारे गए। उसके कन्धे के कुछ नीचे एक घाव था और उससे बराबर रक्तस्राव हो रहा था।

रात के आठ बज चुके थे। मनमोहन की चारपाई के पास माधोप्रसाद, मनमोहन की माता तथा कुछ दूर पर मनमोहन की पत्नी बैठी थी। तीनों की आँखों से अश्रुधारा

बह रही थी।

माधोप्रसाद आँखें पोंछकर बोले—ख़ून तो बन्द हो गया, पानी से तर की हुई गद्दी ने इतना तो किया कि ख़ून बन्द हो गया। अब आगे डॉक्टर का काम है।

मनमोहन की माता—तो डॉक्टर को बुलवाते क्यों नहीं?

माधोप्रसाद—इस समय कोई डॉक्टर न आवेगा। फ़ौजी क़ानून के डर के मारे रात को कोई घर से नहीं निकलता। अब रात तो जैसे तैसे काटना ही चाहिए, सवेरे देखेंगे। द्वारका भी अभी तक नहीं आया।

उसी समय एक आह के साथ मनमोहन ने आँखें खोलीं। माधोप्रसाद ने उसके सर पर हाथ रख कर कहा—क्यों बेटा, कैसा जी है?

मनमोहन कुछ क्षण तक इधर-उधर ताकता रहा, मानो किसी भूली हुई बात को याद करने की चेष्टा कर रहा हो। एक बार माता की ओर देखा, फिर पिता की ओर तत्पश्चात् कन्धे पर हाथ रखकर बोला—जलन होती है।

माधोप्रसाद क्रन्दन-स्वर में बोले—बेटा, मैंने मना किया था कि न जाओ, पर तुम न माने। मैंने द्वारका को तुम्हारे पीछे भेजा था वह तुम्हें मिला या नहीं?

मनमोहन ने सर हिलाकर स्वीकार किया और कुछ क्षण के पश्चात् बोला—उसके भी गोली...लगी...थी...वह...वहीं...गिर पड़ा।

माधोप्रसाद—उफ़, जान पड़ता है वह काम आ गया। बेचारे ने नमकहलाली में प्राण दे दिए।

मनमोहन फिर कुछ क्षण तक चुप रहकर बोला—मेरे...भागते...हुए...पीछे...से...गोली लगी।

इतना सुनते ही फिर सब लोग व्याकुल होकर अश्रुपात करने लगे।

सबने रात आँखों में काटी। मनमोहन को रात में ज़ोर का ज्वर हो आया। सवेरे सात बजे माधोप्रसाद डॉक्टर को बुलाने के लिए चल दिए। वे घबराहट में सर झुकाये लपकते हुए चले जा रहे थे। इस समय उनकी आँखों में संसार अन्धकारमय था। उन्हें यह भी पता नहीं था कि वे कहाँ जा रहे हैं। उनका मस्तिष्क इस समय मनमोहन के प्राण बचाने की ओर पूर्णतया लगा हुआ था। सहसा उनके कान में यह शब्द पड़े 'ओ बुड्ढे खड़ा रह।'

माधोप्रसाद ने चौंककर पीछे देखा—सड़क की एक ओर एक अंग्रेज़ अफ़सर खड़ा था और पास तीन चार गोरे सिपाही और दो सिक्ख बन्दूक़ें लिए खड़े थे। एक सिक्ख ने उंगली के इशारे से उन्हें बुलाया। माधोप्रसाद के प्राण सूख गए थे। डरते काँपते अफ़सर के सामने पहुँचे और उसे सलाम करके चुपचाप खड़े हो गए।

अफ़सर ने कहा—टुमने पहले शलाम नहीं किया।

माधोप्रसाद ने अंग्रेज़ी में कहा—साहब मैं इस समय बड़ी विपद में हूँ। मेरा लड़का जलियांवाला बाग़ में ज़ख्मी होकर आया है। इसी दुःख और घबराहट में मैं डॉक्टर लेने जा रहा था। मैंने आप को देखा नहीं, क्षमा कीजिए।

अफ़सर भौंहें सिकोड़कर अंग्रेज़ी में बोला—तुम्हारा लड़का ज़ख्मी होकर आया? वह मर क्यों नहीं गया? मुझे अफ़सोस है कि वह जीवित लौट आया। और क्यों बे बूढ़े सूअर तूने हमें सलाम क्यों नहीं किया?

माधोप्रसाद बहुत घबराये हुए थे और उनका परम लक्ष्य और ध्येय इस समय यह था कि वे डॉक्टर को शीघ्र ले जावें। अतएव वे बड़े दीनभाव से हाथ जोड़कर बोले—हुजूर मैंने देखा नहीं था, क्षमा कीजिए। मैं तो आप लोगों का दास हूँ, मैंने पच्चीस वर्ष सरकारी नौकरी की है, अब पेंशन पाता हूँ।

अफ़सर घृणा से हँसकर बोला—सरकारी नौकर होकर तुमने अपने लड़के को जलियांवाला में जाने दिया—यह ऐसा अपराध है जो अक्षम्य है। (एक सिक्ख से) इसको गिरफ़्तार करो और कैम्प में ले जाओ।

गिरफ़्तारी का नाम सुनकर माधोप्रसाद का कलेजा मुँह को आ गया। उनका शरीर थर-थर काँपने लगा। उनकी आँखों से अश्रुधारा फूट निकली। वे अफ़सर के सामने घुटने टेक कर बोले—हुजूर क्षमा करें। ईश्वर आपका भला करेगा। आप के बाल बच्चों को जन्मभर आशीर्वाद दूँगा। मेरा एकलौता बच्चा, मेरे जीवन का सहारा मर जाएगा। मैं आप से अपने बच्चे के प्राणों को भिक्षा माँगता हूँ।

अफ़सर कहकहा लगाकर—लड़के की प्राणों की भिक्षा! यदि वह कुत्ता इस समय मेरे सामने होता तो मैं उसके कष्टों का अन्त एक क्षण में अपने हाथों से कर देता। (सिक्खों से) ले जाओ इस सूअर को।

दो सिक्खों ने माधोप्रसाद को पकड़ लिया माधोप्रसाद ने अफ़सर के पैरों पर गिरने की चेष्टा करते हुए कहा—मुझे आप खुशी से गिरफ़्तार कर लीजिए पर इतनी दया कीजिए कि मेरे लड़के के लिए कुछ प्रबन्ध....।

अफ़सर—चुप रह बदमाश! मेरे सामने उस का नाम मत ले, अन्यथा मैं उसके बदले में तुझी को जहन्नुम में पहुँचा दूँगा।

बाबू माधोप्रसाद डॉक्टर लेने गए पर लौट कर नहीं आए। मनमोहन की माता और पत्नी बड़ी घबराहट से उनकी प्रतीक्षा करने लगीं। वे लोग यही सोचती रहीं कि अब आते होंगे, अब आते होंगे। इसी प्रकार क्रमशः संध्या हो गई। मनमोहन ज्वर में पड़े हुए थे। कभी-कभी बीच में होश आता था तो पूछते थे, पिता जी नहीं आए?

जब उनकी माता उत्तर देती 'नहीं आए' तब मनमोहन 'हाय!' कहकर बेहोश हो जाते थे।

इसी प्रकार दूसरी रात बीती। सास-पतोहू की आँखें रोते-रोते सूज गईं। आँसुओं का कोष ख़ाली हो गया, अब सिवाय 'हाय' के और कुछ नहीं निकलता था। दो दिन

हुए पानी के अतिरिक्त अन्न का एक दाना भी पेट में नहीं गया।

तीसरे दिन सवेरे मनमोहन की माता ने दासी द्वारा पड़ोस के एक सज्जन को बुलाया और उनके पैरों में गिरकर अपनी विपद का वृत्तान्त कहा और अन्त में बोली—ईश्वर के नाम पर दो काम कर दो, जन्मभर तुम्हारा गुन मानूँगी। पहले तो कोई डॉक्टर बुलवा दो, मेरा एकलौता लाल मरा जा रहा है, ईश्वर इसके बदले में तुम्हें दूध-पूत से सुखी रक्खेगा—और ज़रा इसके बाप का पता लगा दो, कल सेवेर डॉक्टर बुलाने गए थे तब से नहीं आए।

वे सज्जन यह हृदय-विदारक दृश्य देखकर थर्रा उठे। बोले—दूसरा काम तो मेरी शक्ति के बाहर है मैं उनका पता नहीं लगा सकता फ़ौजी क़ानून के मारे प्राण संकट में हैं। राह चलते पकड़ लिए जाते हैं। हाँ, डॉक्टर को मैं बुलवाये देता हूँ। तुम्हारे घर का नौकर कहाँ गया?

मनमोहन की माता—वह भी जलियांवाला गया था, तब से नहीं लौटा। भगवान जाने मरा या जिया!

उचित समय पर डॉक्टर आया। उसने देख-भाल कर ज़ख्म को दवा लगाकर बाँधा, पिलाने के लिए दवा दी।

विदा होते समय डॉक्टर ने पड़ोसी सज्जन से कहा—रोगी की हालत बहुत नाज़ुक हो गई है, रोग बढ़ गया है। यदि कल शाम को भी चिकित्सा आरम्भ हो जाती तो बहुत कुछ आशा थी।

बाबू माधोप्रसाद दिनभर और रात भर एक कोठरी में कुछ अन्य लोगों के साथ बन्द रहे। उन्हें पानी के अतिरिक्त और कुछ नहीं मिला। माधोप्रसाद की बुरी दशा थी। 'घर में स्त्रियों को छोड़कर कोई पुरुष नहीं। ऐसी दशा में मनमोहन के प्राण कैसे बचेंगे?' यह सोचकर और मनमोहन की याद में वे कोठरी की दीवार से सर टकरा रहे थे। जो लोग इनके साथ बन्द थे वे भी उनके दुख को देखकर अपना दुख भूल गए।

दूसरे दिन वे एक अफ़सर के सामने पेश किए गए। वहाँ से फिर वे एक दूसरे स्थान में रात भर और आधे दिन तक रक्खे गए।

तीसरे दिन शाम को वे कोड़े लगाने के स्थान पर भेजे गए। वहाँ उनके साथियों के कोड़े लगाये गए। माधोप्रसाद के भी एक दर्जन कोड़े पड़े। माधोप्रसाद पुत्रचिन्ता में आकुल थे, वृद्ध थे और दुख और क्षुधा से निर्बल हो गए थे। अतएव वे बेहोश हो गए।

शाम को छः बजे वे इस योग्य हुए कि अपने घर जाने का विचार कर सकें। वे छोड़ दिए गए थे, अतएव बड़ी कठिनता से वे एक ताँगे पर अपने घर पहुँचे। उनके घर पहुँचते ही उन्हें देखकर सास-पतोहू चीत्कार करके रो उठीं।

मनमोहन की माता बोली, हाय तुम कहाँ रहे? जब मनमोहन चला गया तब आए। वह मरते-मरते तुम्हारी ही याद करता रहा। तुमने उसकी कुछ भी सुधि न ली।

माधोप्रसाद और कुछ न सुन सके, बेहोश होकर धम से गिर पड़े।

ननकू चौधरी

"महाराज, चाहे मेरा सरबस लै लेओ, पर किसी जतन से इसे उठाय के खड़ाकर देओ—जनम भर आपका गुन मानूँगा।"

दिन के आठ बज चुके हैं। मंगलपुर ग्राम के अहीरटोले में एक कच्चे मकान के अन्दर चारपाई पर एक रोगिणी लेटी हुई है। उसके समीप दूसरी चारपाई पर एक देहाती वैद्यराज विराजमान हैं—सामने एक अर्द्धवयस्क व्यक्ति हाथ जोड़े खड़ा है—एक द्वादशवर्षीय बालक उस व्यक्ति की कमर पर हाथ रखे कभी वैद्यराज के मुख को देखता है और कभी अपने पिता के मुख की ओर ताकता है। चारपाई पर जो रोगिणी पड़ी है, वह इतनी दुर्बल तथा कृशांग हो गई है कि एक अपरिचित व्यक्ति भी प्रथम दृष्टि डालकर ही यह बता सकता है कि रोगिणी को चारपाई पर गिरे हुए एक समय व्यतीत हो चुका है।

वैद्यराज ने उस व्यक्ति के उपर्युक्त वाक्य को सुनकर कहा, "चौधरी, घबड़ाओ नहीं, अच्छी हो जाएँगी। आठ-दस दिन की कसर और है—बुख़ार कम हो चला है, खाँसी को भी आराम है। भगवान् ने चाहा, तो अब प्रतिदिन अच्छी होती चली जाएँगी।"

रोगिणी के सिरहाने तीन-चार स्त्रियाँ बैठी हुई थीं; उनमें से एक बोली—"वैद्यजी, जैसे बने, तैसे, चौधराइन को अच्छी करो—भगवान् आपका भला करें—अब तो आप ही का सहारा है।"

वैद्य, "ईश्वर को याद करो—करने-धरने वाला वही है—हमारा काम तो केवल दवा देना है! सो उसमें हम कुछ उठा नहीं रख रहे हैं।"

चौधरी, "आप जो कह रहे हैं, वह हमारा जी जानता है, रोयाँ-रोयाँ आपको असीसता है।"

इसके पश्चात् वैद्यराज ने औषध दी और उसकी सेवन-विधि बताकर उठ खड़े हुए। चौधरी ने अंटी से निकालकर एक रुपया वैद्य के हाथ में दिया, वैद्यराज विदा हो गए।

वैद्यराज के जाने के पश्चात् एक ब्राह्मण देवता हथेली पर तमाखू मलते हुए आए और द्वार पर से ही बोले, "काहे चौधरी, का हाल है?" यह कहते हुए ब्राह्मण देवता भीतर आए। चौधरी ने उन्हें देखते ही कहा—"पालागौं महाराज!"

ब्राह्मण—"आशीर्वाद! कहो वैद्यराज का कहत हैं?" चौधरी एक दीर्घ निःश्वास लेकर बोला—कहत का हैं—यहैं कहत कि आराम होइ जाई।"

ब्राह्मण—"आराम तो तुम जानि लेओ होई जैहें। जित्ते दिन का शरीर का भोग है, वह तो भोगै का पड़वै करी।"

चौधरी—"का बतावैं, कुछ अक्किल काम नहीं करती। ऐसी बीमारी कबहूँ नहीं पाइन।"

ब्राह्मरण—"सो तो तुम जान लेओ ठीकै है, बीमारी कठिन है—परन्तु शंकरजी सब आनन्द करिहैं—तुम घबराओ नहीं।"

चौधरी—"और कुछ नहीं महाराज, जो चौधराइन को कुछ हो गया, तो मेरा बुढ़ापा बिगड़ जाएगा।"

इतना कहते-कहते चौधरी के नेत्र अश्रु-पूर्ण हो गए।

ब्राह्मण—"नहीं सो बात नहीं होगी। तुम जान लेओ इससे कठिन कठिन रोग दूर होइ जात हैं।"

इसी समय द्वार से किसी ने पुकारा—ननकू काका! चौधरी ने आँखें पोंछते हुए कहा—आओ भइया, चले आओ।

चौधरी के इतना कहते ही एक व्यक्ति, जो वेष-भूषा से कृषक जान पड़ता था और हाथ में खुरपा लिए था—भीतर आया और आते ही बोला—का हाल है?

चौधरी—"हाल तो अभी वैसा ही है।"

कृषक—"हम तो न जाने कित्ते दिनन से चिल्लाइत है कि इनकी दवा से कुछ न होइ—जाना? शिवपुरी के वैद को दिखाओ, उई मरा मनई जियावत हैं—जाना? काहे पण्डित महाराज झूठ कहत हम?"

ब्राह्मण—"नहीं कहत तो यथार्थ हौ—तुम जान लेओ दोई चार बेर हमरौ साबका पड़ चुका है—वैद तो अब्बलै हैं।"

कृषक चौधरी से बोला—"देखो, पण्डित का कहत हैं!"

चौधरी—"जैसी तुम लोगन की राय हो, तैसा करन। हमारी बुद्धि तो काम नहीं देती।"

कृषक—"तो उनहूँ का दिखाय देओ, नुकसान का है। काहे पण्डित महाराज?"

ब्राह्मण—"हाँ हाँ दिखावै माँ तुम जान लेओ का हरज है!"

चौधरी—"अच्छी बात है, अबहीं कौनो का भेजित है—बुलाय लाई। (कृषक से) तुम कैसी जाय रहे हौ?"

कृषक—"हम तो खेतवा निकावै जाइत है—जाना?"

चौधरी—"तौ वैसे से जरा रमचरना को पठै देना।"

कृषक—"अच्छी बात है, अबहीं भेजित हैं। काका तुम घबराओ नहीं—उई अवतै कौनौ ऐस दवा देहैं कि दोई तीन दिन माँ चौधराइन तुम्हें रोटी बनाय के खवाय

देगी—जाना?"

चौधरी—"देखो भइया, तुम लोगन का पुन्न-परताप है, तो आराम हो जाएगा।"

ब्राह्मण—"आराम तो तुम जान लेओ निश्चय करिकै होइहै—हाँ, हमार यह बात याद कर लेओ।"

चौधरी—"आप भगवान् का रूप हैं—आपका आसीर्वाद होई तो जरूर आराम होइ जाई।"

कृषक—"अच्छा तो हम जाइत हैं—रमचरना का भेजित हैं।"

चौधरी—"हाँ भइया भेज देओ तो बैद का बुलावै खातिर पठै देई।"

ब्राह्मण—"अच्छा तो हमहूँ चलित हैं, अबहीं बहुत काम करै का है।"

चौधरी—"अच्छा जाओ—ऐसै किरपा बनी रहै। पालागौं।"

ब्राह्मण देवता—"आशीर्वाद! कह कर विदा हुए।"

ननकू चौधरी मंगलपुर के अहीरों का मुखिया है। उसकी आर्थिक दशा गाँव के अन्य अहीरों की अपेक्षा अधिक सन्तोषजनक है। पन्द्रह-बीस बीघे भूमि की खेती करता है, दो भैंसें तथा चार गाएँ हैं। अपनी जाति के लोगों के साथ कुछ लेन-देन भी करता है। उसके परिवार में केवल चार व्यक्ति हैं। एक तो वह स्वयं, दूसरी उसकी पत्नी, तीसरा एक द्वादशवर्षीय पुत्र, चौथा उसका एक बड़ा पुत्र, जिसका नाम रामचरण है। ननकू की उम्र यद्यपि चालीस वर्ष के लगभग है, परन्तु खुले वायु-मंडल में रहने तथा खाने-पीने से सुखी होने के कारण वह तीस वर्ष से अधिक का नहीं मालूम होता।

उपर्युक्त घटना के पश्चात् दस दिवस व्यतीत हो गए। इन दस दिनों में ननकू ने चौधराइन को रोग मुक्त करने के लिए अनेक प्रयत्न किए—शिवपुरी के वैद्य को दिखाया, एक अन्य वैद्य की चिकित्सा भी की; पर चौधराइन की दशा न सुधरी। दसवें दिन संध्या के समय चौधराइन ने चौधरी को अपने पास बुलाकर अत्यन्त क्षीण स्वर में कहा—"रामचरन के बापू, अब मैं भगवान के घर जाती हूँ।"

चौधरी, मृत्यु-शय्या पर पड़ी हुई पत्नी के इस वाक्य का कोई उत्तर न दे सका। उसके नेत्रों से आँसुओं का स्रोत फूट निकला। चौधराइन ने कहा—"रोते काहे हो? भगवान् को याद करो। तुम्हारे रोने से मेरा जी भी दुखी होता है। और तो कोई अभिलाख है नहीं—तुमने मुझे जैसा सुख दिया, उसे देखकर यही कहना पड़ता है कि भगवान् दूसरे जनम में भी तुम्हारी चेरी बनावें—हाँ—रामचरन की दुलहिन का मुँह...। इतना कह कर चौधराइन मौन हो गई—दुर्बलता के कारण इतने वाक्य कहने में ही उसकी श्वास फूल गई। चौधरी उसी प्रकार अश्रु बहाता रहा। उसका कण्ठ इतना रुँध गया था कि वह इच्छा रहते हुए भी पत्नी की बात पर कुछ न कह सका।

कुछ देर दम लेने के पश्चात् चौधराइन फिर बोली—"रामचरन की बहू का मुँह देख लेती, तो सुख से मरती। पर इतना सुख भाग में नहीं बदा था। मेरे पीछे मेरे

मैकू को अच्छी तरह रखना—उसे किसी बात का दुःख न हो—रामचरन सयाना हो गया है—पर मैकू अभी बच्चा है—उसका ध्यान रखना।''

इतना कहकर चौधराइन पुनः मौन हो गई।

चौधरी उसी प्रकार सिर झुकाए अश्रुधारा बहाता रहा। कुछ क्षणों पश्चात् चौधराइन ने फिर कहना आरम्भ किया—''और तुम ब्याह कर लेना, ब्याह न करने से तुम्हें तकलीफ रहेगी।''

ये शब्द कहते हुए चौधराइन के रोगत्रस्त मुख पर विषाद की एक हल्की रेखा दौड़ गई। उसने पति की ओर एक ऐसी दृष्टि डाली, जिसमें अपनी इस बात का उत्तर पाने की उत्कण्ठा भरी थी।

इस बार बहुत चेष्टा करके चौधरी ने गद्‌गद् कण्ठ से कहा—''ब्याह! यह तुम क्या कहती हो रामचरन की माँ! अब मैं दूसरा ब्याह करूँगा? तुम्हारे बसाए हुए घर में तुम्हारी सौत लाकर बिठाऊँगा? तुम्हारी जोड़ी हुई गिरस्ती भोगने के लिए दूसरी स्त्री लाऊँगा, ऐसा इस जनम में तो होगा नहीं।''

पति के इन वाक्यों से चौधराइन के पीले मुख-मण्डल पर कुछ क्षणों के लिए लाली आ गई। उसके मुख पर ऐसा भाव प्रस्फुटित हुआ, जिससे वह स्पष्ट था कि पति का यह उत्तर मिलने से उसे संतोष हुआ है। चौधराइन पुनः बोली—''तुम यह बात इसलिए कह रहे हो कि मुझे दुःख न हो। पर मैं भगवान की सौगंद खाकर कहती हूँ कि मुझे उसी में सुख है, जिसमें तुम्हें सुख है।''

चौधरी—''इस बात को जाने दो रामचरन की माँ—इन बातों से मुझे दुःख होता है—बस, अब तो भगवान् को याद करो।''

चौधराइन—''मेरे भगवान तो तुम्हीं हो—तुम्हें छोड़ मैंने और किसी भगवान् को नहीं जाना। जब तक मेरे सामने तुम हो, तब तक, तब तक...। आह!''

पत्नी के ये वाक्य सुनकर चौधरी व्याकुल हो गया। और बच्चों की भाँति ढाढ़ मारकर रोने लगा। वह रोता जाता था और कहता जाता था—''अरे भगवान् तुम कहाँ हो, हाय अब मैं क्या करूँ! कोई मेरा सब कुछ ले ले, मेरी चौधराइन को अच्छा कर दे। हाय राम, तनिक तो दया करो।'' पति को व्याकुल देखकर चौधराइन भी दुख के मारे बेहोश हो गई। घर की स्त्रियाँ दौड़ पड़ीं। उन्होंने चौधरी को सँभाला और समझाने बुझाने लगीं।

उसी रात को चौधराइन का शरीरांत हो गया। चौधराइन की मृत्यु से चौधरी को अपने जीवन में एक विशेष परिवर्तन का अनुभव हुआ। एक पथिक जब सीधे मार्ग से भटक कर निर्जन वन में पहुँच जाता है, तब उसकी जो दशा होती है, वही दशा इस समय चौधरी की थी। अपना पिछला सुखमय जीवन उसे इस समय स्वप्नवत् प्रतीत हो रहा था। अपना घर, जो उसके लिए नन्दन-कानन से भी बढ़कर था; वही उसे इस समय काटने दौड़ता था। उसके स्वप्न में भी कभी यह बात नहीं आई थी कि उसके जीवन में कभी ऐसा विकट परिवर्तन होगा। उसे क्या मालूम था कि उसके

सुखमय जीवन-मार्ग का मोड़ उसे कंटकाकणि वन में डाल कर छोड़ देगा। आह! आज उसके नेत्रों में अंधकार है। आज भी भगवान् अंशुमाली अपनी पूर्ण शोभा के साथ उदय होते हैं, परन्तु ननकू को उनका मुख-मंडल रक्त से सना हुआ प्रतीत होता है। आज भी ग्राम के पक्षीगण उसके घर की दीवारों पर आकर बैठते हैं और अपनी मधुर बोलियाँ बोलते हैं, परन्तु ननकू को यह प्रतीत होता है कि वे उसकी चौधराइन के वियोग में व्याकुल होकर चीत्कार कर रहे हैं। द्वार पर बँधी हुई गाय जब राँभती है, तो ननकू समझता है कि वह उसकी चौधराइन को पुकारती है। उसके सामने जब कोई हँसता है, तो उसे प्रतीत होता है कि हँसने वाला संसार की निस्सारता पर हँस रहा है। ननकू को आज ज्ञात हुआ कि किस प्रकार केवल एक प्राणी का अस्तित्व एक मनुष्य के जीवन को सुखमय बनाए रखता है, उसकी आँखों में संसार को प्रभापूर्ण रखता है और उसकी मृत्यु किस प्रकार जीवन को दुःखमय बना देती है, संसार को अंधकारपूर्ण कर देती है।

चौधराइन की मृत्यु हुए दो वर्ष व्यतीत हो गए। चौधरी के हृदय में चौधराइन की मृत्यु से जो घाव हो गया था, वह भी काल-वैद्य द्वारा भरा जा चुका था। घाव भर गया था, परन्तु उसका चिह्न शेष रह गया था। वह चिह्न, वह दाग़ चौधरी के हृदय में चौधराइन की स्मृति को स्थायी बनाए हुए था। इस बीच में चौधरी से लोगों ने दूसरा विवाह कर लेने का बहुत अनुरोध किया। अनेक माता-पिताओं ने उसे अपनी कन्याएँ अर्पित करने की उत्सुकता दिखाई। अनेक युवती विधवाओं ने उसका हृदय-हरण करने की भरसक चेष्टा की, परन्तु किसी को भी सफलता न मिली। चौधराइन की स्मृति चौधरी के हृदय की कवच बनी हुई थी, जिसके कारण किसी भी रमणी के नयन-बाण उसके हृदय को विद्ध नहीं कर सकते थे। चौधरी ने यह व्रत कर लिया था कि अब वह किसी भी स्त्री को कामपूर्ण दृष्टि से नहीं देखेगा। इस प्रकार कुछ दिन व्यतीत हुए।

शीतकाल की रात थी। चौधरी के द्वार पर अलाव लगा हुआ था और कुछ लोग बैठे हुए ताप रहे थे। चौधरी भी एक कोने में चुपचाप बैठा हुआ था। इधर-उधर की बातें हो रही थीं। हठात् एक आदमी बोल उठा—"भइया ननकू, तुम अपना ब्याह करो न करो, पर रामचरन का ब्याह तो कर देओ। घर माँ कौनौ मेहरिया नहीं है—रोटी-पानी की तकलीफ़ होती है।"

एक दूसरा व्यक्ति बोला—रोटी-पानी की तकलीफ़ है, और लड़का भी सयाना हो गया है। तुम लोगों में आठ-आठ दस-दस बरस के लड़कों का ब्याह होता है—रामचरन तो बीस बरस का होने आया।

चौधरी मानों निद्रा से जागकर बोला—"हाँ भाई, यह तो तुमने ठीक कहा—ब्याह तो अब जरूर हो जाना चाहिए—मुझे इसका कुछ ध्यान ही नहीं रहा।"

तीसरा व्यक्ति—"ध्यान कहाँ से रहे, साल भर तक तो तुम्हारा चित्तै ठिकाने नहीं रहा।"

दूसरा—"भइया ब्याह-काज तभी अच्छा लगता है, जब घर में कोई करने-धरने वाली हो।"

पहला—"एही से तो कहत हम कि ननकू भाई पहले अपना ब्याह कर लें, तो सब काम ठीक बन जाए।"

चौधरी एक दीर्घ विश्वास लेकर बोला—"हमारा ब्याह तो अब चिता के साथ होगा।"

तीसरा—"अच्छा ब्याह न करो न सही, कौनौ का घर बैठाय लेओ। बिना मेहरिया के घर की शोभा नहीं बनत।"

चौधरी—"रामचरन का ब्याह हो जाएगा, तो घर की शोभा हो जाएगी।"

चौथा—"तो फिर झटपट कर डालो।"

चौधरी—"अब आज ध्यान आया है, अब हो जाएगा।"

तीसरा—"हमरे मसाने (ननसाल) माँ एक लड़की है—कोई पन्द्रह-सोला साल की। देखै-सुनै माँ नीक है। घरौ अच्छा है। दस बारह बीघा की खेती होत है, गइयाँ-भैंसी हैं—तुम कहो तो बातचीत लगाई।"

चौधरी—"हाँ-हाँ जरूर लगाओ। अब आज से मुझे रामचरन के ब्याह की फिकर हो गई।"

पहला—"हमार राय तो यहै हती कि ननकू भाई पहले अपना ब्याह करें।"

चौधरी—"अरे क्या बेर-बेर वही बात कहते हो। मैं ब्याह करूँ? इस उमर में ब्याह करूँ, तो लोग क्या कहेंगे? और फिर मुझे चौधराइन-सी औरत मिलेगी कहाँ?"

चौथा—"औरत तो अब्बल नम्बर की थी। इतने दिन हो गए—हमने कभी उसका मुँह नहीं देखा। जब बाहर निकलती, तो मुँह ढाँक कर।"

तीसरा—"और भइया दयावान भी बड़ी हती—देखो उसका पीठ पीछा है—पर बात जित्ती होगी, उतनी ही कहेंगे। कभी कोई चीज़ मँगाई—कभी-नाहीं नहीं की—हुई तो जरूर दे दी।"

पहला—"मेहनतिन कुछ कम हती? घर का सब काम अकेलै करत रहै।"

चौधरी एक दीर्घ निश्वास छोड़कर बोला—"दो गइयों और दो भैंसों का दूध अकेले मथती थी—आदमी न होय, तो चारा-पानी भी अकेले दे देती थी। हम मरद होके उसके बराबर मेहनत नहीं कर सकते थे।"

चौथा—"यह बात तो सच्ची हैं, वैसी औरत मिलना कठिन है।"

तीसरा—"धर्मात्मा बड़ी हती।"

दूसरा—"एक दफे हमारा लड़का बीमार हुआ—भइया मैं तुमसे क्या कहूँ—उसने ऐसी सेवा की कि जैसे उसी का लड़का हो। ऐसी धर्मात्मा औरत होना कठिन है।"

चौधरी—"हाथ इतना खुला हुआ था कि घर में दस-दस सेर पन्द्रह-पन्द्रह सेर

दही और मट्ठा होता था, पर किसी-किसी दिन हमें और लड़कों को चाखने तक को नहीं मिलता था—सब बाँट देती थी।"

पहला—"वह परमेसुर का अंस हती—तबही तो चली गई। परमेसुर जिहिका प्यार करत हैं ओहका जल्दी बुलाय लेत हैं।"

चौधरी—"सच बात कहते हो, हमारे बड़े भाग थे, जो हमारे घर आई, नहीं भला वह हमारे घर के लायक थी?"

तीसरा—"तुम्हारे लायक नहीं हती तभी तो चली गई।"

चौथा—"उस जनम में उसने कोई पाप किए होंगे, इस वास्ते अहीरों में जनम लिया—नहीं वह इस लायक थी कि किसी राजा-महाराजा के घर जनम लेती।"

चौधरी एक लम्बी साँस लेकर बोला—"यही बात है। एक बात हो तो कहूँ—उसकी सभी बातें अच्छी थीं। वही बातें याद कर करके तो कलेजे में हूक उठती है। तुम लोग कहते हो ब्याह कर लो। किससे ब्याह कर लूँ? उसके तो कोई पैरों की धूल भी नहीं।"

इसी समय पर रामचरन भी आ गया। उसे देखते ही एक व्यक्ति बोला—"आओ भइया रामचरन—आओ, अच्छे बखत पर आए।"

रामचरन चुपचाप आकर उस आदमी के पास बैठ गया।

रामचरन एक सुन्दर युवक था। खूब पुष्ट तथा गठीला शरीर, खिलता हुआ रंग, खुले तथा स्वच्छ वायु-मंडल में रहने के चिह्न-स्वरूप गालों पर लाली, नेत्र बड़े-बड़े और यथेष्ट काले थे। छोटे-छोटे बालों की काली मूँछ ने उसके पुरुष-सौन्दर्य को पूर्णतया विकसित कर दिया था।

रामचरन ग्रामीण पुरुष-सौन्दर्य का एक अच्छा नमूना था।

अलाव में से उठती हुई अग्नि-शिखाओं के प्रकाश में चौधरी ने रामचरन पर दृष्टि डाली। पुत्र को देखकर चौधरी के उदासीन नेत्र प्रेम तथा गर्व से भर गए। वह कुछ क्षणों तक उसके मुख को स्थिर दृष्टि से ताकता रहा; इसके पश्चात् उसने कुछ इस प्रकार की अपनी दृष्टि दूसरी ओर फेरी मानों उसे भय हुआ कि कदाचित् उसकी दृष्टि से रामचरन को कुछ हानि पहुँचे।

रामचरन के पास बैठे हुए व्यक्ति ने रामचरन की पीठ पर हाथ रख के चौधरी से कहा—"खैर, अब तुम इनका ब्याह करो धूमधाम से।"

चौधरी—"करने धरने वाले सब तुम्हीं लोग हो, मैं तो इसकी महतारी के मरने से अपाहिज-सा हो गया हूँ। और धूमधाम काहे की? अब तो खाली एक रसम पूरी करना है—हाँ, आज इसकी माँ जीती होती तो...।"

इतना कहते-कहते चौधरी का कंठ गद्‌गद् हो गया—वह अपने साफे के कोने से आँखें पोंछने लगा।

यह देखकर एक व्यक्ति कुछ बिगड़कर बोला—"ननकू भइया, यौ तुम का मेहेरियन की तना (तरह) करै लागत हौ मनई के मरे मेहेरिया रोवत है, मेहेरिया के मरे कहीं

(कहीं) मनई नहीं रोवत हैं। मेहेरिया तो मरै (मरा ही) करत हैं।''

एक दूसरा व्यक्ति गम्भीरतापूर्वक सिर हिला कर बोला—''भइया, यह मोह बड़ा ज़बरदस्त होत है। आदमी एक चिड़िया पालता है, तो उसके मरे का रंज होता है—यह तो भला मेहेरिया हती।''

रामचरन के पास बैठा हुआ व्यक्ति बोला—''हमार मेहेरिया जब मरी रहै, तब हमैं तो रत्ती भर सोच न भा रहै।''

एक अन्य व्यक्ति तुरन्त बोल उठा—''तो वह तुम्हारा मेहेरिया न रही होई।''

इस पर सब लोग खिलखिलाकर हँस पड़े। चौधरी भी उदास भाव से किंचित मुस्करा दिया।

रामचरन से उसके पास बैठे हुए मनुष्य ने कहा—''लेओ अब का चहते हौ—अब तो तुम्हारा बियाह भवा जात है।''

पिता की उपस्थिति से उत्पन्न हुई शिष्टता के कारण रामचरन ने इसका कुछ उत्तर नहीं दिया—नीची दृष्टि करके केवल किंचित् मुस्करा दिया।

रामचरन का विवाह हुए तीन मास व्यतीत हो गए। घर में पुत्र-वधू की उपस्थिति के कारण ननकू की उदासीनता क्रमशः कम होने लगी। पहले वह घर में केवल भोजन करने और सोने के लिए आता था—शेष दिन खेत में काम करने, गाय-भैंस चराने तथा इधर-उधर मित्रों के पास बैठने में बिता देता था। परन्तु अब वह दिन का कुछ अंश घर में बैठकर बिताने लगा। इसी प्रकार कुछ दिन व्यतीत हुए।

एक दिन दस बजे के लगभग ननकू बाहर से आया और सीधा घर के भीतर चला गया। उस समय उसकी पुत्र-वधू घर के आंगण में बैठी स्नान कर रही थी। चौधरी की दृष्टि पुत्र वधू के अर्द्धनग्न शरीर पर पड़ी। उस मूर्तिमान् तरुणता को देखकर चौधरी कुछ क्षणों के लिए स्तम्भित रह गया। रामचरन की पत्नी सुखिया के अंग-प्रत्यंग से यौवन फटा पड़ रहा था। चौधरी के नेत्रों को वह दृश्य बड़ा सुखकर प्रतीत हुआ। उसी समय सुखिया की दृष्टि भी चौधरी पर पड़ी—उसने चमककर अपना शरीर वस्त्र से ढाँक लिया। ननकू तुरन्त दृष्टि नीची करके वहाँ से हट आया।

उसी दिन से पुत्र-वधू के प्रति ननकू का व्यवहार अत्यन्त नम्र तथा उदार हो गया। अब वह सुखिया की छोटी-से-छोटी इच्छा पूर्ण करने का पूरा ध्यान रखने लगा। पहले उसका अधिकांश समय घर के बाहर व्यतीत होता था; परन्तु अब घर में व्यतीत होने लगा। उसकी यह दशा देखकर उसके शुभ-चिन्तकों को प्रसन्नता हुई। उन्होंने सोचा—लड़के का ब्याह हो गया, घर में बहू आई, अब ननकू को पुनः घर-गृहस्थी से अनुराग उत्पन्न हो चला। उसके दोनों पुत्रों ने भी पिता की इस दशा परिवर्तन पर सन्तोष प्रगट किया।

एक दिन रामचरन ने किसी अपराध पर सुखिया के दो-चार तमाचे जड़ दिए। पुत्र के इस कार्य पर ननकू बहुत बिगड़ा। उसने आरक्त नेत्रों से रामचरन की ओर देख कर कहा—"काहे, तूने दुलहिन को काहे मारा।"

रामचरन नम्रता-पूर्वक बोला—"काम ख़राब करेगी तो मारी ही जाएगी।"

ननकू—"काम खराब किया तो क्या हुआ—अभी ना समझ है, जब उसे ज्ञान हो जाएगा, तो कभी काम खराब न करेगी। औरत पर कोई हाथ उठाता है? आज से पीछे जो कभी हाथ चलाया, तो ठीक न होगा। समझा?"

रामचरन ने इसका कोई उत्तर न दिया—"चुपचाप बाहर चला गया।"

रामचरन के चले जाने पर ननकू ने पुकारा—"दुलहिन! ओ! दुलहिन—यहाँ आओ।"

सुखिया घूँघट में मुख छिपाए लज्जा से सिमटती हुई, ननकू के सामने आकर खड़ी हो गई।

ननकू ने एक बेर सिर से पाँव तक देखा—तत्पश्चात् कहा, "काहे, उसने तुझे काहे मारा?"

सुखिया ने कुछ उत्तर न दिया—वह चुपचाप सिर झुकाये पैर के अँगूठे से भूमि खोदने लगी।

ननकू कुछ क्षणों तक प्रतीक्षा करने के उपरान्त बोला—"काहे, बोलती काहे नहीं? ऐसी शरम किस काम की।"

सुखिया उसी प्रकार निरुत्तर रही।

ननकू मृदु-स्वर में बोला—"ऐसी सरम करोगी तो कैसे काम चलेगा? घर में और कोई है नहीं, अकेली तुम्हीं हो, जो तुम्हीं ऐसा परदा और ऐसी सरम करोगी तो ठीक न होगा, मैं यह सब ढोंग समझता हूँ, बोल, उसने तुझे क्यों मारा?"

इस बार सुखिया ने कंपित स्वर में कहा—"रोटी बनै माँ देर होइ गई।"

ननकू—"रोटी बनने में देर हो गई तो क्या हुआ—नालायक कहीं का! ऐसे सरऊ बड़े कहूँ के लाट साहब हैं। अबकी मारे तो मुझे बताना, मैं ससुरे को ठीक कर दूँगा।"

सुखिया श्वसुर की कृपा तथा दयालुता पर मन ही मन प्रसन्न होती हुई ननकू के सामने से चली गई।

उस दिन से सुखिया श्वसुर से बोलने-चालने लगी। रामचरन को यह बात मालूम हुई—परन्तु उसने इस पर कोई आपत्ति नहीं की। उसने सोचा—एक औरत है—बिना बोलेचाले गुज़ारा होना कठिन है।

क्रमशः यह दशा हो गई कि जहाँ पहले सुखिया ननकू के सामने लम्बा घूँघट निकाल कर आती थी, वहीं अब इतना छोटा घूँघट निकालकर आने लगी कि उससे उसका मुख दिखाई पड़ता रहता था।

रात के नौ बज चुके थे। ननकू के दोनों पुत्र खेतों में सिंचाई कर रहे थे—ननकू अकेला घर में था। भोजन करने के पश्चात् वह अपनी चारपाई पर लेटा हुक्का पी

रहा था। वह हुक्का पीता जाता था और साथ ही किसी महत्त्वपूर्ण विषय पर विचार कर रहा था। हुक्का पीते-पीते वह कुछ सोचकर उठने को हुआ—परन्तु फिर अपनी चारपाई पर बैठ गया और पुनः हुक्का पीने लगा। थोड़ी देर में वह लेट गया और कुछ क्षणों तक चुपचाप लेटा रहा। अब उसने करवट ली और आँखें बन्द करके सोने की चेष्टा करने लगा। परन्तु कुछ ही क्षणों में उसने पुनः आँखें खोल दीं और चित लेट गया। कुछ देर तक पड़ा सोचता रहा। हठात् अपने आप ही बोल उठा—"ऊ हूँ यह काम खराब है।" यह कहकर वह फिर करवट से लेट गया और उसने आँखें बन्द कर लीं। इसी प्रकार कुछ देर तक वह करवटें बदलता रहा। उसने सोने की बहुत चेष्टा की, परन्तु उसे नींद न आई। हठात् वह उठकर बैठ गया और अपने आप बोला—"जो होगा देखा जाएगा। भगवान् की ऐसी ही इच्छा है।"

यह बड़बड़ाकर उसने पुकारा—दुलहिन, तनिक एक गिलास पानी दे जाओ।

घर के दूसरी ओर बरतन खटकने का शब्द हुआ। बरतनों के खटकने का शब्द सुनकर ननकू ने एक ज़ोर की अँगड़ाई ली। एक क्षण के पश्चात् सुखिया गिलास लिए श्वसुर के सामने आ खड़ी हुई और उसने गिलास श्वसुर की ओर बढ़ाया। इधर ननकू ने गिलास पकड़ने के लिए अपना हाथ बढ़ाया; परन्तु वह हाथ गिलास पर न जाकर सुखिया की कलाई पर पहुँचा—ननकू ने सुखिया की कलाई पकड़ ली। सुखिया ने पहले तो यह समझा कि अँधेरे के कारण श्वसुर गिलास को नहीं देख सके इसलिए हाथ कलाई पर पड़ गया। परन्तु जब ननकू ने सुखिया की कलाई दृढ़तापूर्वक पकड़कर उसे अपनी ओर घसीटने का प्रयत्न किया—तब सुखिया श्वसुर का अभिप्राय समझी। उसके हाथ से गिलास छूट पड़ा। यद्यपि सुखिया श्वसुर के प्रेम पूर्ण व्यवहार से परम सन्तुष्ट थी—सन्तुष्ट ही नहीं कृतज्ञ थी, यद्यपि वह श्वसुर की सेवा करने के लिए सदैव हर्षपूर्वक तत्पर रहती थी—यद्यपि श्वसुर को प्रसन्न करना वह अपना कर्तव्य समझती थी, तथापि वह ऐसे व्यवहार के लिए तैयार न थी। "हैं! हैं! यौ का करत हौ" कहकर उसने एक ज़ोर का झटका दिया—ननकू के हाथ से उसकी कलाई छूट गई। सुखिया तेज़ी के साथ भागकर एक कोठरी में घुस गई और इस भय से कि कहीं श्वसुर महोदय वहाँ भी न पहुँचे उसने भीतर से कोठरी के किवाड़े बन्द कर लिए।

इधर ननकू कुछ क्षणों तक मूर्तिवत् बैठा रहा। असफलता के धक्के ने उसके अन्तःकरण को जागृत कर दिया। वह सोचने लगा—"यह मैंने क्या किया? जिसे संसार बेटी के समान समझता है उस पर मैंने पाप-दृष्टि डाली! क्या इसीलिए मैंने व्रत किया था कि मैं अब किसी स्त्री पर बुरी दृष्टि न डालूँगा। ओह मुझे यह क्या हो गया था! उफ़! हाय रामचरन की माँ तुम कहाँ हो? तुम्हारे वियोग ने आज मुझे इतना पतित बना दिया। तुम्हारे होते हुए मैंने कभी किसी स्त्री पर बुरी निगाह नहीं डाली। परन्तु तुम्हारे न रहने पर तुम्हारे सामने वादा करके भी, अपने मन में व्रत करके भी, मैंने तुम्हारे बेटे की बहू पर...!" इतना सोचके ननकू फूट-फूटकर रोने लगा। सहसा उसके अश्रु पूर्ण नेत्रों के सामने अंधकार में चौधराइन की मूर्ति दिखाई पड़ी। ननकू को ऐसा

मालूम हुआ मानों उसकी चौधराइन उसकी ओर देख रही है। मूर्ति की दृष्टि में उसके प्रति प्रेम तथा दया है, ओठों पर मृदु-मुस्कान है। ननकू चौधरी रोना भूल गया, वह हाथ फैलाकर चारपाई से उठा और "रामचरन की माँ" कहता हुआ आगे बढ़ा। परन्तु उसके उठते ही, उसे यह प्रतीत हुआ कि मूर्ति ने अपना सिर इस प्रकार हिलाया मानों वह ननकू को अपने पास आने से मना कर रही है। ननकू आगे बढ़ा–परन्त उसी क्षण वह मूर्ति अंधकार में विलीन हो गई। ननकू पीछे हटकर अपनी चारपाई पर गिर पड़ा।

इसके पश्चात् वह कुछ देर तक बैठा ध्यान मग्न रहा। सहसा उसने सिरहाने से अपनी मिर्जई उठाकर पहनी–सिर पर साफ़ा बाँधा और जिस कोठरी में सुखिया घुस गई थी, उसके द्वार पर जाकर बोला–"दुलहिन–आज तुमने अपने को नहीं, मुझे एक घोर पाप से बचाया है। इसके लिए मैं जब तक जीता रहूँगा। तुम्हारे सुख-सौभाग्य के लिए भगवान् से प्रार्थना करता रहूँगा। अब मैं अपना पापी मुँह तुम्हें नहीं दिखाऊँगा। मैं तुमसे केवल एक भीख माँगता हूँ और वह यह कि इस बात की चर्चा किसी से मत करना–मेरे नाम को इस कलंक से बचाना बस, यही भीख़ तुमसे माँगता हूँ।" ननकू इतना कहकर तथा उत्तर पाने की प्रतीक्षा न करके झटपट घर के बाहर आया और रात्रि के निबिड़ अंधकार में विलीन हो गया।

उस दिन से फिर ननकू चौधरी का पता न लगा कि वह कहाँ गया। उसके दोनों पुत्र तथा गाँव के लोग उसके इस प्रकार गायब हो जाने पर आश्चर्य करते हैं। उनकी समझ में आज तक यह बात नहीं आई कि आखिर ननकू चौधरी के इस प्रकार लापता हो जाने का कारण क्या है। इसका रहस्य संसार में केवल एक प्राणी जानता है–वह प्राणी सुखिया है। आज भी जब कभी सुखिया एकान्त में बैठती है, तो अपने श्वसुर के अन्तिम शब्द स्मरण करके एक ठण्डी साँस खींचती है और आँखों में आँसू भर लाती है।

भक्त की भक्ति

शाम के आठ बज चुके थे। एक पुस्तकालय में सात-आठ आदमी बैठे समाचार पत्र पढ़ रहे थे। सहसा एक वृद्ध महाशय 'लीडर' का अंक मेज पर रखकर बोले, ''इसमें सन्देह नहीं कि महात्मा गाँधी भारत के सबसे बड़े नेता हैं। अभी तक ऐसा कोई भी नेता भारत में उत्पन्न नहीं हुआ।''

वृद्ध सज्जन की यह बात सुनकर कुछ लोग बोल उठे—''इसमें कोई सन्देह नहीं। महात्मा जी के सदृश अभी तक कोई नेता नहीं हुआ। लोकमान्य भी बहुत बड़े नेता थे, पर महात्मा जी उनसे भी आगे बढ़ गए।''

इतना सुनकर एक-दूसरे वृद्ध सज्जन, जो अभी तक चुपचाप पत्र पढ़ रहे थे; पत्र अलग रखकर बोले, ''भगवान तिलक से महात्मा जी की तुलना न कीजिए। भगवान के बराबर न कोई नेता अभी तक हुआ और न आगे होने की आशा है।''

पहले वृद्ध सज्जन कुछ मुस्करा कर बोले, ''महात्मा जी के सबसे बड़े नेता होने का सबसे बड़ा प्रमाण यह है कि जो लोकप्रियता महात्मा जी को प्राप्त हुई है वह लोकप्रियता किसी भी नेता को प्राप्त नहीं हुई।''

दूसरे वृद्ध सज्जन बोले—''आप इसे बहुत बड़ा प्रमाण कहते हैं और मैं इसे कोई प्रमाण ही नहीं समझता। भगवान तिलक का-सा विद्वान,उनका-सा राजनीतिज्ञ और वैसा देशभक्त कोई हो तो ले! उन्होंने उस समय में काम किया था जब देशभक्ति का नाम तक लेने पर जिह्वा काटी जाती थी। उन्होंने देश में उस समय जागृति फैलाई जब देश बिल्कुल सोया हुआ था। सच बात तो यह है कि जिस हँडिया को भगवान ने पकाया था वह हँडिया महात्मा जी को मिल गई। जिस भूमि को जोत-बोकर उन्होंने तैयार किया था उससे महात्मा जी ने लाभ उठाया। मैं यह कदापि नहीं कहता कि महात्मा जी बड़े नेता नहीं हैं और उन्होंने देश के लिए कुछ कम त्याग किया, पर भगवान तिलक कुछ चीज़ ही और थे। वे भगवान ही थे।''

पहले वृद्ध सज्जन ने मुस्कराते हुए कहा, ''मालूम होता है आप लोकमान्य के बड़े भक्त हैं!''

दूसरे वृद्ध सज्जन ने कुछ उत्तेजित होकर कहा, ''हाँ, भगवान का जो स्थान मेरे

हृदय में है वह अन्य किसी भी नेता को प्राप्त नहीं हो सकता।"

एक-दूसरे महाशय बोल उठे, "यह बात दूसरी है, जब आप केवल लोकमान्य ही को हृदय में स्थान दे चुके तो ऐसे समय में यदि किसी दूसरे को स्थान न दे सकें तो कोई आश्चर्य नहीं। अच्छा, एक बात तो बताइए, आपके असहयोग के सम्बन्ध में क्या विचार हैं?"

वृद्ध सज्जन बोले, "मैं असहयोग का पक्षपाती नहीं। मैं असहयोग को देश के लिए हानिकर समझता हूँ। भगवान भी असहयोग के विरूद्ध थे।"

पहले वृद्ध सज्जन बोले, "लोकमान्य असहयोग के विरुद्ध थे केवल इसीलिए आप भी उसके विरुद्ध हैं—क्यों न? परन्तु आपको कैसे मालूम हुआ कि लोकमान्य असहयोग के विरुद्ध थे?"

दूसरे वृद्ध सज्जन बोले, "अन्तिम समय उन्होंने असहयोग के सम्बन्ध में अपने विचार प्रकट किए थे।"

एक-दूसरे महाशय बोले, "यह सब कपोलकल्पित बात है, इसका कोई प्रमाण नहीं।"

एक अर्द्ध वयस्क महाशय, जो अभी तक सबकी बातें बड़े ध्यान से सुन रहे थे, गम्भीरता से कहने लगे, "आप लोग महात्मा गाँधी और लोकमान्य की तुलना क्यों कर रहे हैं? विद्वानों का मत है कि दो महापुरुषों की तुलना सदैव अपूर्ण और विफल होती है। मेरी क्षुद्र बुद्धि में, और जहाँ तक मुझे मालूम है, महात्मा गाँधी और लोकमान्य की तुलना नहीं हो सकती। लोकमान्य बड़े भारी राष्ट्रनेता थे। उनमें ऐसे अनेक गुण थे जो उनके समय के लिए उपयुक्त थे, और उन्हीं में थे। वे जब तक जीवित रहे तब तक अद्वितीय और अनुपम रहे। उनकी मृत्यु के बाद परिस्थितियाँ बदलीं। इस परिवर्तित परिस्थिति के लिए जितने उपयुक्त गुण महात्मा गाँधी में हैं उतने और किसी में नहीं। अपने समय में देश के लिए लोकमान्य ने जो किया वह उन्हीं का काम था। उन्होंने जो कुछ किया वह महात्मा जी के कामों से किसी भी प्रकार कम नहीं कहा जा सकता। अन्तर है केवल परिवर्तित परिस्थितियों में। दोनों ही में अपने-अपने समय की परिस्थिति के लिए अनुपम और अद्वितीय उपयुक्त गुण हैं। इसलिए दोनों ही अपने-अपने समय के अद्वितीय नेता रहे। संक्षेप में यह बात कही जा सकती है कि लोकमान्य और महात्मा गाँधी भारत के ऐसे रत्न हैं जिनकी भाँति में भेद है, परन्तु मूल्य में दोनों अमूल्य और अनुपम हैं।"

यह बात सुनकर दो-तीन सज्जन एक साथ बोल उठे—आपने बहुत ठीक कहा। लोकमान्य की और महात्मा जी की तुलना हो ही नहीं सकती। लोकमान्य भी अपने समय में केवल आप ही थे और महात्मा जी भी इस समय अद्वितीय हैं। लोकप्रियता की वृद्धि तो बढ़ी हुई राष्ट्रीय जागृति का परिणाम मात्र है।

इस बातचीत के पश्चात् सब लोक पुनः समाचार पत्र पढ़ने में लग गए।

पं. श्यामाचरण मध्य श्रेणी के गृहस्थ हैं। आपकी आयु इस समय 50 वर्ष के लगभग है। आप एक सरकारी स्कूल में सेकंड मास्टर हैं। आप भगवान तिलक के बड़े भक्त हैं। उन पर आपकी भक्ति यहाँ तक बढ़ी हुई है कि प्रतिदिन नहा-धोकर आप भगवान तिलक की मूर्ति की पूजा करते हैं। आप लोकमान्य तिलक को सदैव भगवान तिलक कहा करते हैं और जिन पर उनका कुछ भी प्रभाव है उनको भी यही उपदेश देते हैं कि भगवान तिलक थे इसलिए उन्हें भगवान ही की तरह मानो! आप भगवान ति्लक की निंदा स्वप्न में भी नहीं सुन सकते। प्रायः उनसे और अन्य लोगों से केवल इसी बात पर झगड़ा हो जाया करता है। जो लोग उनके इस स्वभाव को जानते हैं वे प्रायः उनको छेड़ने के लिए कभी-कभी लोकमान्य की कुछ नुक्ताचीनी कर देते है। बस, फिर क्या पूछना! आप बेतरह बिगड़ उठते हैं। जिस दिन लोकमान्य की निन्दा सुन लेते हैं उस दिन मारे क्षोभ के आप उपवास कर डालते हैं।

दोपहर के बारह बज चुके थे। पं. श्यामाचरण मैट्रिक क्लास को भारतीय इतिहास पढ़ा रहे थे। इतिहास पढ़ते-पढ़ते लड़कों को चुहल सूझी। एक ने अपने पास बैठे हुए लड़के से कहा, "यार बालगोविंद, ज़रा पंडित जी से यह पूछो कि मुसलमानी राज्य से लेकर अब तक सबसे बड़ा आदमी कौन हुआ?"

बालगोविंद ने पंडितजी से पूछा, पंडित जी, मुसलमानी राज्य से लेकर अब तक सबसे बड़ा आदमी कौन हुआ?

पंडित जी तुरन्त बोल उठे—भगवान तिलक।

एक अन्य लड़के ने कहा, और शिवाजी कैसे थे?

पंडित जी—शिवाजी केवल वीर ही वीर थे। भगवान के बराबर विद्वान नहीं थे। भगवान तिलक भगवान ही थे। शिवाजी भगवान नहीं थे।

एक तीसरा विद्यार्थी बोल उठा—पंडित जी, तिलक तो भगवान नहीं कहे जा सकते।

पंडित जी बिगड़ कर बोले, क्यों?

वही विद्यार्थी—शास्त्र का श्लोक है, देखिए—वह क्या, खैर, इस समय वह श्लोक याद नहीं आ रहा। उसका तात्पर्य यह है कि जो भूत, व़र्तमान और भविष्य, तीनों का ज्ञाता हो, जिसे विश्व का आदि और अन्त मालूम हो, जो जन्म और मरण के रहस्य का ज्ञाता हो, वही भगवान कहे जाने योग्य है। अब आप ही बताइए, क्या लोकमान्य में इतनी क्षमता थी?

पंडित जी बोले, उनमें सब कुछ क्षमता थी।

एक चौथा लड़का बोला—पंडित जी, और लोग तो नहीं कहते कि उनमें इतनी क्षमता थी।

पंडित जी बिगड़ कर बोले—और लोग क्या जानें! जो जानते हैं वही जानते हैं। भगवान की भगवत्ता सब पहचान लें, तो बस हो चुका। भगवान को पहचानना खेल नहीं है।

एक पाँचवें विद्यार्थी ने कहा—पंडित जी, आजकल तो लोगों का विचार है कि

महात्मा गाँधी के बराबर अब तक भारत में कोई नहीं हुआ। महात्मा जी लोकमान्य से भी बढ़ गए हैं।

पंडित श्यामाचरण वैसे तो लोकमान्य के भक्त होते हुए भी गाँधी जी के शत्रु न थे, पर जब कभी लोकमान्य से गाँधी जी की तुलना की जाती थी और उस तुलना में गाँधी जी उत्कृष्ट ठहराए जाते थे तो उनके तन-बदन में आग-सी लग जाती थी और उस समय वे महात्मा जी के सम्बन्ध में जो मुँह में आता बक जाते थे। इस समय भी लड़कों के मुँह से भगवान तिलक की अपेक्षा गाँधी जी की अधिक बड़ाई सुनकर वे आग ही तो हो गए, और कुछ उच्च स्वर में बोले, "तुम्हारा सर ठीक है! तुम लोग महात्मा गाँधी और भगवान तिलक के विषय में क्या जानो! मैं तो इन लोगों के चरित्र देखता-देखता वृद्ध हो गया। और मैं नहीं समझता कि यह कौन-सा तर्क है! जिसे देखो वही यह बात सामने रखता है कि इस समय देश भर में महात्मा जी की तूती बोल रही है। कल पुस्तकालय में भी लोग यही तर्क पेश कर रहे थे। मुझे बड़ा आश्चर्य होता है कि लोगों में इतनी भी समझ नहीं! एक मनुष्य भेड़-बकरी की तरह देशभर को हाँक रहा है, जिस ओर चाहता है ले जाता है। लोग इसे ही बड़ी अच्छी बात समझ रहे हैं। यह वैसी ही बात है कि यदि भेड़-बकरियों के जिह्वा होती और उनसे पूछा जाता कि तुम्हारी दृष्टि में सबसे बड़ा कौन है, तो वे यही उत्तर देतीं कि जो हमको हाँका करता है, वही सबसे बड़ा है। क्यों साहब, गाँधी जी की इस बात का क्या अर्थ है कि यदि देश स्वराज्य लेना चाहे तो उनके बताये हुए मार्ग पर चले, और यदि नहीं चलेगा तो गुलाम बना रहेगा। सच तो यह है कि भगवान तिलक के न रहने से गाँधी जी की चढ़ बनी है। वे जो जी चाहता है कर रहे हैं। यदि भगवान होते तो क्या गाँधी जी यह मनमानी घर जानी कर पाते?"

इसी समय स्कूल की घंटी के स्वर ने पंडित जी को उनके पीरियड समाप्त होने की सूचना दी। पंडित जी अपनी पुस्तकें उठा कर क्लास के बाहर हुए। लड़के पंडित जी के क्रोध पर हँसने लगे।

पंडित श्यामाचरण के मित्रों ने उनसे कई बार कहा—"आप स्कूल से असहयोग कर डालिए और कांग्रेस कमेटी के सदस्य बन जाइए," परन्तु पंडित जी उन सबको यही उत्तर देते थे कि असहयोग करने की भगवान तिलक की आज्ञा नहीं, इसलिए मैं असहयोग नहीं कर सकता और न उस कांग्रेस कमेटी का सदस्य हो सकता हूँ जो भगवान तिलक की आज्ञा के विरुद्ध आज्ञा देती है।

शाम के पाँच बज चुके थे। पंडित जी अपने में लेटे हुए एक पुस्तक पढ़ रहे थे। उसी समय उनकी एक अष्टवर्षीय कन्या दौड़ी हुई आई और बोली, "बाबूजी भइया आए।"

पंडित जी चौंक कर बोले, कौन? कालीचरण?

कन्या बोली, हाँ।

ठीक उसी समय एक युवक ने उनके कमरे में प्रवेश किया। युवक कालीचरण पंडित जी का इकलौता पुत्र था। उसकी आयु चौबीस वर्ष थी। आगरा कालेज में पढ़ता था। इस वर्ष फोर्थ इयर की परीक्षा देने वाला था।

कालीचरण को देखते ही पंडित जी उठकर बैठ गए। कालीचरण ने पिता को प्रणाम किया और सकुचाते हुए एक कुर्सी पर बैठ गया। पंडित जी ने पूछा—आजकल तो तुम्हारी परीक्षा के दिन निकट हैं! इस समय तुम कैसे चले आए?

युवक ने पिता की बात का कोई उत्तर नहीं दिया। सर झुकाए मौन बैठा रहा।

पंडित जी बोले—क्यों, क्या बात है? तुम उत्तर क्यों नहीं देते?

कालीचरण ने कहा—क्या बताऊँ!

पंडित जी शंकित होकर बोले—बताते क्यों नहीं? क्या बात है?

कालीचरण डरते-डरते बोला—जी, मैंने असहयोग कर दिया।

पंडित जी चिल्ला उठे—ऐं! असहयोग!

कालीचरण—जी हाँ!

पंडित जी पर वज्रपात-सा हुआ। कुछ क्षण तक चुपचाप सर झुकाये बैठे रहे। तत्पश्चात् बोले—प्रथम तो तुम्हें असहयोग करने की आवश्यकता ही क्या थी, और यदि करना ही था तो कम-से-कम हमसे परामर्श तो ले लेते! तुम अपने को इतना बुद्धिमान और अनुभवी समझते हो कि तुमने हमको सूचना तक नहीं दी। शाबास! जब तुम्हारा अभी से यह हाल है तो भविष्य के लिए तुमसे क्या आशा की जाए!

कालीचरण धीमे स्वर से बोला—कई लड़कों ने असहयोग किया इसलिए मुझे भी करना पड़ा।

पंडित जी मुख पर घृणा का भाव लाकर बोले—एक बी.ए. के विद्यार्थी के लिए कितना बलवान कारण है कि बहुत से लड़कों ने किया इसलिए तुम्हें भी करना पड़ा? क्यों? संसार में यदि कोई मूर्खता का काम है तो यह कि स्वयं सोचे-समझे बिना दूसरों की नकल करना। तुम्हारे अहसयोग करने का कारण सुनकर मुझे बहुत दुःख हुआ। मुझे स्वप्न में भी यह आशा न थी कि एक बी.ए. का विद्यार्थी इतना बुद्धू होगा। छिः छिः!

कालीचरण बहुत लज्जित हुए। नियमानुसार लज्जा के साथ-ही-साथ कुछ क्रोध भी आ गया। लज्जा और क्रोध के प्रभाव ने कालीचरण को सच्ची बात कहने के लिए विवश किया। वे बोले—असहयोग करने की मेरी स्वयं इच्छा थी और उसके लिए मैं सुअवसर ढूँढ़ रहा था। जब अन्य लोगों ने असहयोग किया तब मैं अपनी इच्छा को न रोक सका।

पंडित जी—तुमने असहयोग के हानि-लाभ पर विचार किया?

कालीचरण—जी हाँ, जहाँ तक मेरी बुद्धि ने साथ दिया वहाँ तक किया।

पंडित जी—असहयोग से क्या लाभ होगा?

कालीचरण—और कोई लाभ हो न हो, पर इतना अवश्य है कि कांग्रेस की जो

आज्ञा है उसका मानना प्रत्येक देशवासी का, और विशेषतः उसका जो कांग्रेस को देश की प्रतिनिधि समझता है, कर्तव्य है।

पंडित जी—तो क्या तुम कांग्रेस को देश की प्रतिनिधि मानते हो?

कालीचरण—मैं तो समझता हूँ कि नरम दल वालों को छोड़ कर सभी कांग्रेस को देश की प्रतिनिधि मानते हैं। जहाँ तक मेरा विश्वास है उसको सामने रखते हुए मैं कह सकता हूँ कि आप भी कांग्रेस को राष्ट्र की प्रतिनिधि मानते हैं।

पंडित जी—हाँ, मानता था, पर अब नहीं मानता। भगवान तिलक के न रहने से कांग्रेस में राष्ट्र का प्रतिनिधित्व नहीं रहा।

कालीचरण—क्षमा कीजियेगा, पिताजी, कांग्रेस वह चीज़ है कि यदि इस समय भगवान तिलक होते तो वे भी उसकी आज्ञाओं के आगे सिर झुकाते।

पंडित जी—खैर, मुझे मालूम हो गया कि तुम्हारे मस्तिक में वर्तमान लहर का विष अपनी जड़ जमा चुका है, इसलिए मैं अब तुमसे इस सम्बन्ध में कुछ न कहूँगा। जो तुम्हारा जी चाहे सो करो। मुझे अब न तुमसे कोई मतलब न तुम्हारे कामों से।

पंडित जी मुँह फेर कर अपने स्थान पर लेट गए।

उपर्युक्त घटना के बाद पंडित श्यामाचरण कुछ विरक्त-से हो गए—पुत्र से तो उन्होंने बोलचाल ही बन्द कर दी। कालीचरण ने पिता की यह दशा देखकर मन-ही-मन प्रतिज्ञा की कि, जहाँ तक सम्भव होगा, मैं पिता को भी असहयोगी बनाकर छोड़ूँगा। इसके लिए उन्होंने चेष्टा करनी भी आरम्भ कर दी। स्वयं तो उनसे कुछ न कहते, पर अन्य लोगों से प्रभाव डलवाना आरम्भ किया।

एक दिन पंडित जी के छह-सात मित्र उनके पास आए और उनसे बड़ी देर तक बातचीत करते रहे। उन लोगों ने पंडित जी को हर तरह से समझाया-बुझाया। बहस भी की, लज्जा भी दिलाई। अन्त में विवश होकर पंडित जी ने कहा—अच्छा, इस विषय पर एक बार मैं पुनः विचार करूँगा।

रात को जब पंडित जी भोजन इत्यादि से निवृत्त होकर शैया पर लेटे तो उनके हृदय में अनेक प्रकार के विचार आने जाने लगे। उन्होंने अपने हृदय को अच्छी तरह टटोला तो उन्हें ज्ञात हुआ कि उनके पास यदि असहयोग के पक्ष में कोई बलवान तर्क नहीं है तो उसके विपक्ष में भी कोई तर्क नहीं है। फिर असहयोग के नाम से उन्हें इतनी घृणा क्यों है? इस पर विचार करने से उन्हें ज्ञात हुआ कि यह उनकी एक सनक मात्र है और यह सनक इसलिए उत्पन्न हो गई थी कि वे सोचते थे, लोग भगवान तिलक को भूलकर गाँधी के अंध भक्त हो गए हैं। अतएव गाँधीजी से उन्हें कुछ द्वेष-सा हो गया। द्वेष होने के कारण वे उनके प्रत्येक कार्य को द्वेष समझने की चेष्टा करने लगे।

पंडित जी इसी प्रकार की बातें सोचते-सोचते सो गए। उसी रात में पंडित जी

ने स्वप्न देखा। उन्होंने देखा कि एक स्थान पर मनुष्यों की भारी भीड़ है और उनके बीच में खड़े हुए भगवान तिलक व्याख्यान दे रहे हैं। पंडित जी दूर होने के कारण व्याख्यान न सुन सके। कुछ देर में सब मनुष्य गायब हो गए। केवल भगवान खड़े दिखाई दिए। पंडित जी दौड़ कर उनके चरणों से लिपट गए। भगवान तिलक ने उन्हें उठाया और पूछा—कहो, देश के क्या समाचार हैं?

पंडित जी बोले—भगवन्, आजकल देश में बड़ी हलचल मची हुई है। गाँधी जी की आज्ञाओं के मारे नाक में दम है। कभी कहते हैं सत्याग्रह करो, कभी कहते हैं असहयोग करो, कभी कहते हैं चरखा चलाओ! सच तो यह है कि आपके बिना सब उलट-पुलट हो रहा है।

भगवान तिलक बोले—कांग्रेस ने भी तो असहयोग पास कर दिया है।

पंडित जी—हाँ, पास कर दिया है। आप होते तो कभी पास न होने पाता।

भगवान तिलक मुस्करा कर बोले—फिर तुमने असहयोग किया या नहीं?

पंडित जी हाथ जोड़कर बोले—नहीं, भगवन्, मैंने तो नहीं किया।

भगवान तिलक ने विस्मित होकर पूछा—क्यों?

पंडित जी—भगवन्, आप असहयोग के पक्ष में न थे, इसलिए।

भगवान तिलक मुस्करा कर बोले—यह तुम्हारी भूल है।

पंडितजी ने घबारकर कहा—भूल! महाराज कैसे?

भगवान तिलक—कांग्रेस की आज्ञा न मानना भारी भूल है। वीर सैनिक वही है जो यह जानते हुए भी कि उसका सेनापति भूल कर रहा है और उसकी भूल के कारण सेना नष्ट हो जाएगी, और सेना के साथ-साथ उसके प्राण भी जाएँगे, रण से मुँह नहीं मोड़ता। वही सच्चा वीर है। यदि तुम महात्मा जी की आज्ञा नहीं मानते तो न मानो, परन्तु कांग्रेस की आज्ञा अवश्य मानो। कांग्रेस हमारी राष्ट्रीय महासभा है। प्रतिनिधि सत्तात्मक प्रणाली के अनुसार उसका निर्णय राष्ट्र का निर्णय है। देश में जितनी संस्थाएँ हैं उनमें से क्या तुम कोई संस्था ऐसी बता सकते हो जो कांग्रेस की अपेक्षा राष्ट्र निधि होने की अधिक योग्यता रखती हो? यदि ऐसी कोई संस्था नहीं, तो कांग्रेस की आज्ञा मानना प्रत्येक देशप्रेमी का कर्तव्य है। मैं भी कांग्रेस की आज्ञा शिरोधार्य करता, चाहे कांग्रेस की आज्ञाएँ मेरी नीति के भी प्रतिकूल क्यों न होतीं।

पंडित जी ने डरते-डरते कहा—भगवन् कांग्रेस में देश भर के आदमी तुलनात्मक दृष्टि से तो पहुँचते नहीं, नरम दल के बहुत से नेता भी उसमें भाग नहीं लेते, इसलिए ऐसी स्थिति में कांग्रेस राष्ट्र की प्रतिनिधि कैसे हो सकती है?

भगवान तिलक ने कहा—सिद्धान्त को देखते हुए तुम्हारी यह बात किसी अंश तक ठीक है। पर ऐतिहासिक दृष्टि से ठीक नहीं। संसार की कोई भी सभा अथवा संस्था पूर्ण रूप से देश की प्रतिनिधि नहीं। कोई भी संस्था आरम्भ में पूर्ण रूप से देश की प्रतिनिधि नहीं होती, परन्तु तो भी लोग उसकी आज्ञाएँ मानते हैं, क्योंकि यदि ऐसा न किया जाएगा तो कोई भी काम न हो सकेगा। यदि तुम्हें कांग्रेस में कोई दोष

दिखाई देते हों तो उनको दूर करने के लिए आन्दोलन करते रहो, परन्तु कांग्रेस के प्रतिकूल होकर नहीं। उसकी हानिकर आज्ञाओं को भी मानते हुए उसके दोष दूर करने का उद्योग करते रहो। तुम्हें तो मालूम है, पहले ब्रिटिश पार्लियामेंट की भी ऐसी ही दशा थी; जैसी आजकल कांग्रेस की है, परन्तु तब भी ब्रिटिश प्रजा को उसकी आज्ञाएँ माननी पड़ती थीं।

पंडित जी—भगवन्, मैंने तो यह सोचा था...

भगवान तिलक—मैं जानता हूँ तुमने क्या सोचा था। तुमने जो सोचा था वह तुम्हारा भ्रम था।

यह कहकर भगवान तिलक अन्तर्ध्यान हो गए। दूसरे दिन स्थानीय कांग्रेस कमेटी के मन्त्री को पंडित श्यामाचरण का एक पत्र मिला। पत्र में लिखा था—

महोदय,

देश की वर्तमान स्थिति पर अच्छी तरह से सोच-विचार करने पर मुझे मालूम हुआ कि जो कुछ कांग्रेस निश्चय कर चुकी है वह ठीक है और प्रत्येक देशप्रेमी का यह कर्तव्य है कि वह कांग्रेस की आज्ञाओं को शिरोधार्य करे। अतएव मैं आज से कांग्रेस कमेटी का सदस्य बनता हूँ—आप कृपा कर मेरा नाम लिख लीजिए! साथ ही, आज से मैंने स्कूल से भी असहयोग कर लिया है और अब मैं तन-मन-धन से असहयोग के प्रचार का काम करूँगा।

भवदीय,
श्यामाचरण

वीरश्रेष्ठ

ग्रीष्म ऋतु थी; ज्येष्ठ मास था। गर्म वायु शीतल हो चली थी। रंजीतपुर ग्राम के ढोर गाँव की ओर लौट रहे थे। उसी समय में एक चौपाल के आगे चारपाई पर एक अर्द्धवयस्क व्यक्ति बैठा हुआ हुक्का गुड़गुड़ा रहा था। यह व्यक्ति दीर्घकाय तथा पुष्टअंग था, मुखमण्डल पर खुले वायुमण्डल में रहने के कारण, सुर्खी थी। नेत्र बड़े-बड़े और कुछ उबले हुए थे; मूँछें बड़ी-बड़ी और ऊपर को चढ़ी हुई थीं। उसमें इधर-उधर चमकने वाले श्वेत बाल यौवन की विदा और वृद्धापा के आगमन की सूचना दे रहे थे।

यह व्यक्ति हुक्का पीता जाता था और अपने ही आप मुस्करा रहा था। उसी समय एक नवयुवक उसके पास आया और बोला—"चाचा पाँव छुइ" वह व्यक्ति बोला—"जीते रहो बेटा—आओ बैठो।"

युवक चारपाई के पैंताने की ओर बैठ गया। थोड़ी देर तक युवक चुपचाप बैठा रहा। वह व्यक्ति भी मौन धारण किए हुए हुक्का पीता रहा।

हठात् उस व्यक्ति ने युवक से पूछा—"कहो बबुआ; कहाँ से आ रहे हो?"

युवक ने उत्तर दिया—"आ तो घर ही से रहा हूँ। अभी ढोरों को चारा पानी देकर छुट्टी पाई थी, जी में आया ज़रा चाचा के पास चलें।"

उस व्यक्ति ने पूछा—"गाँव के क्या समाचार हैं?"

युवक—"समाचार अच्छे हैं, आप पर चढ़ाई करने की सलाहें हो रही हैं।"

वह व्यक्ति मुस्कराया, परन्तु उसने मुख से कुछ नहीं कहा।

युवक—आज सबेरे सुन्दरसिंह कह रहे थे कि जो मेरा नाम सुन्दरसिंह है तो मैं उजागरसिंह के हाथ पैर तोड़ के छोड़ूगाँ।

वह व्यक्ति जिसका नाम उजागरसिंह था, पुनः मुस्कराकर बोला—"बड़ी बात है, सुन्दरसिंह में इतनी हिम्मत तो हुई।"

युवक—"हाँ, सो मैंने सोचा कि चलो उजागर चाचा को सचेत कर दूँ।"

उजागरसिंह बोला—"अरे मुझे सचेत करना न करना दोनों एक हैं। मैं तो सदा एक-सा रहता हूँ। मुझे क्या, चाहे जिस दिन आ जाएँ, मैं हर समय तैयार हूँ। मुझे

तो बड़ी प्रसन्नता है कि सुन्दरसिंह में कुछ गर्मी तो है। ठाकुरों को ऐसा ही होना चाहिए। जो ऐसा न हो वह ठाकुर ही नहीं।''

युवक आश्चर्यान्वित होकर बोला—''चाचा आप तो सुन्दर सिंह की प्रशंसा करते हैं।''

उजागरसिंह ने कहा—''हाँ, मैं निस्सन्देह प्रशंसा करता हूँ। जो प्रशंसा की बात होगी उसकी सदा प्रशंसा करूँगा। सुन्दर सिंह ठाकुरों की सी बात करता है इसलिए मैं उसकी प्रशंसा करता हूँ बेटा, ठाकुर ऐसे ही होते हैं। ठाकुर कभी किसी से दब कर बात नहीं करता। और बेटा बच्चन सिंह तुझसे भी मैं यही कहूँगा कि कभी किसी से दबकर बात न करना। जो बात अच्छी और सच्ची हो वही करना, पर बात आ पड़ने पर कभी किसी से न दबना—सच्चे क्षत्रिय का यही धर्म है। गाँव में बड़े बड़े अकड़बाज और लठधारी हैं, पर आज तक किसी ने मेरे लिए ऐसी बात नहीं कही; पर सुन्दरसिंह ऐसा कहता है—बड़ी हिम्मत का काम है।''

बच्चनसिंह ने कहा—''खैर, मैंने आपको जता दिया अब आप जाने और आपका काम।''

उजागरसिंह—''तूने अच्छा किया। मैं जानता हूँ तू मुझसे स्नेह रखता है। पर यदि तू मुझसे न भी कहता तब भी मेरी कोई हानि नहीं थी। मेरा कोई कुछ बना-बिगाड़ नहीं सकता। दूसरे, मैं तो हर समय मरने पर कमर कसे रहता हूँ। किसी सच्चे क्षत्रिय के हाथों मेरी मौत हो जाए तो इससे बढ़कर और क्या बात है। क्षत्री युद्ध ही में मरते हैं, चारपाई पर कभी नहीं मरते। वैसे बेटा, ये पहले की बातें जाती रहीं। अब न क्षत्रिय रहे और न क्षत्रियपन। सब एक ही घाट पानी पीते हैं।''

बच्चनसिंह बोला—''हाँ चाचा, यह तो आप ठीक ही कहते हैं।'' उसी समय एक और व्यक्ति आ गया। उसे देखकर उजागरसिंह बोला—आओ भाई बसन्तसिंह, बैठो।

बसन्तसिंह भी उजागरसिंह का समवयस्क था। वह उसी चारपाई पर एक कोने में बैठ गया। बसन्तसिंह के सामने हुक्का खिसका कर उजागरसिंह ने कहा—''लेओ, पियो।''

बसन्तसिंह ने हुक्का ठीक करके पीना आरम्भ किया। दो तीन कश लेने के पश्चात् उसने पूछा—''काहे; उजागर भाई, क्या बातें हो रही थीं?''

उजागरसिंह—''कुछ नहीं भइया; ये ही गाँव-गली की बातचीत हो रही थी। सुन्दरसिंह हमें मारने को कहते हैं।''

बसन्तसिंह ने हुक्के की नली छोड़ दी और उजागरसिंह की ओर देखकर कहा—''कौन सुन्दरसिंह?''

उजागरसिंह—''हाँ, सुन्दरसिंह।''

बसन्तसिंह—''अरे उसकी ऐसी तैसी। उसकी इतनी हिम्मत कब से हुई? जिस दिन कहो, घर के भीतर घुसके मारूँ। भइया के हुक्म भर की देर है। अभी कल नंगे घूमते थे आज तीस मार-खाँ हो गए!''

उजागरसिंह ने मुस्कराकर कहा—"तो भइया, इसमें हरज क्या है। ये तो खुशी की बात है कि हमारे लड़के ऐसे उठ रहे हैं। लड़कों का हौसला है, होने दो, उनके हौसले को पस्त नहीं करना चाहिए। जब मारने आवेगा तब देखा जाएगा।"

बसन्तसिंह—अरे भइया, तुम्हें साला क्या खाकर मारेगा। तुम एक लप्पड़ मार देओ तो बुखार आ जाए। ऊँह, तुम्हें मारेगा। 'बाप न मारी मिढ़की बेटा तीरअन्दाज!'

उजागरसिंह—"भाई, मैं उसकी इस बात पर मुग्ध हूँ। उसकी इतनी हिम्मत तो है।"

बसन्तसिंह—"अरे मरी सुसरी ऐसी हिम्मत! बड़े छोटे का भी तो ध्यान रक्खा जाता है। अभी मुँह से दूध की गन्ध नहीं गई और बड़ों-बूढ़ों पे मुँह चढ़ने लगा। अभी कान पकड़ के दो तमाचे मार दूँ तो रोता हुआ घर जाए—बातें ऐसी करता है।"

इस अवसर पर बच्चनसिंह बोल उठा—बसन्त चाचा, सो डौल नहीं है। कान पकड़कर तमाचे मारना खेल नहीं है। वह भी बड़ा हथछूट है। उसके शरीर में बल भी बहुत है। रोज़ कसरत करता है, गाँव में उसके मुक़ाबिले मे उजागर चाचा को छोड़कर कोई लाठी चला नहीं सकता। ऐसा वैसा थोड़े ही है। देखते नहीं हो हाथी का बच्चा-सा हो रहा है। भैंस का पाँच सेर दूध रोज़ पी जाता है, पाव भर घी रोज़ खा जाता है। रोज़ अखाड़े में चार जवानों को ज़ोर कराता है।

बसन्तसिंह हँसकर बोला—बेटा, ये सब बातें तुम्हारे से छोकरों के लिए हैं। हमारे सामने वह क्या ठहर सकता है! हम लोगों ने जितना दूध-घी खा लिया इतना आज दिन किसी को पानी नसीब नहीं। (हाथ दिखाकर) ये हड्डियाँ लोहे की हैं। जिस दिन सामना पड़ जाएगा उस दिन अम्माँ याद आवेगी।

उजागरसिंह मुस्कराकर बोला—"भइया, तुम भी किसकी बातों में लगे हो। अरे कहने दो। मैं तो कह चुका, लड़कों की हिम्मत इसी तरह बढ़ती रहे तो अच्छा है। भई मुझे तो प्रसन्नता है।"

बसन्तसिंह—"हिम्मत बढ़ाने के लिए तो कोई बुरी बात नहीं परन्तु वैसे लड़कों को बहुत मुँह लगाना ठीक नहीं।"

उजागरसिंह—"खैर देखा जाएगा। चिन्ता क्या है?"

सुन्दरसिंह अपनी चौपाल में बैठा हुआ था—पास उसके इष्ट-मित्र बैठे थे। सुन्दरसिंह एक सुदर्शन तथा बलिष्ठ युवक था। वयस 24-25 वर्ष की थी। मुख पर ब्रह्मचर्य का तेज था। ये लोग आपस में बातें कर रहे थे, उसी समय बसन्तसिंह उधर से निकले। उन्हें देखते ही सुन्दरसिंह बोल उठा—चाचा, चरण छुई। बसन्तसिंह ने उत्तर दिया—'चिरंजीव रहो।' अरे बेटा सुन्दर यह गाँव में कैसी ख़बरें उड़ रही हैं, लोग कहते हैं—तुम उजागरसिंह से लड़ाई ठाने बैठे हो!

सुन्दरसिंह छाती ऊँची करके बोला—जो कुछ आपने सुना वह ठीक है।

बसन्तसिंह खड़े हो गए, बोले—आखिर ऐसी कौन बात हुई जो तुम इतने चिढ़

गए?

सुन्दरसिंह—"अब चाचा बात क्या बताऊँ।"

बसन्तसिंह—"आखिर बात तो कुछ होगी, बिना बात तो ऐसा हो नहीं सकता।"

सुन्दरसिंह—"बात क्यों नहीं है—मैं पागल तो हूँ नहीं जो बिना कारण किसी से लड़ाई मोल लूँ।"

बसन्तसिंह—"तो वहीं तो मैं पूछता हूँ कि बात क्या है?"

सुन्दरसिंह—"चाचा यहाँ आकर बैठो तो बताऊँ।"

बसन्तसिंह चौपाल में चले गए और एक चारपाई पर बैठकर बोले—"हाँ बताओ।"

सुन्दरसिंह—बात यह है कि परसों रात को हमारी भैंस खुल गई थी सो घूमती-घूमती कहीं उनके खेत में चली गई! भगवान जाने वह कब खुली और कब खेत में पहुँची—मुझे कुछ मालूम नहीं। मैं भोजन करके उठा था उसी समय एक आदमी ने आकर कहा, 'तुम्हारी भैंस उजागरसिंह के खेत में घुस गई थी सो उन्होंने काँजीहौस भिजवा दी।' पहले तो मुझे इस पर विश्वास नहीं हुआ, मैंने ख़बर लानेवाले से कहा, 'उजागर चाचा तो ऐसा करेंगे नहीं, किसी और ने भिजवा दी होगी।'

—उस आदमी ने कहा—'नहीं भैया, ख़ास उजागरसिंह ने ऐसा किया। जब उनके आदमियों ने भैंस पकड़ी तो उन्होंने पूछा—'सुन्दरसिंह की मालूम होती है।' इतना सुनते ही पहले तो वह कुछ देर तक सोचते रहे फिर बोले—'किसी की हो—जाओ काँजीहौस ले जाओ।' सो चाचा भैंस उसी समय काँजीहौस भेज दी गई। मैंने जो यह सुना तो मुझे बड़ा बुरा लगा। मैंने कहा, 'अव्वल तो काँजीहौस भेजने का काम क्या था। जानवर सभी के पास हैं और सभी के कभी-कभी खुल जाते हैं और जिस खेत में चाहते हैं घुस जाते हैं। जो सब इसी तरह काँजीहौस भेजने लगें तो काम कैसे चले। कई दफ़े ख़ास उनके जानवर हमारे खेत में चर गए पर हमने चूँ नहीं की, चुपचाप पकड़कर उनके खूँटे में बाँध आए।' ख़ैर, मैं उसी समय उजागर चाचा के पास पहुँचा। मैंने उनसे बड़ी नम्रता से कहा 'उजागर चाचा, हमारी भैंस आपने काँजीहोस क्यों भिजवा दी?'

—परन्तु उजागर चाचा उस समय सातवें आसमान पर थे। बात क्या कही मानों काटने दौड़े, बोले, 'भिजवा न दें तो क्या करें, अपना खेत चरवा डालें और मैं क्या जानूँ किसकी भैंस थी। कुछ तुम्हारा उस पर नाम तो लिखा था ही नहीं। और, अब तो मैंने सोच लिया है कि किसी को रियायत न करूँगा, चाहे जो हो, और चाहे जिसका जानवर हो, अपने खेत के पास भी पा जाऊँगा तो काँजीहाउस भिजवा दूँगा। सालों ने नाक में दम कर रक्खा है। घर में बाँध कर खिलाया नहीं जाता, रात में खेत चरने को छोड़ देते हैं। अब चराने का मज़ा मिलेगा।'

—मेरे मुँह से निकला—'चाचा, यह मल्लाही तो ठीक नहीं। यह तो दुनिया जानती है कि भैंस मेरी है। आपको ऐसा नहीं चाहिए था। आपके भी जानवर हैं और वे भी कभी-कभी खुल जाते हैं। बस चाचा मेरा इतना कहना था, कि उजागर चाचा जामे के बाहर हो गए, कड़ककर बोले, मेरे जानवर किसी...(गाली) के खेत में जावें तो उसका

जी चाहे सो करे, चाहे काँजीहौस भेजे चाहे क़साई को दे दे, और मैं भी अब ऐसा ही करूँगा। वाह, अच्छी धाँधली मचा रक्खी है, खेत का खेत चरावें और ऊपर से उपदेश देने आवें। कल का लौंडा चला वहाँ से बड़ा कहीं का लाल बुझक्कड़ बनकर।'

—इतना सुनकर, चाचा, मुझे भी क्रोध आ गया—तुम जानो हम भी आध सेर आटा खाते हैं—हमारे शरीर में भी खून है। मैंने कहा, 'आप इतना जामे से बाहर क्यों हुए जाते हैं। मैं तो चाचा-चाचा कह रहा हूँ और आप सिर ही पर चढ़े बैठते हैं। आखिर आपने समझ क्या रक्खा है! जब तक चाचा कहता हूँ तभी तक ख़ैर है—जिस दिन सामने खड़ा हो गया उस दिन छठी का दूध याद आ जाएगा। और देखूँ आप कैसे मेरे जानवर काँजीहौस भेजते हैं। मेरे जानवर रोज़ खुलेंगे और जहाँ चाहेंगे चरेंगे। जिसमें हिम्मत हो काँजीहौस भेजे, पर काँजीहौस भेजने के पहले सिर पर लोहे का तवा भी जड़वा ले।'

—इतना सुनते ही उजागर चाचा बाहर निकल आए और आते ही एक तमाचा मेरे मुँह पर मारा, क्या कहूँ चाचा, मेरी जगह दूसरा होता तो चक्कर खाकर गिर जाता, मेरी भी आँखें तले अँधेरा छा गया। मेरे पास उस समय कोई लाठी, डंडा नहीं था। जल्दी में खाली हाथ ही चल दिया था, इसलिए मैंने उस समय लड़ना ठीक न समझा। इतना मैंने जरूर कहा, 'चाचा, तुमने मुझे बेक़सूर मारा है। इसका बदला मैं जरूर लूँगा। जो न लूँ तो ठाकुर से नहीं चमार से पैदा समझना।'

—इस पर वह बोले, 'तू चमार, तेरी सात पीढ़ी चमार—तू ठाकुर कब से हुआ?'

—मैंने इसका कोई जवाब नहीं दिया, चुपचाप घर चला आया। सो चाचा, अब तो मैं क़सम खा चुका हूँ कि तमाचे का बदला ज़रूर लूँगा, चाहे इधर की दुनिया उधर हो जाए।

इतना सुनकर बसन्तसिंह सर हिलाकर बोले—उजागर भाई ने ग़लती की जो ऐसा किया, उन्हें ऐसा नहीं चाहिए था। एक तो भैंस को काँजीहौस भेजना ही बुरा था—जानवर तो खुलते ही रहते हैं और खेत भी चर जाते हैं, पर क्या किया जाए। अभी तीन चार दिन हुए अंगनू अहीर का बैल रात में हमारे खेत में घुस गया। किसी को पता न लगा; वह साला रात भर मज़े में छकता रहा। सबेरे लोगों ने देखा और पकड़ लिया। और मुझे ख़बर हुई मैंने जाकर छुड़वा दिया। एक जगह रह कर ऐसी बातें नहीं चाहिए। ख़ैर बेटा, वह गाँव के बड़े बूढ़े हैं उनकी बात का बुरा मत मानो। तुम जानते ही हो वह बड़े-क्रोधी हैं—ज़रा ही में उन्हें क्रोध आता है।

सुन्दरसिंह मूँछों पर ताव देकर बोले—वह क्रोधी हैं तो हम भी बड़े क्रोधी हैं—हमने अपना क्रोध किसी ससुरे के हाथ बेच नहीं खाया है। जिस समय तमाचा मारा था उस समय मैं न जाने क्या समझकर चुपचाप चला आया, नहीं, उसी समय छाती पर चढ़कर खून पी लेता। मगर खैर, अब भी क्या हुआ, चोर जाते रहे कि अंधियारी।

बसन्तसिंह बोले—नहीं बेटा ऐसी बातें न करो, इसमें बड़ी बदनामी की बात है। वह चाहे तुम्हारे दस तमाचे मारें, तुम्हारी कुछ आबरू नहीं घटेगी और जो कहीं तुम

हाथ चला बैठे तो सब तुम्हीं को थूकेंगे।

सुन्दरसिंह—अब चाहे कोई थूके, चाहे चूमे, अब तो तमाचे का बदला लिया ही जाएगा। कसूर होता तो तमाचा क्या जूता मार देते तब भी चूँ न करता। एक तो खुद ही गलती की, भैंस काँजीहौस भिजवा दी, दूसरे हाथ चला दिया, यह बात मैं भूल थोड़ा ही सकता हूँ।

बसन्तसिंह—खैर, बेटा, समझाना मेरा काम था। जो तुम्हारा जी चाहे सो करो।—यह कह कर बसन्तसिंह उठकर चल दिए।

रात के नौ बज चुके हैं। पूर्णमासी का चन्द्रमा अपनी शीतल किरणों से संसार को आलोकित कर रहा है। उसी समय ठाकुर उजागरसिंह हाथ में एक लट्ठ लिए अपने खेतों की मेंड़ पर घूम रहे हैं। खेत में कुछ मज़दूर पानी काट रहे हैं। उसी समय उजागरसिंह ने पूछा—कितना खेत सिंच गया? एक मज़दूर ने कहा—मालिक, आधा हो गया है आधा और बाक़ी है।

उजागरसिंह 'हूँ' करके चुप हो गए और इधर-उधर टहलने लगे। आध घण्टा इसी प्रकार व्यतीत हुआ। आध घण्टे पश्चात् हठात् एक आदमी उनकी ओर दौड़ता हुआ आया और बोला—चाचा, सुन्दरसिंह अपने खेत में पानी काटे ले रहे हैं। मैंने मना किया पर माने नहीं। आप चलकर कहिये तो चाहे मान जाएँ।

यह सुनते ही उजागरसिंह कुछ मुस्कराकर बोले—इस लौंडे की हिम्मत बहुत बढ़ती जाती है। अच्छा चलो! कह कर उजागरसिंह उस आदमी के साथ हो लिए। थोड़ी दूर चलकर सुन्दरसिंह के खेतों के पास पहुँच गए। सुन्दरसिंह खड़ा कह रहा था—काट लो पानी, कुछ परवाह नहीं, जो होगा देखा जाएगा।

उजागरसिंह सुन्दरसिंह के सामने पहुँचे और बोले—"क्यों सुन्दरसिंह क्या बात है? जब हमारे खेतों में पानी जा रहा है तो तुमने क्यों अपने खेतों में काट लिया?"

सुन्दरसिंह तो उजागरसिंह से झगड़ा करने का अवसर ढूँढ़ ही रहा था। अपने खेतों में पानी काट लेने का अभिप्राय यही था कि झगड़ा हो। अतएव वह बोला—काट लिया तो क्या बुरा किया, दिन भर आपने सींचा अब रात में हम सींचेगे।

उजागरसिंह—"हमारा खेत अधूरा पड़ा है—रात भर में पूरा हो जाएगा कल सुबह से तुम सींचना।"

सुन्दरसिंह लापरवाही से बोला—"यह तो नहीं हो सकता—अब आज रात में हमारा ही खेत सींचा जाएगा।"

उजागरसिंह—"यह तो तुम्हारा अन्याय है।"

सुन्दरसिंह—"गाँव में न्याय है कहाँ, न्याय तो यहाँ से उठ गया अब तो जिसकी लाठी उसकी भैंस।"

उजागरसिंह—"लाठी में भी हम किसी से कमज़ोर नहीं हैं—पर व्यर्थ झगड़ा क्यों

बढ़े—यही विचार है।''

सुन्दरसिंह—''सो तो हो नहीं सकता। आज रात को तो हमारा ही खेत सिंचेगा।''

इतना सुनते ही उजागरसिंह का चेहरा तमतमा उठा—आँखें रक्तपूर्ण हो गईं। बोले—'यह तो नहीं होने पायेगा। खेत सिंचेगा तो हमारा नहीं तो दोनों में से एक का भी नहीं सिंचने पायेगा।' इतना कहकर वह आगे बढ़े। सुन्दरसिंह उनका तात्पर्य समझ गया और बोला—चाचा, कुलाबे के पास न जाइयेगा, नहीं तो अच्छा न होगा।

उजागरसिंह ने कहा—''जो तुम्हें करना हो सो करो—हम पानी ज़रूर बन्द करेंगे।''

इतना सुनते ही सुन्दरसिंह लाठी लेकर बढ़ा। उसे आते देख उजागरसिंह खड़े हो गए। सुन्दरसिंह ने कहा—भलाई इसी में है कि चुपचाप लौट जाइये।

उजागरसिंह—''नहीं तो क्या करोगे?''

सुन्दरसिंह—''करेंगे क्या, आपकी और अपनी जान एक करेंगे।''

उजागरसिंह—''अबे लौंडे, तेरी यह हिम्मत कब से हुई—अभी कुछ दिन घर में बैठकर दूध-घी खा—तब फिर हमारे सामने आना। तूने समझा होगा कि बुड्ढा आदमी है—धमका लो, सो बेटा, हम ऐसी धमकियों में नहीं आएँगे।''

सुन्दरसिंह ने कहा—''दूध घी तो आपके प्रताप से बहुत खाया और खायेंगे। इन बातों से कोई लाभ न होगा। आप चुपचाप लौट जाइये।''

उजागरसिंह—''हम तो बिना पानी बन्द किए लौटेंगे नहीं।''

इतना कह कर उजागरसिंह फिर चले। सुन्दरसिंह उनको रोककर खड़ा हो गया और लाठी उठाकर बोला—चाचा, आज तमाचे का बदला निकलेगा।—उजागरसिंह कुछ क्षणों तक चुप खड़े उसका मुँह ताकते रहे, तत्पश्चात् बोले—कुछ तमाचे और खाले फिर तमाचे का बदला लेना।

यह कहकर उन्होंने लाठी फेंक दी और यह कहते हुए आगे बढ़े कि तेरे जैसे लौंडे के सामने मैं क्या लाठी हाथ में लूँ! कहा मान जा, रास्ता छोड़ दे।

परन्तु सुन्दरसिंह टस से मस न हुआ। यह देखकर उजागरसिंह आगे बढ़े और उन्होंने सुन्दरसिंह का गला पकड़कर उसे एक धक्का दिया। सुन्दरसिंह गिरते-गिरते सँभला और सँभलते ही उसने लाठी का वार किया। उजागरसिंह पहले ही से होशियार थे। उन्होंने तुरन्त पैंतरा बदलकर वार को बचाया। सुन्दरसिंह झोंके में मुँह के बल भूमि पर आ रहा, पर तुरन्त ही पुनः सँभल गया। सँभलकर उसने पुनः लाठी उठानी चाही। उसके लाठी उठाने के पूर्व ही उजागरसिंह ने लपक कर उसकी कलाई पकड़ ली, हाथ मरोड़कर लाठी छीन ली और तड़ाक से एक तमाचा उसके मुँह पर मारा। तमाचा खाते ही सुन्दरसिंह बिलबिला गया। उसने बड़ी चेष्टा की, कलाई छुड़ाने के लिए बड़ा जोर लगाया, परन्तु वृद्ध उजागरसिंह के शरीर में न जाने कहाँ का बल आ गया कि उन्होंने कलाई न छोड़ी। सुन्दरसिंह हाँपने लगा। उजागरसिंह ने कहा—क्यों, इसी बल पर लाठी बाँधे घूमता है। तूने समझा होगा कि उजागर चाचा बुड्ढे हैं—हमारा क्या कर लेंगे। सो बच्चा इस धोके में न रहना। इस बार तो छोड़े देता हूँ जो आगे हमारे मुँह लगा तो मारते-मारते बेदम कर दूँगा।

यह कहकर उजागरसिंह ने सुन्दरसिंह की कलाई छोड़ दी और बोले—ख़ैर, आज रात को तुम्हीं पानी ले लो, पर इतना याद रखना कल दिन में हमारे खेत सिंचेंगे, समझे! यह बात याद रखना, भूल न जाना।

इतना कहकर उजागरसिंह अपनी लाठी उठाकर अपने खेतों की ओर लौट पड़े।

उपरोक्त घटना को एक मास व्यतीत हो गया। सुन्दरसिंह का हृदय लज्जा तथा क्षोभ से जला जा रहा था। उसे स्वप्न में भी विश्वास न था कि वह उजागरसिंह से इतनी बुरी तरह पछाड़ खा जाएगा। उसे अपने शारीरिक बल पर बड़ा अभिमान तथा भरोसा था। परन्तु उसका वह विश्वास, वह भरोसा सब बालू की भीत की भाँति धराशायी हो गया।

अब सुन्दरसिंह को यह चिन्ता हुई कि जिस प्रकार बने उजागरसिंह को नीचा दिखाना चाहिए। लज्जा तथा झेंप मनुष्य को पागल बना देती है—उसे उचितानुचित का ध्यान नहीं रहता। झेंपा हुआ आदमी अपनी झेंप मिटाने के लिए नीच-से-नीच कर्म करने के लिए उद्यत हो जाता है। उसका लक्ष्य केवल अपने उस प्रतिद्वन्द्वी को नीचा दिखाना हो जाता है जो कि उसके झेंपने का कारण होता है। सुन्दरसिंह की भी यही दशा हुई। वह अब उजागरसिंह को हानि पहुँचाने के लिए सब कुछ करने के लिए कटिबद्ध हो गया।

दोपहर का समय था। सुन्दरसिंह एक वृक्ष के नीचे अपने तीन चार मित्रों को लिए बैठा था। वह कह रहा था—भैय्या सम्पतसिंह, अब चाहे जो हो, उजागरसिंह को नीचा दिखाना ही पड़ेगा।

सम्पतसिंह बोला—"भई, यह ज़रा टेढ़ी खीर है। उजागर ऐसे वैसे आदमी नहीं हैं। गाँव भर के ज्वानों में तुम्हीं सब से तगड़े हो; जब उन्होंने तुम्हें कुछ नहीं समझा तब दूसरे की क्या हिम्मत है जो उनके सामने ठहर सके।"

सुन्दरसिंह—"नहीं भैय्या, मैं अकेले सामना करने की बात नहीं कहता। मैं तो चाहता हूँ कि उन्हें नीचा दिखाऊँ, चाहे इसे एक आदमी करे चाहे तीन-चार आदमी मिलकर करें।"

दूसरा साथी बोला—"तीन-चार आदमी मिलकर? यह तो कायरपने का काम है।"

सुन्दरसिंह—"इस समय मेरे सामने नीति शास्त्र तो बखानो नहीं, जो मैं कहता हूँ उसकी युक्ति सोचो। और देखो, जो इस मामले में तुम लोगों ने मेरा साथ न दिया तो जन्म भरके लिए तुम लोगों से दुश्मनी हो जाएगी।"

तीसरा बोला—"यार सुन्दर, यह बात तुम्हारी बेजा है। तुम अपने साथ हमें भी डुबोने की बातें कर रहे हो।"

सुन्दरसिंह—"इसमें डुबोने की बात क्या है, हमारे दोस्त हो तो हमारा साथ दो।"

सम्पतसिंह—"कल तक तो तुम उन्हें चाचा कहते थे और आज उन्हें पीटने की

तरकीबें सोच रहे हो, यह कैसी बात है?''

सुन्दरसिंह—''जब तक चाचा थे तब तक थे, अब तो वह मेरे शत्रु हैं और मैं उनका शत्रु हूँ। या तो मैं अपनी जान दे दूँगा या उनकी ले लूँगा।''

तीसरा—''अरे राम राम, ऐसी बात मुँह से न निकालो।''

सुन्दरसिंह—''भाई साहब, जैसा मेरा अपमान हुआ वैसा जो तुम्हारा होता तो तुम्हारी भी मेरी ही सी दशा हो जाती। उन्होंने दो दफ़े मुझे बेकसूर मारा है।''

दूसरा—''अरे बड़े हैं, मार दिया तो क्या हुआ। उनके मारने पीटने से कुछ तुम्हारी इज्जत नहीं चली गई।''

सुन्दरसिंह—''अच्छा अब यह उपदेश अपने पास रक्खो। यह बताओ कि मेरा साथ दोगे या नहीं?''

दूसरा—''यार, हम तो तुम्हारे दोस्त हैं, जैसा कहोगे करेंगे, पर क्यों अपने साथ हमें भी नर्क का भागी बनाते हो!''

सुन्दरसिंह—''दोस्ती के माने यही हैं कि चाहे अच्छा काम हो चाहे बुरा, दोस्त को हर हाल में साथ देना चाहिए।''

सम्पतसिंह—''अच्छा भाई, जैसा कहोगे करना पड़ेगा।''

सुन्दरसिंह ने अन्य दो दोस्तों की ओर देख कर कहा—''और तुम लोग?''

वे दोनों एक स्वर से बोले—हम भी तुम्हारे साथ है जो कहोगे करना पड़ेगा।

सुन्दरसिंह ने—'अच्छा तो सुनो', कहकर धीरे-धीरे उनसे कुछ देर तक बातें की। तीनों ने कहा—अच्छा, ऐसा ही होगा।

इस घटना के तीन दिन पश्चात् उजागरसिंह शाम को झुटपुटे समय पाखाने होकर गाँव की ओर लौट रहे थे। हठात् एक झाड़ी से चार आदमी लाठी लिए हुए निकले और बिना कुछ कहे सुने चारों ने उजागरसिंह पर लाठियाँ बरसानी आरम्भ कीं। उजागरसिंह पहले तो चौंधिया गए। उनकी समझ में न आया कि मामला क्या है, पर जब बराबर लाठियाँ पड़ती रहीं तब उन्होंने भी अपना डण्डा सँभाला और पैंतरा बदलकर वार बचाने लगे। पाँच ही मिनट के भीतर उन्होंने एक व्यक्ति को धराशायी कर दिया। शेष तीन आदमी बराबर वार करते रहे। उजागर सिंह ने तीन मिनटों में एक-दूसरे आदमी को भी गिरा दिया। यद्यपि वे लहू से तरबतर हो गए थे, पर उनका हाथ बराबर चल रहा था। अन्त में जब शेष दो आदमियों ने देखा कि बुड्ढे पर पेश पाना कठिन है तो वे भाग खड़े हुए।

उजागरसिंह जब अकेले रह गए तो उन्होंने एक ज़ोर की हाँक लगाई। पास के खेतों में से एक आदमी दौड़ता हुआ आया। उसने आते ही पूछा, क्या है काका?

उजागरसिंह ने कहा—अरे ज़रा दियासलाई तो ला। देखूँ तो ये कौन हैं।

वह आदमी दौड़ता हुआ गया और दियासलाई लाया। उसने दियासलाई जलाई और भूमि पर पड़े हुए लोगों के पास ले गया। देखते ही वह बोला—अरे, यह तो सुन्दरसिंह और सम्पतसिंह हैं। उजागरसिंह का कलेजा धक्क से हुआ, उन्होंने कहा—अरे! यह

तो बड़ा अनर्थ हुआ। मैं क्या जानता था कि ये अपने ही गाँव के लड़के हैं। मैंने समझा कोई चोर बदमाश हैं। राम राम, यह तो बड़ा बुरा हुआ। जल्दी आदमी लाओ इन्हें उठाकर ले चलें।

उस आदमी ने एक फूस का गट्ठा सुलगा लिया था, उसकी रोशनी में उसने उजागरसिंह के मुख को देखा-देखते ही वह घबराकर बोला—उजागर काका, तुम्हारे कपड़े तो रक्त में तर हैं।

उजागर बोले—तू मेरी चिन्ता न कर, जल्दी जाकर आदमियों को ला।

वह आदमी तुरन्त दौड़ा हुआ गया और तीन चार आदमी साथ ले आया। सुन्दरसिंह के पिता को भी सूचना मिल गई, वह भी दौड़ता हुआ आया। सबने मिलकर दोनों आदमियों को उठाया और ले चले। उजागरसिंह ने रास्ते में कहा—इन्हें मेरे ही घर ले चलो।

दोनों आदमी उजागरसिंह के घर पहुँचाये गए। यद्यपि उजागरसिंह का सर फट गया था और उससे बराबर रक्तस्राव हो रहा था परन्तु उजागरसिंह को इसकी कुछ भी चिन्ता न थी, उनका ध्यान सुन्दरसिंह तथा सम्पतसिंह की ओर था।

घर पहुँचकर उन्होंने पहले साधारण रूप से अपने घाव को बाँध लिया, तत्पश्चात् तुरन्त ही दोनों घायलों की सेवा सुश्रूषा में लग गए।

सुन्दरसिंह तथा सम्पतसिंह के खासी चोट आ गई थी। एक सप्ताह तक वे दोनों चारपाई पर पड़े रहे। कभी होश आ जाता था और कभी बेहोश हो जाते थे। एक सप्ताह पश्चात् सुन्दरसिंह को भली-भाँति ज्ञान हुआ। उसने देखा कि उजागर सिंह उसके सिरहाने बैठे हैं। सुन्दरसिंह को चारों ओर निहारते देख उजागर सिंह बोले—'बेटा सुन्दर कैसा जी है। बेटा, तुमने बड़ा ग़ज़ब किया था, जो कहीं मेरे हाथों से तुम्हारे गहरी चोट लग जाती तो मैं गाँव वालों को और तुम्हारे पिता को कैसे मुँह दिखाता। राम राम, कोई ऐसा काम करता है। आख़िर अभी लड़के ही हो। बेटा, मैंने तो अपना बच्चा समझकर तुम्हारे एकाध तमाचे मार दिए थे, मैं अपने रघुवीर को भी कभी मार बैठता हूँ। क्या करूँ, मेरा स्वभाव ही ख़राब है कि ग़ुस्सा आता है तो हाथ चल ही जाता है। रघुवीर की उम्र तुम से कुछ अधिक ही है कम नहीं, पर मैं उसे भी मार देता हूँ, बेटा, मुझसे जो कसूर हुआ हो उसे माफ करो। भगवान जाने गुस्सा आने पर मुझे भले-बुरे का ज्ञान नहीं रहता। बेटा, मेरे हाथों से तुम्हारे इतनी चोट लगी है—मेरा कलेजा नुचा आता है, जिसे गोदियों में खिलाया वह मेरे हाथों घायल हुआ—मैंने उसका रक्त बहाया।—यह दुख मुझे जन्म भर रहेगा।—यह कहते-कहते उजागरसिंह के नेत्रों से आँसू बहने लगे।

सुन्दरसिंह हाथ जोड़कर बोला—चाचा, मेरा क़सूर माफ़ करो, मुझे नहीं मालूम था कि तुम्हें मुझसे इतनी मुहब्बत है। मेरी आँखों पर पर्दा पड़ गया था, मैं तुम्हें अपना दुश्मन समझने लगा था। चाचा, अब आज से मैं तुम्हें अपने पिता से अधिक समझूँगा। तमाचा क्या तुम जूतियाँ भी मारोगे तो कभी चूँ न करूँगा।

यह कहकर सुन्दरसिंह ने उजागरसिंह के चरणों की ओर हाथ बढ़ाया, उजागरसिंह ने उठकर उसे छाती से लगा लिया।

भक्त

ठाकुर किशनसिंह एक बड़े जमींदार हैं। चार गाँव तो आप के सम्पूर्ण हैं और कई गाँवों में हिस्से हैं। लगभग दस सहस्र रुपये साल के मालगुजार हैं। ठाकुर साहब का ऐसा आतंक जमा हुआ है कि किसान तथा जमींदार आप के नाम से काँपते हैं। किसानों को पिटवा देना, डँड़वा देना, उन पर झूठे मुकदमे चलवा देना, उन्हें आपस में लड़वा देना इत्यादि ठाकुर साहब के साधारण हथकण्डे हैं। आठ-दस कोस के इर्द-गिर्द में किस की मजाल है जो ठाकुर साहब के विरुद्ध तनिक भी सिर उठा सके।

ठाकुर साहब के अपने गाँव में एक कृष्ण मन्दिर है। यह मन्दिर ठाकुर साहब के पिता का बनवाया हुआ है जो कृष्ण के बड़े भक्त थे। पिता की मृत्यु के पश्चात् किशनसिंह ने इस मन्दिर को और अधिक सुसज्जित कर दिया। अब वह नगर के किसी भी बड़े तथा अच्छे मन्दिर से टक्कर ले सकता है।

भादों बदी 7 की दोपहर थी। ठाकुर साहब के गुँडैत तथा सिपाही गाँव में घूम रहे थे। ठाकुर साहब की आज्ञानुसार जन्माष्टमी के लिए दूध तथा घी का प्रबन्ध किया जा रहा था, ठाकुर साहब जन्माष्टमी बड़े धूमधाम से मानते थे। खूब पंचामृत तथा प्रसाद बँटता था। गवैये आते थे, बेड़िनों का नाच होता था। उत्सव में ठाकुर साहब ने बन्धु-बान्धव तथा मित्रगण एकत्र होते थे। जन्माष्टमी से लेकर त्रयोदशी-चतुर्दशी तथा खासी चहल-पहल तथा धूमधाम रहती थी।

ठाकुर साहब के सिपाही प्रत्येक ऐसे किसान के यहाँ जिसके गाय तथा भैंस का दूध होता था पहुँच कर यह आज्ञा देते—"कल अष्टमी है। कल का सब दूध पहुँचाना होगा, समझे? तुम्हारे यहाँ कितना दूध होता है? अच्छा! तो यह सब दूध पहुँचाना।"

पंचामृत दो तरह का बनता था। सर्व साधारण के लिए भैंस के दूध-दही का तथा अपने और मेहमानों के लिए गऊ के दूध-दही का। इस प्रकार किसानों से दोनों ही प्रकार का दूध ले लिया जाता था।

किसी को आज्ञा दी जाती—"देखो कल तुम्हें अपने यहाँ के सब दूध का दही जमा कर भेजना होगा। गाय का दही अलग जमाना, भैंस का अलग! गड़बड़ न होने पावे, नहीं तो ठाकुर चमड़ी उधड़वा देंगे।"

इसी प्रकार फेरी करते हुए ये लोग भगवानदीन अहीर के यहाँ पहुँचे। यह एक साधारण स्थिति का अहीर था। भगवानदीन अपने द्वार के चौतरे पर उदास भाव से बैठा था। सिपाही ने जाते ही पूछा–"भगवानदीन! तुम्हारे यहाँ के जानवर दूध देते हैं?"

भगवानदीन बोला–"मेरे यहाँ इस समय खाली एक गाय दूध देती है।"

"कितना दूध होता है?"

"दोनों समय में चार सेर देती है।"

"और भैंस?"

"भैंस गाभिन है कुँवार में ब्यायगी।"

"बस यही दो जानवर हैं।"

"हाँ भइया! ज्यादा पाल के क्या करें? कोई करने-धरने वाला हो तो पालें।"

"अच्छा तो कल का सब दूध पहुँचा देना।"

"दोनों बखत का?"

"हाँ, दोनों बखत का।"

"एक बखत का पहुँचा दूँगा भइया। मेरे यहाँ इस समय दो प्राणी बीमार पड़े हैं। मेरी बूढ़ी अम्मा और मेरा छोटा लल्ला। उनको दूध ही दिया जाता है।"

"यह हम कुछ नहीं जानते। सरकारी हुक्म है! तुम्हें कुछ कहना हो तो सरकार से जाकर कहो। कल 4 सेर दूध तुमसे लिया जाएगा।"

"सब दूध ले लेओगे तो मेरी माँ और बच्चा क्या पियेंगे? उनका तो इस समय दूध ही आहार है।"

"फिर वही बक बक! हमने कह दिया कि हम लोग कुछ नहीं कर सकते। सरकार से कहो जाकर।" दूसरे सिपाही ने कहा।

"सरकार कुछ यहाँ देखने आते हैं। तुम जाकर समझा देओगे तो वह क्या मानेंगे नहीं!"

"ठीक है! ऐसा ही सब कहते हैं। किस-किस की बात ऐसे मानें। मानें तो वहाँ एक बूँद दूध न पहुँचे।"

"तुम तो सब का दूध लिए ले रहे हो। यह भी तो सहारा नहीं कि कहीं दूसरी जगह से माँग लूँगा।"

"देखो भैंस का दूध होता तो हम चाहे छोड़ भी देते, पर गाय का दूध नहीं छोड़ा जा सकता। गाय का दूध कम मिल रहा है। दो-दो चार-चार सेर करके इकट्ठा किया जाएगा तब पूरा पड़ेगा। इस बार गाय के दूध का ज्यादा खर्च है। शहर के बड़े-बड़े आदमी आ रहे हैं।"

"अच्छी बात है! सरकार से ही फरियाद करूँगा।"

इसी प्रकार आठ-दस किसानों ने घर में बीमारी होने के कारण दूध देने में असमर्थता प्रकट की; परन्तु सिपाहियों ने सब को यही उत्तर दिया–"सरकार से कहो जाकर।"

सन्ध्या समय ये सब किसान ठाकुर साहब की ड्योढ़ी पर उपस्थित हुए। ठाकुर साहब उस समय अपने आदमियों से मन्दिर की सजावट के सम्बन्ध में विचार-विनिमय कर रहे थे। वे कह रहे थे—"इस बार कोई नया ढंग होना चाहिए।"

"देहात में नया ढंग क्या हो सकता है? शहर होता तो बीस बातें हो सकती थीं। यहाँ तो वही फूल-पत्ती की सजावट हो सकती है।"—ठाकुर साहब के छोटे भाई ने कहा।

"देखो एक कारीगर को शहर से बुलवाया है। कल सबेरे आ जाएगा। वह अपने साथ सजावट का सामान भी लायेगा।"

इसी समय दरबान ने आकर सूचना दी—

"सरकार आठ-दस किसान ड्योढ़ी पर हाजिर हैं, कुछ फरियाद लेकर आए हैं।"

ठाकुर साहब ने अपने छोटे भ्राता से कहा—"जाकर देखो तो क्या कहते हैं।"

ठाकुर साहब के छोटे भ्राता बाहर गए और दस मिनट पश्चात् वापस आकर बोले—"कहते हैं कि हमारे घर में बीमार पड़े हैं इस कारण हम गाय का दूध न दे सकेंगे?"

"उनकी ऐसी-तैसी। साले बहानेबाजी करते हैं। भगवान के काम में भी चालबाजी!"

यह कहकर ठाकुर साहब स्वयं उठे और द्वार पर पहुँचे। माथे पर बल डाल कर सक्रोध उन्होंने पूछा—"क्या है?"

सबने अपनी आपत्ति कही।

ठाकुर साहब बोले—"अबे हरामजादो! यह दूध भगवान के अर्थ लगेगा—जानते हो?"

भगवानदीन बोला—"यह हम जानते हैं सरकार! भगवान के निमित्त हम अपने प्राण देने को भी तैयार हैं, परन्तु सरकार बीमारों को दूध न मिलेगा तो वे कैसे जियेंगे?"

"एक दिन दूध न मिलने से मर नहीं जाएँगे। और मर भी जाएँगे तो भगवान के निमित्त मरेंगे—सीधे स्वर्ग पहुँच जाएँगे। जाओ भागो यहाँ से!"

यह कहकर ठाकुर साहब लौट गए। किसान लोग हताश होकर बोले—"चलो भइया! यहाँ सुनवाई न होगी। भगवान की यही इच्छा है।"

उधर ठाकुर साहब अपनी बैठक में पहुँच कर बोले—"हमें चकमा पढ़ाने आए थे साले।"

"बड़े बदमाश हैं! दूध शहर भेजते हैं और दाम खड़े करते हैं। यहाँ बीमारी का स्वाँग लेकर आए।"

"मैंने तो कह दिया कि सालो, भगवान के निमित्त मरोगे तो सीधे स्वर्ग जाओगे।"

यह सुनकर उपस्थित लोगों ने अट्टहास किया। "यह आपने अच्छा कहा। सालों की बोलती बन्द हो गई होगी।"

"बताओ मनों गाय का दूध चाहिए पंचामृत बनेगा, मेहमानों के पीने के लिए

भी चाहिए—यह सब कहाँ से आएगा?"

"ठीक बात है। इस बार गायें हैं भी कम! सेर-सेर दो-दो सेर दूध इकट्ठा किया जाएगा तब पूरा पड़ेगा।"

"और बीमारी में तो लंघन करना चाहिए।"

"लंघन तो होता ही होगा। साले बहाना ढूँढ़ते हैं।"

"ब्राह्मणों का दूध हमें मिल नहीं सकता। वे सब स्वयं जन्माष्टमी मनाते हैं। अब यदि अन्य जातियों का भी न लें तो काम कैसे चले?"

जिनके यहाँ भैंसें लगती हैं उन्होंने भैंसों का दूध देने को कहा है। खाली गऊ का दूध नहीं देंगे और दें भी तो हम नहीं ले सकते। भैंसों का दूध तो हम पियेंगे नहीं, इधर-उधर बँट जाएगा। इससे ले लिया।"

"खैर, मेहमान तो कल सबेरे से ही आना आरम्भ हो जाएँगे न?"

"और क्या। सबेरे से लग्गा लग जाएगा। कुछ सबेरे की गाड़ी से आएँगे, कुछ दोपहर की और कुछ साँझ की से।"

"अब की बहुत आदमी हो जाएँगे। खूब धूमधाम रहेगी।"

"हाँ तो सजावट के लिए कैसा क्या होगा?"

ठाकुर साहब पुनः सजावट पर विचार करने लगे।

जन्माष्टमी का दिन आया। तड़के से ही ठाकुर साहब के आदमी दूध एकत्र करनै लगे। जिनके यहाँ आदमी बीमार थे उनका भी सब दूध ले लिया गया। वे सब कलेजा मसोस कर रह गए।

दिनभर मेहमानों का आगमन होता रहा। गवैये-बजवैये आए, बेड़िनें आईं, यार-दोस्त आए। दो व्यक्ति मन्दिर सजाने के लिए आए।

सन्ध्या समय दो संन्यासी भी आ गए।

ठाकुर साहब ने इन्हें अपने बगीचे के बँगले में टिका दिया। इनमें एक संन्यासी कुछ वृद्ध था और दूसरा प्रौढ़। वहाँ की भीड़-भाड़ तथा धूमधाम देख कर दोनों बातें करने लगे—

"यह ठाकुर बड़ा भक्त मालूम होता है। बड़ा व्यय कर रहा है।" प्रौढ़ संन्यासी बोला।

"हाँ! परन्तु भक्तिभाव कम है, वैभव-प्रदर्शन का भाव अधिक है।"

"सो तो आजकल सर्वत्र यही हो रहा है। धनी लोग ऐसे कार्यों में बड़ा द्रव्य खर्च करते हैं। परन्तु वह सब अपना वैभव दिखाने के लिए होता है, नाम भगवान का लेते हैं।"

"समय की बात है। भगवान तो भाव के भूखे हैं। ये मूर्ख भगवान को अपने

द्रव्य तथा वैभव से प्रसन्न करना चाहते हैं। त्रिभुवन-पति को लक्ष्मी के स्वामी को! इससे अधिक अज्ञान और क्या होगा।"

"यह सब सजावट और समारोह भीड़ एकत्र करने के लिए है। जितनी ही भीड़ अधिक होगी उतना ही नाम होगा।"

"जितना द्रव्य ये लोग इस कार्य की सजावट में व्यय करते हैं उतना द्रव्य यदि गरीबों को दान दे दिया करें तो वास्तविक उपकार हो।"

"यह तो देहात है! शहर में देखिए! सजावट में सहस्रों रुपया खर्च होता है और पंचामृत तथा प्रसाद लेने वालों को धक्के मिलते हैं, उन पर डंडा चलता है।"

"जहाँ भीड़ एकत्र होगी वहाँ यह करना ही पड़ेगा।"

ये दोनों तो यह वार्तालाप कर रहे थे, उधर ठाकुर साहब के मन्दिर में जन्म हो रहा था। गान-तान तथा आदमियों के कोलाहल से मन्दिर गूँज रहा था।

जन्म हो गया और पंचामृत बँटने लगा। मन्दिर के सामने गाँव के लोगों की भीड़ एकत्र थी। स्त्री, बच्चे, पुरुष सब जमा थे, एक पर एक गिरा पड़ता था। बच्चे चीखते थे, स्त्रियाँ चिल्लाती थीं, प्रबन्धकर्त्ता तथा सिपाही डाँटते-डपटते थे। कुछ ने चोटें खाईं, कुछ बच्चे कुचल कर घायल हो गए। इस प्रकार एक कोहराम मचा हुआ था।

इसी समय ठाकुर साहब का एक आदमी पंचामृत का एक बड़ा लोटा तथा दो गिलास लेकर संन्यासियों के पास पहुँचा।

"लीजिए महात्मा जी पंचामृत पीजिए।"

लोटा देख कर वृद्ध संन्यासी बोला—"इतना पंचामृत!"

"हाँ! खूब डट के पियो।"

"न बच्चा! हमें तो थोड़ा थोड़ा सा दे दो, चौथाई-चौथाई गिलास! पंचामृत पेट भरने के लिए थोड़े ही पिया जाता है।"

आदमी ने आधा-आधा गिलास पंचामृत दिया। वृद्ध ने गिलास में मुँह लगाया परन्तु उसी क्षण मुँह बनाकर गिलास हटा दिया और प्रौढ़ संन्यासी से बोला—"बच्चा, इसे मत पीना।"

प्रौढ़ ने हाथ रोक लिया और पूछा—"क्या बात है गुरुदेव?"

"मुझे इस पंचामृत में रक्त की गन्ध आती है।"

"हरे! हरे! अरे भाई ले जा यह पंचामृत!"

आदमी हक्का-बक्का होकर दोनों का मुँह ताकने लगा।

वृद्ध बोला—"चल भई, किसी ब्राह्मण के यहाँ चल कर पंचामृत लें।"

दोनों उठ खड़े हुए और बगीचे के बाहर हो गए। वह व्यक्ति किंकर्तव्यविमूढ़ होकर खड़ा देखता रह गया।

दोनों संन्यासी गाँव में घूमते हुए एक ओर पहुँचे। कुछ दूर से सुना, शंख-घड़ियाल का शब्द सुनाई पड़ रहा था।

एक राहगीर से पूछा—"यह सामने किसका घर है?"

"बिन्दा महाराज का।" उसने उत्तर दिया।

"ब्राह्मण हैं?"

"हाँ।"

दोनों बिन्दा महाराज के द्वार पर पहुँचे। द्वार पर केवल एक दीपक टिमटिमा रहा था। दोनों चौतरे पर जाकर बैठ गए। कुछ क्षण पश्चात् एक आदमी बाहर आया और इन्हें बैठे देखकर बोला–"क्या है महाराज!"

"थोड़ा भगवान का पंचामृत चाहते हैं।"

"आप जमींदार के यहाँ नहीं गए? वहाँ आप को पेट भर पंचामृत और प्रसाद खाने को मिलेगा।"

वृद्ध हँसकर बोला–"वहीं से तो आ रहे हैं। वह पंचामृत योग्य नहीं है।"

यह सुनकर वह आदमी अन्दर चला गया। थोड़ी देर पश्चात् एक वृद्ध ब्राह्मण रामनामी ओढ़े हुए बाहर आया और हाथ जोड़कर बोला–"क्या आज्ञा है महाराज।"

"थोड़ा भगवान का पंचामृत चाहते हैं।"

"पंचामृत तो महाराज हमारे यहाँ नहीं है। बात यह है कि हमारे पड़ौस में एक अहीर रहता है उसके यहाँ दो आदमी बीमार पड़े हैं। उसका सब दूध जमींदार के सिपाही ले गए। बीमारों के पीने को कुछ भी न रह गया। दोनों रोगी दिन भर भूख से तड़पते रहे तब मैंने इस समय अपना सब दूध उन्हें दे दिया। छटाँक भर भगवान के लिए रख लिया था। उसी का पंचामृत बनाकर कूप-जल में मिला दिया है। सो मेरे यहाँ तो वही जल है महाराज! वह हाजिर है।"

"आहाहा! वही तो भगवान का वह सच्चा पंचामृत है। देखा बच्चा! मुझे जो ठाकुर के पंचामृत से रक्त की गन्ध आई थी उसका कारण यह था।"

बिन्दा महाराजा पंचामृत ले आए, अर्थात् तुलसी दल पड़ा हुआ कूप-जल! दोनों संन्यासियों ने उसे बड़ी भक्तिपूर्वक पिया। पीकर बोले, "आप सच्चे भक्त हैं। आप का दूध दो क्षुधार्त रोगियों की क्षुधानिवारण करने में लगा–वह सीधा भगवान को पहुँचा। यही तो भगवान का आदेश है। दीन-दुखियों को दिया हुआ भोजन सीधा भगवान के पास पहुँचता है।"

"कुछ प्रसाद भी पाइये।"

"हाँ! हाँ! तुम जो दे दोगे, हम उसे सहर्ष स्वीकार करेंगे।"

दोनों ने प्रसाद पाया। तत्पश्चात् बोले–"हम इसी चौतरे पर विश्राम करें? आप को कोई असुविधा–?"

"बिल्कुल नहीं! आप विश्राम कीजिए।"

सबेरे तड़के ही उठकर बिन्दा महाराज ने देखा, दोनों संन्यासी चले गए थे।

सबूत

पंजाब मेल तेजी के साथ चला जा रहा था। इन्टर क्लास के जनाने कम्पार्टमेंट में तीन स्त्रियाँ बैठी हुई थीं। इनमें से एक युवती थी, युवती के समीप ही एक वृद्धा बैठी हुई थी, दूसरी ओर एक अधेड़ स्त्री बैठी थी। इस स्त्री का नख-शिख कुछ-कुछ पुरुषों जैसा था। वह स्त्री कम्पार्टमेंट के दूसरी ओर खिड़की के पास खिड़की के शीशे से मुँह भिड़ाये बैठी थी। बीच की बर्थ बिल्कुल खाली थी। अधेड़ स्त्री की मुख मुद्रा से पता लगता था कि वह चिन्तित है और किसी से वार्तालाप नहीं करना चाहती।

वृद्धा जम्हुवाई लेकर बोली—"न जाने इटावा कब आवेगा!"

एक क्षण रुक कर उसने अधेड़ स्त्री से पूछा—"इटावा कब आवेगा, आप जानती हैं?"

अधेड़ स्त्री बिना मुँह घुमाये हुए ही बोली—"क्या मालूम?" वृद्धा के माथे पर बल पड़ गए। वह युवती से धीरे से बोली—"जब से आई है इसने हमसे बात नहीं की। घमण्ड के मारे राँड़ को बोलना भी दूभर है।"

युवती बोली—"होगा, अपने से क्या, जरा देर की बात है—फिर यह कहाँ और हम कहाँ।"

सो तो ठीक है, "पर एक बात की बात है।"

"बाजी होती ही दुष्ट स्वभाव की है।" युवती ने कहा।

"जान पड़ता है इसके साथ कोई मर्द नहीं है।"

"यह अपने आप ही मर्द से कौन कम है।"

वृद्धा हँस पड़ी। वृद्धा का हँसना सुनकर अधेड़ स्त्री ने सिर घुमाकर एक क्षण के लिए इन दोनों की ओर देखा, तत्पश्चात् पुनः पूर्ववत् घूम गई।

वृद्धा बोली—"ए जी सुनती हो। अबकी किसी स्टेशन पर गाड़ी ठहरे तो अपने साथ के मर्दों से पूछना कि इटावा कब आवेगा।"

"मेरे साथ कोई मर्द नहीं है।" अधेड़ स्त्री ने बिना मुँह घुमाये ही उत्तर दिया।

"देखा? मैं तो पहले ही ताड़ गई थी।" वृद्धा ने युवती से कहा।

"सो तो मालूम ही होता था।"

"भगवान जाने ऐसी औरतें अकेले कैसे चल देती हैं।"

"सो कोई बात नहीं माँ जी, सब अभ्यास पर है। तुम्हें अभ्यास हो जाए तो तुम भी अकेली फिरने लगो।"

"न बहू मुझ से तो सात जनम भी अकेले न निकला जाए।"

सहसा अधेड़ स्त्री ने मुँह घुमाकर पूछा—"तुम्हारे साथ कोई मर्द नहीं है क्या?"

"हैं क्यों नहीं।"

"तो फिर उनसे पूछना।"

"वह आ गए तो पूछेंगी ही।"

"हमने तुमसे इस वास्ते कहा कि जो हमारे मर्द लोग न आए और तुम्हारे आए तो तुम पूछ देना।"

अधेड़ स्त्री के मुख पर मुस्कराहट की एक रेखा आकर विलीन हो गई।

"क्या तुम इटावा जा रही हो?" अधेड़ स्त्री ने पूछा।

"हाँ।"

"तो जब इटावा आवेगा तब तुम्हारे साथ के मर्द खुद आ जाएँगे। तुम्हें चिन्ता करने की क्या जरूरत है!"

"सो तो आ ही जाएँगे। बैठे-बैठे जी ऊब गया बहन, इसलिए पूछा कि कितनी देर और लगेगी।"

"कहाँ से आ रही हो?"

"अमृतसर से।"

"तब तो दूर से आ रही हो।"

"हाँ कल शाम की चली हुई हैं।"

"घर क्या इटावे में है?"

"हाँ अमृतसर में एक रिश्तेदार रहते हैं, उनके यहाँ ब्याह था उसी में गई थी।"

"ठीक!" कहकर अधेड़ स्त्री पुनः मौन हो गई।

थोड़ी देरी पश्चात् अलीगढ़ स्टेशन आया। गाड़ी रुकने के दो मिनट पश्चात् एक युवक जनाने कम्पार्टमेंट के सामने आया। युवक को देखकर युवती ने अपना घुँघट कुछ आगे खिसका लिया। युवक बोला—"कुछ लेना-वेना है?"

वृद्धा बोली—"लेना-वेना कुछ नहीं है बेटा, इटावा कब आवेगा?"

"इटावा तो दो बजे के लगभग आवेगा, अभी तो दस बजा है।" युवक ने उत्तर दिया।

"बैठे-बैठे जी ऊब गया।"

युवक हँस पड़ा। हँसते हुए बोला—"इतने में ही ऊब .ईं।"

"ऊबने की बात ही है, कल शाम के चले हैं।"

"खाना कब खाओगी?"

"मैं तो घर पहुँच कर खाऊँगी। बिना नहाये-धोये मैं कैसे खा सकती हूँ।"

पक्का खाने में क्या हर्ज है?"

"हाँ हर्ज तो कुछ भी नहीं है, पर जब दो बजे तक पहुँच जाऊँगी, तो वहीं चलकर खाऊँगी—तू खा ले।"

"तो हम भी घर चल कर ही खा लेंगे। घंटे-दो-घंटे में क्या बिगड़ता है।"

"नहीं बेटा, तू क्यों भूखा रहेगा, तुम और बहू दोनों खा लो।'

"तुम भूखी बैठी रहो और हम खा लें, यह अच्छा नहीं लगता।"

"ऊह! इन बातों में क्या धरा है मुझे कुछ अधिक भूख नहीं है। तू खाले—हूँ।"

"अच्छा अगले स्टेशन पर देखा जाएगा।"

"अगला स्टेशन कौन आवेगा!"

"हाथरस!"

इसी समय गार्ड ने सीटी दी। युवक चला गया। इंजिन की सीटी होते ही एक ईसाई महिला जिसकी वयस तीस-पैंतीस वर्ष के लगभग होगी, हाथ में एक अटैची लिए हुए लपकती हुई आई और द्वार खोलकर अन्दर चढ़ आई। इसी समय गाड़ी चल दी। ईसाई महिला बीच के बर्थ पर सास-बहू की ओर मुँह करके बैठ गई। कुछ देर मौन रहकर उसने पूछा—"और आप?" वृद्धा ने पूछा।

"मैं? मैं तो कानपुर जाऊँगी।"

"आप हमसे भी आगे जाएँगी। कानपुर गाड़ी कब पहुँचेगी?"

"तीन बजे के बाद पहुँचेगी।"

कुछ देर तक मौन रह कर ईसाई स्त्री ने सिर घुमाकर अधेड़ स्त्री की ओर देखा। अधेड़ स्त्री बाहर की ओर देख रही थी। कुछ क्षण ध्यानपूर्वक देखने के पश्चात् पुनः उसने वृद्धा की ओर मुँह किया और कहा—"यह कहाँ जाएँगीं।"

वृद्धा ने धीमे स्वर में कहा—"क्या मालूम!" एक क्षण चुप रहकर वह पुनः बोली—"बोलती बहुत कम हैं।"

"कहाँ से सवार हुई हैं?" ईसाई महिला ने पूछा।

"दिल्ली से!" वृद्धा ने उत्तर दिया।

कुछ क्षण मौन रह कर वृद्धा ने पुनः प्रश्न किया—"आप क्या काम करती हैं?"

"मैं कानपुर के अस्पताल में नर्स हूँ।"

"अच्छा! यहाँ अलीगढ़ में कैसे आई थीं?"

"अलीगढ़ में मेरा भाई रहता है, माँ है।"

"अच्छा तो उनके पास आई होगी।"

"हाँ मेरा भाई बीमार हो गया था, उसे देखने आई थी।"

"अब तो अच्छा है?"

"हाँ अब तो ठीक हो गया!"

"बड़ी अच्छी बात है। आपका आदमी है?"

ईसाई महिला मुस्कराकर बोली—"मैंने शादी नहीं की, शादी करने से औरत आजाद नहीं रहती।"

वृद्धा मुँह बनाकर बोली—"यह सब कहने की बात है।"

"जिस आजादी से मेरा मतलब है, आप उसे नहीं समझ सकतीं।"

"शायद ऐसी ही बात हो।"

इतना कह कर वह वृद्धा मौन हो गई।

कुछ देर में वृद्धा तथा युवती दोनों ऊँघने लगीं। अधेड़ स्त्री भी शीशे के सहारे सिर रक्खे निद्रा की सी दशा में थी। ईसाई महिला अपनी अटैची से एक अंग्रेजी पुस्तक निकाल कर पढ़ने लगी। कुछ देर तक पढ़ते रहने के पश्चात् ईसाई महिला ने पुस्तक बर्थ पर रख दी और अँगड़ाई लेकर अपने चारों ओर देखा। अधेड़ स्त्री उसी प्रकार आँखें बन्द किए हुए थी। युवती भी नींद में खर्राटे ले रही थीं। सहसा ईसाई महिला उठी और वृद्धा तथा युवती के बीच में खड़ी होकर खिड़की के बाहर झाँकने लगी। दो मिनट झाँकने के पश्चात् वह अपने आप यह कहती हुई कि—'अभी स्टेशन दूर है', पाखाने की ओर चली गई। पाँच मिनट पश्चात् वह पाखाने से निकली और अपने स्थान पर बैठ कर पुनः पुस्तक पढ़ने लगी। पन्द्रह मिनट पश्चात् गाड़ी की चाल धीमी होने लगी। ईसाई महिला ने पुस्तक अपने अटैची केस में रख ली।

कुछ देर पश्चात् गाड़ी एक झटके के साथ खड़ी हो गई। वृद्धा तथा युवती दोनों ने चौंक कर आँखें खोल दीं। अधेड़ स्त्री भी सजग हो गई। ईसाई महिला उठ कर बोली—"अच्छा माँ जी!"

वृद्धा बोली—"कौन स्टेशन है?"

"हाथरस!" ईसाई महिला ने उत्तर दिया।

"तो क्या यहीं उतरोगी? तुम तो कानपुर ज़ा रही हो।"

"हाँ जाऊँगी तो कानपुर ही, लेकिन यहाँ हाथरस में भी एक रिश्तेदार रहते हैं उनसे मिलकर रात की गाड़ी से कानपुर जाऊँगी, अच्छा सलाम।"

यह कहकर द्वार की ओर बढ़ी। इसी समय वृद्धा का पुत्र आकर बोला—"कुछ चाहिए?" ईसाई महिला ने ज्यों ही गाड़ी के नीचे उतरना चाहा त्यों ही अधेड़ स्त्री ने लपक कर उसके कन्धे पर हाथ धरते हुए कहा—"जरा ठहरना।"

ईसाई महिला त्योरियाँ चढ़ाकर बोली—"क्या है?"

अधेड़ स्त्री ने वृद्धा से कहा—"माँजी आपके गले की जंजीर कहाँ है?"

वृद्धा अपने गले की ओर देख कर घबराते हुए स्वर में बोली—"मेरी जंजीर! मेरी ज़ंजीर कहाँ गई है?"

"आपकी ज़ंजीर इनके पास है।" अधेड़ स्त्री ने ईसाई महिला की ओर इशारा करके कहा।

ईसाई महिला बोली—"जरा होश से बातें करो।"

"मैं होश से ही बात कर रही हूँ बदरुन्निसा बेगम उर्फ बदरो बीबी!"

यह कह कर अधेड़ स्त्री युवक से बोली—"जरा पुलिस कान्स्टेबिल को बुला लीजिए—वह सामने खड़ा है।"

वृद्धा बोली—"हाय मेरी ज़ंजीर कहाँ गई?"

अधेड़ स्त्री बोली—"अभी मिलती है घबराइये नहीं।"

पुलिस कान्स्टेबिल आ गया। अधेड़ स्त्री बोली—"इसको अपनी हिरासत में ले लो।"

कॉन्स्टेबिल अकड़ कर बोला—"क्या मामला है?"

अधेड़ स्त्री ने अपने सरके जनाने बाल उतारते हुए कहा—"मामला पीछे पूछना।"

कान्स्टेबिल एकदम एटेन्शन खड़ा होकर बोला—"ओहो हुजूर हैं।" यह कह कर उसने सलाम किया।

युवक ने पूछा—"यह क्या मामला है जनाब?"

अधेड़ स्त्री जो कि अब पुरुष हो गया था, बोला—"यह एक बहुत शातिर गिरहकट है। मुसलमान है लेकिन जब जैसी आवश्यकता समझती है वैसी बन जाती है। पुलिस इसको जानती तो थी लेकिन बिना सूबत के गिरफ्तार नहीं कर सकती थी। इसलिए सबूत सहित गिरफ्तार करने के लिए मैं नियुक्त किया गया। मैं दिल्ली खुफिया पुलिस का इन्सपेक्टर हूँ। आज मैंने इसे सबूत सहित गिरफ्तार कर लिया है। आपकी माँ की जंजीर इसके पास है। मुझे अफसोस है कि आपको यह गाड़ी छोड़नी पड़ेगी। इसलिए आप औरतों को उतार लीजिए।

युवक ने वृद्धा को उतरने के लिए कहा।

वृद्धा बोली—"हाय राम, तो क्या आज भी घर न पहुँच पावेंगे!"

सुधार

बाबू शिवकुमार बड़े देशभक्त थे। उनमें देशभक्ति की मात्रा उस सीमा तक पहुँची हुई थी जिसे कुछ लोग अनधिकार चेष्टा कहते हैं। उनका एक कार्य यह था कि वे प्रायः इस खोज में घूमा करते थे कि उनके भोले-भाले और निस्सहाय भाइयों पर सरकारी कर्मचारी अत्याचार तो नहीं करते। यदि उन्हें कोई ऐसा मामला मिल जाता तो वे कर्मचारियों को क़ानूनी शिकंजे में लेकर उन्हें पूरा दण्ड दिलाने की चेष्टा किया करते थे। उन्हें कभी-कभी इस कार्य में सफलता भी होती थी।

एक दिन बाबू साहब प्रातःकाल घूमने निकले और शहर के बाहर की ओर चले गए। बाबू साहब प्रातःकाल की मन्द-मन्द वायु का आनन्द लेते चुंगीघर के निकट पहुँचे। चुंगीघर के सामने छः सात अनाज की देहाती गाड़ियाँ, जो शहर की ओर आ रही थीं, खड़ी थीं। बाबूसाहब गाड़ियों के पास से हो कर जा रहे थे, उसी समय उनके कान में एक देहाती के यह वाक्य पड़े—"अरे भाई फिर क्या किया जाय, जबर मारे और रोने न दे, दें न तो क्या करें? दो चार आने की ख़ातिर यहाँ बारह बजे तक भूखे प्यासे पड़े रहें? काम का हरजा करें? देना ही पड़ता है। कहें भी तो किससे? गरीबों की कौन सुनता है?"

यह वाक्य सुनकर बाबू साहब के कान खड़े हुए। समझे कि यहाँ गहरा मामला है। गाड़ीवाले के पास जाकर बोले—क्यों भाई क्या बात है?

गाड़ी वाले ने कुछ क्षण तक बाबू साहब को सर से पैर तक देखा। तत्पश्चात् लापरवाही से बोला—साहब कोई बात हो, समय पड़े दो-चार आने का मुँह नहीं देखना चाहिए।

बाबू साहब—आख़िर बात क्या है, कुछ बतलाओ तो।

गाड़ीवाला—अरे साहब क्या बतावें? ऐसी बातें तो रोज़ ही हुआ करती हैं, किसे-किसे बतावें और कहाँ तक बतावें।

बाबू—नहीं सो बात नहीं, तुम हमसे बताओ, हम उसकी दवा कर देंगे।

गाड़ी वाले ने एक बार फिर बाबू साहब को सर से पैर तक देखा और पास ही खड़े हुए एक दूसरे गाड़ीवान की ओर देखकर मुस्कराया। दूसरा गाड़ीवाला बोला—अरे

बाबू जी अब उस बात के कहने से क्या फ़ायदा, जो होना था सो हो गया।

बाबू–यही तो तुम लोगों में दोष है। तुम लोग अत्याचार सहना पसन्द करते हो, पर उसको दूर करने की चेष्टा नहीं करते, इसीलिए तुम्हें जो चाहता है दबा लेता है।

गाड़ीवाला–अरे साहब फिर क्या करें। गम खाना अच्छा है। दो-चार आने के लिए कौन झगड़ा करे। दो-चार आने में हम कुछ मर नहीं जाएँगे और वह कुछ लखपती नहीं हो जाएँगे। एक बात की बात है। हाँ, इतना बुरा मालूम होता है कि दिक् करके लेते हैं।

बाबू साहब समझ गए कि चुंगी वालों ने कुछ ऐंठा है। उधर गाड़ी वाले बाबू साहब से यह बात कहना नहीं चाहते थे, क्योंकि वे उसमें कोई लाभ नहीं समझते थे। पर मनुष्य की प्रकृति के अनुसार कहने की इच्छा न होते हुए भी सहानुभूति के आगे अपने हृदय की उमड़ास रोकने में असमर्थ होकर क्रमशः सब उगल रहे थे।

बाबू साहब ने कहा–देखो इस बात का छिपाना ठीक नहीं। यदि तुम लोग हमसे सब बात साफ़-साफ़ कह दो और थोड़ा-सा साहस कर जाओ तो तुम लोगों का यह दुख सदैव के लिए दूर हो जाए। अपने लिए नहीं तो अपने उन सैंकड़ों भाइयों के लिए जिन्हें इसी प्रकार की मुसीबतें झेलनी पड़ती हैं तुम्हें यह काम अवश्य करना चाहिए। थोड़ी देर के लिए मान लिया जाए कि तुम्हें यह नहीं अखरता, परन्तु तुम्हारे से अनेक भाई ऐसे हैं जिन्हें इससे बड़ा दुख होता होगा।

गाड़ीवाला कुछ उत्तेजित हो कर बोला–बाबू जी, अखरता क्यों नहीं। हमें जैसा अखरता है हमीं जानते हैं। पर क्या करें कलेजा मसोस कर रह जाते हैं। किससे कहें? कोई सुनने वाला भी तो हो?

बाबू साहब–इसीलिए तो हम कहते हैं कि तुम हमसे सब हाल कहो, फिर देखो हम क्या करते हैं।

गाड़ीवाला बोला–बात यह है कि हम सवेरे चार बजे से यहाँ पड़े हैं। अब सात-आठ बजे होंगे। सबेरे हमने चुंगी के बाबू से कहा कि चुंगी ले लो और रसीद दे दो, हमें जल्दी है। बाज़ार के समय पहुँच जाएँगे तो आज ही छुट्टी मिल जाएगी, नहीं कल तक पड़ा रहना पड़ेगा। बाबू जी आप जानते हैं कि आजकल फसल के दिन हैं। यहाँ पड़े रहने में हरज होता हैं। चुंगी के बाबू बोले अभी ठहर जाओ, हमें छुट्टी नहीं है। हम थोड़ी देर रुक गए। बाबू साहब को कोई काम नहीं था, मज़े से बैठे बातें कर रहे थे। थोड़ी देर में हमने फिर कहा, तो डाँट कर बोले–अभी रसीद नहीं मिलेगी। हमने हाथ पैर जोड़े तब बोले, जल्दी है तो कुछ नज़राना दिलाओ नहीं दस बजे तक पड़े रहो, दस बजे के पहले नहीं जाने पाओगे।

ख़ैर साहब, हमने चार आने दिए, पर चार आने में राज़ी न हुए, एक रुपया माँगने लगे। अब आप ही बताइये हम गरीब आदमी एक रुपया कहाँ से लावें। चुंगी अलग दें, और इन्हें अलग दें। ख़ैर हमने कहा कि एक रुपया तो हम नहीं दे सकते, इस पर वे बिगड़ कर कहने लगे कि नहीं दे सकते तो जाओ, जाके बैठो वहीं। तब

हमने सोचा कि यहाँ पड़े रहने से बड़ा हर्जा होगा, दो-चार आने ग़म खाओ। खैर हमने आठ-आठ आने दिए और बहुत हाथ पैर जोड़े तब कहीं वे रसीद देने पर राज़ी हुए।

बाबू—रसीद मिल गई?

गाड़ी—हाँ, अभी दी हैं।

बाबू—और यह लोग क्या-क्या करते हैं?

गाड़ी—करते तो साहब ने जाने क्या क्या हैं, पर हमें जल्दी है, बाज़ार का समय है।

बाबू—चलो हम भी तुम्हारे साथ-साथ चलते हैं। हाँ, जो-जो यह करते हो हमें सब बताओ।

गाड़ी वाले ने कहना आरम्भ किया—गाड़ी पीछे दो-चार सेर जिनिस (माल) निकाल लेना तो कोई बड़ी बात नहीं, यह तो सभी के साथ करते हैं, जो कोई नहीं देता उसे बहुत दिक् करते हैं, चुंगी अधिक लगा लेते हैं, गालियाँ देते हैं। कभी-क्भी मार भी बैठते हैं।

बाबू—और तुम लोग यह सब सह लिया करते हो?

गाड़ीवान—सहें न तो क्या करें? एक दिन की बात हो तो न सहें। हमारा तो इधर आना-जाना लगा ही रहता है। बैर बाँधे तो और दिक् करें इससे गम खाते रहते हैं।

बाबू—यदि तुम लोग हमारी सहायता करने को कहो तो हम इन्हें मज़ा चखा दें।

गाड़ीवान—अरे साहब कौन झंझट में पड़े। अदालत जाते योंही डर लगता है। काम का हर्जा करें, दौड़े-दौड़े फिरें, और जो कोई उलटी-सीधी बात पड़ गई तो उलटे हमीं मारे जाएँ।

बाबू—एक दो दिन काम का हर्जा करना अच्छा कि तीसों दिन का, दो-चार दिन का हर्ज होगा, पर यह तीसों दिन का खटराग तो मिट जाएगा। और, इस बात का हम ज़िम्मा लेते हैं कि तुम्हारे ऊपर ज़रा भी आँच नहीं आने पायेगी।

गाड़ीवान—यह तो ठीक है पर...

बाबू—तुम लोग इतना डरते हो इसीलिए तो यह सब बातें बढ़ती जाती हैं। हम नहीं समझते कि इसमें डरने की क्या बात है। तुम्हें केवल इतना काम करना होगा कि जो कोई अफ़सर पूछे तो यह बातें सब कह देना।

गाड़ीवाले ने अपने साथियों की ओर इशारा करके कहा, यह सब राज़ी हों तो हम भी राज़ी है।

बाबू—यह तो राज़ी हो ही जाएगी, नहीं तो तुम उन्हें राजी करने की चेष्टा करो। अच्छा तुम्हें बाज़ार से कब छुट्टी मिल जाएगी?

गाड़ीवान—यही कोई ग्यारह बारह बजे तक।

बाबू—किस आढ़त में ले जाओगे?

गाड़ीवाले ने एक आढ़त की दुकान का नाम बताया।

बाबू साहब ने बहुत समझा बुझाकर दस बारह गाड़ीवानों को राज़ी किया और उनसे मजिस्ट्रेट की अदालत में इस्तग़ासा दिलवा दिया कि चुंगी के बाबू ने इन्हें तंग किया, बिना काम रोक रक्खा और सब से आठ-आठ आने रिश्वत के लेकर तब उन्हें रसीद दी। चुंगी क्लर्क पर मुक़दमा क़ायम हो गया। बाबू शिवकुमार ने अपनी गवाही लिखाई थी। इसके अतिरिक्त गाड़ीवानों ने भी अपने गाँव के तथा आस-पास के चार छः आदमियों की गवाहियाँ लिखाई थीं।

उचित समय पर चुंगी क्लर्क रामधन का विचार हुआ, रामधन से सफ़ाई माँगी गई; पर वे उचित सफ़ाई न दे सके। अतएव उन्हें छः मास की क़ैद तथा पचास रुपये जुर्माने का दंड मिला।

बाबू शिवकुमार के मित्र पं. राधाकान्त ने उनसे पूछा—कहो उस केस में क्या हुआ?

शिवकुमार बड़े अभिमानपूर्वक बोले, हुआ क्या सज़ा दिला के छोड़ा। मैंने तो प्रण कर लिया है कि ऐसे अत्याचारियों को ढूँढ़-ढूँढ़ कर जेल भिजवाऊँगा।

राधाकान्त—क्या सज़ा मिली?

शिवकुमार—छः महीने की क़ैद और पचास रुपये जुर्माना।

राधाकान्त—जुर्माना दाख़िल हो गया?

शिवकुमार—हाँ दाख़िल हो गया। यार उसके घर में तो भूँजी भाँग भी न निकली। इतनी रिश्वतें लेते हैं, पर न जाने वह सब कहाँ चली जाती है। उसकी स्त्री ने अपने आभूषण बेंच कर जुर्माना दाख़िल किया।

राधाकान्त—उसकी ओर से पैरवी अच्छी नहीं हो सकी?

शिवकुमार—पैरवी करने वाला था कौन? एक बूढ़ा बाप है जो चल-फिर भी नहीं सकता-एक स्त्री है और दो बच्चे।

राधाकान्त—और कोई नहीं है?

शिवकुमार—और कोई नहीं।

राधाकान्त के मुख पर मलिनता दौड़ गई। उन्होंने सर झुका लिया। बड़ी देर तक सर झुकाये चुपचाप बैठे रहे।

शिवकुमार बोले—अब बच्चा सदैव के लिए ठीक हो जाएँगे।

राधाकान्त ने सर उठाया। कुछ क्षण तक शिवकुमार की ओर देख कर बोले—आपने यह काम क्यों किया?

शिवकुमार—क्यों किया? किया देशभक्ति के नाते, अपने भाइयों को अत्याचार से बचाने के लिए।

पं. राधाकान्त मुस्कराये। उस मुस्कराहट में कुछ घृणा थी, कुछ अविश्वास था। शिवकुमार यह बात ताड़ गए। अतएव बोले—क्यों, आप मुस्कराये क्यों?

राधाकान्त—किसान जितने आपके भाई हैं उतना ही रामधन भी आपका भाई

है, यह बात आपको माननी पड़ेगी।

शिवकुमार–हाँ, मैं मानता हूँ।

राधाकान्त–आपने यह भी सोचा कि उसके जेल चले जाने से उसके निस्सहाय परिवार की क्या दशा होगी।

शिवकुमार–क्या होगी?

राधाकान्त–और क्या, आप ही के कथन से मालूम हुआ कि अपने परिवार का पालन पोषण करने वाला केवल वही था, ऐसी दशा में अब उसके परिवार का पालन पोषण कौन करेगा?

शिवकुमार के हृदय पर राधाकान्त की बात का गहरा प्रभाव पड़ा, राधाकान्त कहते गए, यह मैं मानता हूँ कि रामधन के व्यवहार से किसानों को कष्ट पहुँचता था, परन्तु आपने रामधन और उसके परिवार को उससे कहीं अधिक कष्ट पहुँचाया है। केवल इतना ही नहीं, आपने उस बेचारे को जीवन नष्ट कर दिया। उसका परिवार भूखों मरेगा। रामधन जेल से छूट भी आवेगा तब भी सज़ायाफ्ता होने के कारण न तो उसे सरकारी नौकरी ही मिलेगी और न उसे कोई भला आदमी ही, जिसे उसके सज़ायाफ़्ता होने की बात मालूम हो जाएगी, अपने यहाँ काम देगा : ऐसी दशा में उसका जीवन नष्ट हो गया या रहा?

बाबू शिवकुमार को अपनी भूल का कुछ ज्ञान हुआ, पर वे अभी अपनी भूल स्वीकार करने के लिए, प्रकट रूप से प्रस्तुत न थे। अतएव उन्होंने कहा–तो क्या आपकी मंशा है कि उसे किसानों पर अत्याचार करते रहने देता?

राधाकान्त–मैं यह नहीं कहता, मैं तो केवल यह कहता हूँ कि यह सच्ची देशभक्ति नहीं। देशभक्त का यह कर्तव्य है कि वह समस्त देशवासियों के कष्टों का ध्यान रक्खे, इसके क्या अर्थ हैं कि एक को कष्ट से बचाया जाए और दूसरे को कष्ट में डाल दिया जाए! देशभक्त के लिए तो सब बराबर हैं। उसे तो सब के कष्टों का ध्यान रखना चाहिए।

शिवकुमार–यह तो एक ख़ास केस ऐसा आ पड़ा कि रामधन के परिवार का पालन पोषण करने वाला कोई दूसरा नहीं, परन्तु सब हालतों में तो ऐसा नहीं होता।

राधाकान्त–यह माना। परन्तु उन हालतों में भी मानसिक कष्ट अवश्य होता है। जिसका बाप, भाई या पति जेल जाएगा उसे मानसिक कष्ट तो अवश्य ही होगा–यह आप मानते हैं या नहीं?

शिवकुमार–हाँ मानूँगा क्यों नहीं, पर इसके अतिरिक्त और कोई उपाय भी तो नहीं।

राधाकान्त–आप एक बार रामधन को समझाकर, धमका कर इस अनुचित काम से रोकने की चेष्टा करते।

शिवकुमार–ओ हो! यही तो आप जानते नहीं। इसीलिए आप ऐसा कहते हैं। ऐसे आदमी न समझाने से मानते हैं, न धमकाने से, यदि डर से मान भी गए, तो कुछ दिनों के लिए। जहाँ उन्हें यह निश्चय हो गया कि कोई कुछ करेगा नहीं बस फिर वही काम करने लगते हैं।

राधाकान्त–यदि गाँठ कुछ परिश्रम से खुल सकती है तो काट डालना कभी उचित नहीं।

शिवकुमार–पर खुले जब ना।

राधाकान्त–खुल सकती है। फ़ारसी में एक कहावत है–"लुत्फ़ कुन लुत्फ़ कि बेगाना शवद, हल्क़ा बगोश।" इसका यह अर्थ है कि नर्मी और सद्व्यवहार से ग़ैर भी अपने हो जाते हैं।

शिवकुमार–यह कहावत रामधन जैसे लोगों पर लागू नहीं हो सकती।

राधाकान्त–सब पर लागू हो सकती है, लागू करने का ढंग होना चाहिए। न भी हो तब भी पहले चेष्टा करके देख लेना चाहिए। मेरा विश्वास है कि सौ में नब्बे हालतों में यह लागू हो सकती है।

शिवकुमार–मैं इसे नहीं मानता।

राधाकान्त–मैं दिखा दूँगा। परन्तु इसके पहले ज़रा रामधन के परिवार की सुध लेना तुम्हारा कर्तव्य है।

दूसरे दिन बाबू शिवकुमार से मिलने पर पं. राधाकान्त ने पूछा–कहो रामधन के परिवार की सुध ली, उनकी दशा देखी?

शिवकुमार ने सर झुका कर कहा–देखी।

राधाकान्त–क्या दशा है।

एक दीर्घनिश्वास लेकर बोले–क्या कहें न कहना ही अच्छा है। यदि मुझे मालूम होता तो मैं रामधन को फँसाने की चेष्टा कभी न करता। किसानों को जितना कष्ट था वह उन्हें इतना असह्य नहीं था जितना असह्य रामधन के परिवार को उनका वर्तमान कष्ट है। उसका बाप रात दिन बैठा रोया करता है। स्त्री की भी दशा कहने योग्य नहीं। छोटे-छोटे बच्चों को खाने का ठिकाना नहीं। जो कुछ थोड़ा बहुत था वह मुक़द्दमे में ख़र्च हो गया, कुछ ज़ेवर जुर्माना अदा करने में चला गया, दो चार चाँदी की चीज़ें बची हैं। उन्हें स्त्री सुहाग के आभूषण समझ कर बेचना नहीं चाहती थी। मुझे पड़ोस वालों से मालूम हुआ कि दो रोज़ उपवास करने के पश्चात् रामधन की स्त्री पैर के कड़े बेचने पर राज़ी हुई। उफ़ कितना करुणापूर्ण दृश्य है। शरीफ़ आदमी किसी से माँग नहीं सकते। दो-चार छोटे-मोटे ज़ेवर हैं, वे दो-तीन महीने भी तो पूरा नहीं पाट सकते। उनके समाप्त हो जाने पर वे क्या खाएँगे?

राधाकान्त–यह आपकी देशभक्ति है।

शिवकुमार—क्या कहूँ, मैं तो स्वयं लज्जित हूँ। पर इतना मैं अवश्य कहूँगा कि इसके अतिरिक्त और कोई उपाय भी नहीं था।

राधाकान्त—ख़ैर यह तो अवसर पड़े मालूम होगा। अच्छा अब एक काम कीजिएगा। अब यदि कहीं कोई ऐसा मामला मिले तो मुझसे परामर्श ले लीजिएगा।

शिवकुमार—अवश्य मुझे भी देखना है कि आप किस प्रकार गाँठ को बिना काटे ही सुलझाते हैं।

बाबू शिवकुमार राधाकान्त से बोले—दो महीने पूर्व आपने मुझसे कहा था कि यदि कोई रामधन के जैसा केस मिले तो मैं आपसे परामर्श ले लूँगा।

राधाकान्त—हाँ कहा था।

शिवकुमार—वैसा ही एक मामला है।

राधाकान्त—कहिए।

शिवकुमार—स्टेशन पर थर्ड क्लास के बुकिंग क्लर्क (टिकिट बाँटने वाले बाबू) मुसाफिरों को बहुत तंग करते हैं। जो कुछ नज़र दे देता हैं उसे तो तुरन्त टिकिट दे देते हैं जो नहीं देता उसे नहीं देते। कभी कह देते है रुपया ख़राब है, इसे बदलो, कभी कहते हैं पैसे नहीं है रुपया तुड़ा लाओ। बाबुओं से कानस्टेबल भी मिले हुए हैं। कोई मुसाफ़िर उनसे शिकायत करता है तो कह देते हैं कि 'हम क्या करें, बाबू को कुछ दे दो टिकिट मिल जाएगा' बेचारे मुसाफ़िर ट्रेन छूट जाने के डर से उन्हें कुछ-न-कुछ पूज कर टिकिट ले लेते हैं।

राधाकान्त—क्या सबके साथ यही व्यवहार करते हैं?

शिवकुमार—सबके साथ तो भला क्या कर सकते हैं, हाँ बेपढ़े ग़रीब आदमियों और देहातियों के साथ करते हैं।

राधाकान्त—आपने इस सम्बन्ध में क्या करना निश्चय किया है?

शिवकुमार—मैंने अभी कुछ निश्चय नहीं किया, आप ही निश्चय कीजिए।

राधाकान्त—अच्छा कल चलेंगे।

दूसरे दिन शिवकुमार और राधाकान्त स्टेशन पर पहुँचे। मुसाफ़िरों के टिकिट लेते समय जो बात बाबू शिवकुमार ने कही थी वही देखने में आई। ये दोनों खड़े चुपचाप देखते रहे। जब किसी न किसी प्रकार सब मुसाफ़िर टिकिट लेकर चले गए और गाड़ी छूटने में केवल पाँच मिनिट रह गए तब पं. राधाकान्त ने अपने नौकर को एक दूर की स्टेशन का टिकिट लेने के लिए भेजा और स्वयं खिड़की से कुछ दूर पर खड़े हो गए। नौकर सिखाया-पढ़ाया था। उसने खिड़की के पास जाकर घबराहट दिखाते हुए उक्त स्टेशन का टिकिट माँगा।

बाबू ने बिगड़ कर कहा—अभी तक क्या सोते थे? रेल क्या तुम्हारे बाप की नौकर है जो तुम्हारे लिए खड़ी रहेगी—जाओ टिकिट नहीं मिलेगा।

नौकर ने बड़े दीन भाव में कहा—बाबूजी बड़ा ज़रूरी काम है। रेल न मिलेगी

तो मर जाएँगे। दे दीजिए, भगवान आपका भला करेगा।

बाबू—ज़रूरी काम है तो दूना महसूल देना पड़ेगा।

नौकर—दूना महसूल!

बाबू—हाँ दूना।

नौकर तो सिखाया-पढ़ाया था ही—उसने पहले कुछ आपत्ति करने के पश्चात् दूना किराया दे दिया और टिकिट लाकर राधाकान्त को दिया।

राधाकान्त टिकिट लेकर खिड़की पर पहुँचे और बाबू से बोले, क्यों साहब, इसका आपने दूना किराया क्यों चार्ज किया?

बाबू साहब कुछ क्षण के लिए सिटपिटा गए; परन्तु फिर संभल गए और बिगड़ कर बोले—दूना किराया कैसा?

राधाकान्त—मैंने अभी अपने नौकर को टिकिट लेने के लिए भेजा था आपने उससे दूना किराया लेकर टिकिट दिया।

बाबू—आप झूठ बोलते हैं।

राधाकान्त—क्या झूठ?

बाबू—हाँ झूठ! हम लोग ऐसा कभी नहीं कर सकते। दिन भर हजारों मुसाफ़िर आते हैं यदि हम ऐसा करें तो रहने न पायें। आप एक शरीफ़ आदमी पर इल्ज़ाम लगाते हैं?

राधाकान्त हँस कर बोले—तो क्या आपने दूना किराया नहीं लिया?

बाबू—कदापि नहीं।

राधाकान्त ने एक काग़ज़ निकाला जिस पर कुछ नक़ली हस्ताक्षर बने हुए थे। उसे बाबू साहब को दिखाकर बोले, देखिये यह उन सब लोगों के हस्ताक्षर हैं जिनसे आपने अभी-अभी ज़्यादा चार्ज किया है। आप यह काम बहुत दिनों से कर रहे हैं। इसलिए मैंने यह प्रबन्ध किया। अब यह केस स्टेशनमास्टर के सामने पेश किया जाएगा।

इतना सुनते ही और काग़ज़ देखकर बाबू साहब के होश उड़ गए। बोले, मुआफ़ कीजिए।

राधाकान्त—मुआफ़। अभी आपने मुझे ही आड़े हाथों ले डाला, झूठा बनाने की चेष्टा की और अब मुआफ़ी माँगते हैं।

बाबू साहब शर्म से सर झुकाकर बोले—निस्सन्देह मुझसे बड़ा अपराध हुआ, परन्तु अब आप दया कीजिए! सच जानिए मैं किसी काम का न रहूँगा, बेमौत मर जाऊँगा।

राधाकान्त—पर आप तो हर एक के साथ यही व्यवहार करते हैं।

बाबू—बाबूजी जो कुछ हुआ सो हुआ, अब आप क्षमा करें। आगे यह काम कभी न होगा।

राधाकान्त—क्या आप सच कहते हैं?

बाबू—सच ही नहीं, मैं आपको विश्वास दिलाता हूँ।

राधाकान्त—पर मुझे विश्वास कैसे हो?

बाबू—मैं क़सम खाता हूँ कि यदि आगे कभी ऐसा करूँ तो...

राधाकान्त—मुझे आप पर विश्वास है और पूरी आशा है कि आप जैसा भला आदमी अपनी क़सम का पूरा ध्यान रक्खेगा, भूल हर एक मनुष्य से होती है; पर जो अपनी भूल मान लेते हैं और आगे सतर्क रहते हैं वे सच्चे शरीफ़ हैं।

राधाकान्त ने बड़ी देर तक बाबू साहब को समझाया, हर प्रकार ऊँच-नीच दिखाये, उनके इस व्यवहार से ग़रीबों को जितना कष्ट होता है उसका चित्र खींचा।

इसके पश्चात् उन्होंने वह काग़ज़ फाड़ डाला और बाबू साहब से हाथ मिलाकर बोले—देखिये एक बार मैं फिर सच्चे मित्र की हैसियत से आपको यह सलाह देता हूँ कि आप न तो यह काम स्वयं करें और न अपने सामने किसी दूसरे को करने दें।

बाबू साहब की आँखों में आँसू भर आए। उन्होंने गद्‌गद् कण्ठ से कहा—ईश्वर चाहेगा तो ऐसा ही होगा।

राधाकान्त शिवकुमार के साथ घर की ओर चल दिए। रास्ते में राधाकान्त ने पूछा—कहिये अब आपको विश्वास हुआ?

शिवकुमार—हाँ इस समय तो उसकी बातों से यही मालूम होता है कि न करेगा, परन्तु यदि अब भी करे?

राधाकान्त—तब भी मैं एक बार और उसे सचेत करूँगा।

शिवकुमार—और यदि तब भी करे?

राधाकान्त—ऐसे आदमी, विशेषतः जिन्हें अपनी आबरू का कुछ भी ख़्याल है, दो-तीन बार सचेत किए जाने पर न करेंगे। जब तक मनुष्य की आँखों का पानी नहीं ढलता तब तक वह सरलतापूर्वक सुधर सकता है, परन्तु आँखों का पानी ढल जाने से उसका सुधार बड़ा कठिन हो जाता है।

शिवकुमार—यह कैसे मान लिया जाए कि इसकी आँख का पानी नहीं ढला?

राधाकान्त—इसलिए कि इसका पाप प्रकट नहीं हुआ। जब तक मनुष्य का पाप छिपा रहता है तब तक उसकी आँखों का पानी नहीं ढलता, परन्तु जब उसका पाप सब पर प्रकट हो जाता है तब उसकी आँखों का पानी ढल जाता है और ऐसे आदमी का सुधार कठिन हो जाता है। केवल एक यही बात कि 'हमारे पाप को सब लोग न जान जाएँ' मनुष्य को आगे के लिए पाप करने से रोकती है।

शिवकुमार—हाँ यह ठीक है और यह मैं मानता हूँ कि इस युक्ति से अधिकांश सफलता मिल सकती है।

तमाचा

नवाब मुईनुद्दौला पुराने नवाबी खानदान के हैं। उम्र 45 साल के लगभग है। इन्हें पचास रुपये मासिक वसीका मिलता है। और एक मकान भी है जिसका मासिक किराया पचीस रुपये के लगभग है। जिस मकान में नवाब साहब रहते हैं वह मकान भी उनका निजी है। नवाब साहब के परिवार में चार प्राणी हैं। एक वह स्वयं, दूसरी उनकी पत्नी, तीसरी उनकी षोडशी कन्या, चौथा उनका पुत्र, जिसकी अवस्था 19 वर्ष के लगभग है और जो इन्टरमीडिएट का विद्यार्थी है। एक अफीमी नौकर है—नवाब साहब स्वयं भी अफीम खाते हैं—और एक दासी।

संध्या का समय था, नवाब साहब अपनी छोटी-सी बैठक में विराजमान थे। बैठक में फर्श बिछा हुआ था और दो-तीन छोटे-बड़े गावतकिये रक्खे हुए थे। एक ओर दो कुर्सियाँ भी रक्खी थीं। इसी समय एक मियाँ साहब तशरीफ लाये। कपड़े-लत्तों से यह भी कोई शरीफ आदमी मालूम होते थे। बैठक के द्वार पर आकर उन्होंने कहा—"आदाब अर्ज करता हूँ।" नवाब साहब ने उनकी ओर देखकर कहा—"आइये! आइये! आज किधर भूल पड़े!"

जूते उतार कर नवाब साहब के सामने बैठते हुए वह सज्जन बोले—"जरा बाहर चला गया था, इसलिए खिदमत में हाजिर न हो सका।"

नवाब साहब के बाइं ओर हुक्का रक्खा था, दाहिनी ओर उगालदान और सामने पानों का डिब्बा। डिब्बा उनकी ओर सरकाते हुए नवाब साहब बोले—"बाहर किसी काम से गए थे?"

"जी! कोई ऐसा खास काम नहीं था।"

"यों ही तफरीहन?"

"उसे तफरीहन भी नहीं कहा जा सकता।"

"भई अजीब आदमी हो, न तफरीहन न कोई काम—आखिर क्या यों ही अललटप्पू चले गए थे?"

"बात यह थी बन्दापरवर कि एक रईस के यहाँ ज़मींदारी का काम देखने के लिए कारिन्दे की जगह खाली थी, उसी के लिए गया था।"

“जगह मिल गई?” नवाब साहब हुक्के का कश लेकर बोले।

“जगह तो मिल जाती, मगर मैंने खुद ही उसे पसन्द नहीं किया।”

“क्यों?”

“बड़ी जहमत (झगड़े) का काम था। रात-दिन गँवारों से साबिका। कुजा (कहाँ) यह रश्के फ़िरदौस (स्वर्ग का प्रतिद्वन्द्वी) लखनऊ, कुजा वह राँगड मुल्क।”

“कहाँ का ज़िक्र है?”

“परतापगढ़ जिले का। ब खुदा वहाँ की ज़बान ही नहीं समझ में आती—और वहाँ के आदमी—इलाही तोबा। इस कदर गँवार, बदतमीज़ की क्या अर्ज़ करूँ! हमें तो चाहे अल्लाह तआला दोजख में ही भेजे, मगर वहाँ भी लखनऊ वालों का ही साथ अता फरमावे।”

“क्या बात कही है आपने वल्लाह! अपनी भी यही ख्वाहिश है।”

“तनख्वाह क्या थी?”

“पचास रुपये।”

“तनख्वाह कलील (कम) थी।”

“इस कलील तनख्वाह पर उस उजाड़ मुल्क में रहना—आप ही गौर फरमाइये—कब गवारा हो सकता है?”

“सच है। खुदा चाहे सूखे लुकमे (कौर) खिलाये, मगर लखनऊ न छुड़ाये।”

“सुभान अल्लाह! सौ बात की एक बात फरमा दी आपने।”

“और क्या खबर है?”

“और खबर यह है कि साहबजादे के लिए एक रिश्ता मिल रहा है।”

“अच्छा! कहाँ?”

“बाराबंकी में! आदमी निहायत शरीफ़ व ख़ानदानी हैं।”

“क्या काम करते हैं?”

“सरकारी मुलाजिम हैं। डेढ़ सौ माहवारी तनख्वाह और बालाई (ऊपर) आमदनी अलग।”

“हूँ। रईस होते तो ज़्यादा बेहतर था।”

“हाँ-आँ, लेकिन यह भी कुछ बेजा नहीं है। आदमी शरीफ व नेक हैं।”

“लड़की कैसी है?”

“लड़की हसीन है, उर्दू-फारसी भी बाखूबी जानती है और उमूर खानादारी (गृहस्थी के काम) में भी होशियार है।”

नवाब साहब कुछ क्षण तक हुक्का पीते हुए विचार करके बोले—

“अच्छा, बेगम से सलाह करके जवाब दूँगा।”

“तो कब तक जवाब की तवक्को (आशा) करूँ?”

“दो-चार रोज़ में।”

“बेहतर है। अच्छा इजाज़त हो। आदाब!”

"तसलीम!"

उन सज्जन के विदा होते ही नवाब साहब बेगम के पास पहुँचे और बोले—"सुनती हो बेगम, हमारे जहीर की शादी का पैगाम आया है।"

बेगम उत्सुकतापूर्वक बोलीं—"कहाँ से?" नवाब साहब ने सब वृत्तान्त बताया। बेगम सुनकर बोलीं—"अच्छा तो है।"

"मेरा ख्याल भी यही है।"

"तो मंजूर कर लो।"

"लड़की को देखोगी?"

"हाँ देखना ही पड़ेगा।"

"वैसे तो हमारे दोस्त मिर्ज़ा साहब ने पूरा इत्मीनान दिया है।"

"फिर भी देख लेने में क्या हर्ज है?"

"मिर्ज़ा साहब यह न सोचें कि हमारा एतबार नहीं किया।"

"ऐसा सोचने की कोई वजह तो नहीं है। देखा-भाला तो जाता ही है।"

"खैर, मैं उनसे बात करूँगा। जैसा मौका होगा वैसा किया जाएगा।"

तीसरे रोज़ मिर्ज़ा साहब नवाब साहब से पुनः मिले। नवाब साहब बोले—"रिश्ता तो बेजा नहीं है। आपकी क्या राय है, लड़की देख ली जाए?"

"जैसी आपकी मर्जी, मगर मैंने इत्मीनान कामिल कर लिया है—कोई खास ज़रूरत नहीं है।"

"बेगम की तजवीज है। लेकिन अगर आपने इत्मीनान कर लिया है तो काफी है।"

"जी हाँ! बेकार में वहाँ जाने-आने की परेशानी उठानी होगी।"

"बेशक! अच्छी बात है। आप उन्हें मुत्तिला (सूचित) कर दीजिए कि रिश्ता मंजूर है।"

"बेहतर है। कल ही खत लिख दूँगा।"

"नवाब साहब के लड़के जहीरउद्दौला के कानों तक भी यह बात पहुँच गई कि उसकी शादी तय हो रही है। अतः जहीर का एक मित्र नवाब साहब के पास पहुँचा। नवाब साहब उससे परिचित थे। नवाब साहब ने पूछा—"कहो बेटा हमीद कैसे आए?"

"चचा जान क्या जहीर भाई की शादी कहीं तय हो रही है?"

"हाँ! तुम्हें कहाँ खबर लगी?"

"लग गई कहीं से। जहीर भाई को भी मालूम हो गया है।"

"खूब! तुम लोगों से भला कोई बात पोशीदा रह सकती है!"

"लड़की देख ली गई है या देखी जाएगी?"

"तुम अपना मतलब कहो"

"मतलब यह है कि जहीर भाई लड़की खुद देखना चाहते हैं।"

नवाब साहब नेत्र विस्फारित करके बोले—"क्या?"

"जी!"

"इस्तग़फ़रुल्लाह! शरीफों में ऐसा कब मुमकिन है।"

"आजकल तो यह रिवाज हो गया है चचा जान!"

"तौबा करो साहबजादे! होने को तो खुदा जाने आजकल क्या-क्या हो रहा है। मुसलमानों की मस्तूरात (स्त्रियाँ) बेपर्दा तक घूमने लगी हैं। लेकिन हम उनकी तकलीद (अनुकरण) नहीं कर सकते। खानदानी रिवाज़ और चलन को हम हर्गिज़ नहीं छोड़ सकते।"

"मुमकिन है कि लड़की वाले इस पर रज़ामन्द हो जाएँ। आप उनसे दरख्वास्त करके तो देखिये।"

"मआज़ अल्लाह! मैं उनसे दरखास्त करूँ!"

"कोई हर्ज़ है क्या?"

"मैं खानदानी रईस, नवाबी खानदान का और दरख्वास्त करूँ! हम लोग दरख्वास्त नहीं किया करते, हम लोग हुक्म देते हैं।"

"यह तो सही है चचा जान, मगर अब वह वक्त नहीं रहा। अब इस अमलदारी में पैसा देखा जाता है, न कोई खानदान देखता है, न शिजरा।'

"जो पैसे को ही सब कुछ समझते हैं उन पर लाहौल पढ़ो। रुपया-पैसा आनी-जानी शय (वस्तु) है। शराफत और ख़ानदान आनी-जानी शय नहीं हैं।"

"यह तो दुरुस्त है किबला, मगर जिसकी शादी हो रही है उसकी पसन्द का भी तो ख़याल रखना लाजिमी है।"

"यह कम-अज-कम मुझ से तो होगा नहीं। अगर जहीर ऐसा ही चाहता है तो मैं यह नामंजूर किए देता हूँ—जहीर खुद ही अपना रिश्ता कर ले। अंग्रेजी तालीम का यही नतीजा है।"

"अंग्रेजी तालीम नहीं वक्त का यही तकाजा है।"

"म्याँ कहाँ का वक्त और कैसा वक्त! वक्त क्या शराफ़त और ख़ानदान को भी बदल सकता है?"

"खैर मैंने जहीर भाई के इरादे से आपको मुत्तिला कर दिया—आयन्दा जैसी आप की मर्ज़ी!"

"खैर! तुमने दोस्ती का फर्ज़ अदा कर दिया। मैं उससे बात कर लूँगा।"

"हाँ, आप अगर उनसे बात कर लेंगे तो अच्छा रहेगा।"

यह कह कर हमीद विदा हुआ।

लेकिन जहीरउद्दौला ने अपने भावी श्वसुर का पता मालूम कर उन्हें स्वयं पत्र लिखा कि वह लड़की को स्वयं देख कर विवाह करेगा। श्वसुर ने उसकी बात को स्वीकार कर लिया।

एक दिन जहीर अपने पिता से यह कहकर कि वह एक दोस्त के यहाँ निमन्त्रित होकर जा रहा है—बाराबंकी पहुँच गया।

उसके श्वसुर ने उसका स्वागत किया। खाना-वाना खांने के बाद दोपहर में लड़की से लड़के की भेंट कराई गई।

जहीर ने देखा कि लड़की सुन्दर है। उसने दो-चार प्रश्न किए जिनका लड़की ने समुचित उत्तर दिया, जहीर सन्तुष्ट हो गया। विदा होते समय जहीर ने अपने श्वसुर से कहा—"खुदा वास्ते अब्बाजान को इस बात की इत्तला मत कीजिएगा?"

"जरूरत क्या है।"

जहीर वापस आ गया। दूसरे दिन नवाब साहब ने उससे कहा—"तुमने मेरी बात का कुछ जवाब न दिया।"

"किस बात का?" जहीर ने अनजान बनकर पूछा।

"उसी रिश्ते के बाबत!"

"जैसा आप मुनासिब समझें। मुझे आपका फैसला मंजूर है।"

"लड़की देखने का सवाल तो नहीं उठाओगे?"

"अगर आपकी मर्जी नहीं है तो जाने दीजिए।"

"शाबाश! आखिर ख़ानदानी असर कैसे जा सकता है? रईसों और शरीफ़ों का यही शेवा (चलन) है। मैं तुमसे बहुत खुश हुआ।"

"मैं आप की हुक्म-उदूली (अनाज्ञाकारिता) नहीं कर सकता।"

"खुदा तुम्हारी उम्र करे। मुझे तुम्हारी ज़ात से ऐसी ही उम्मीद है।"

मिर्ज़ा साहब को बुला कर नवाब साहब बोले—"भई अब सब ठीक हो गया। पहले तो जहीर लड़की देखने के लिए मचला था मगर मेरे समझाने-बुझाने से मान गया।"

"फरजन्दे रशीद (सुशील पुत्र) है, मानता क्यों नहीं। तो अब तारीख निकाह मुक़र्रर हो जानी चाहिए।"

"हाँ उन्हीं को तहरीर किया जाए तो तारीख वह मुनासिब समझें मुक़र्रर कर लें।"

अन्त को विवाह की तिथि निश्चित हो गई।

निश्चित तारीख पर नवाब साहब जहीर का विवाह कर लाये समधी के व्यवहार स्वागत-सत्कार से नवाब परम सन्तुष्ट हुए।

कुछ दिनों बाद नवाब साहब को मालूम हुआ कि जहीर लड़की देख आया था। पहले तो उन्हें विश्वास नहीं हुआ, परन्तु जब उन्हें उसके प्रमाण मिले तब विश्वास करना पड़ा। नवाब साहब मिर्ज़ा साहब से बोले—"खैर! अब तो हो ही गया। मगर आजकल की तालीम पाये हुए लड़के बड़े ऐय्यार-मक्कार होते हैं। खुदा इनसे बचाये। लेकिन मुझे ताज्जुब है कि शौकत हुसैन साहब (समधी का नाम) ने यह बात कैसे मंजूर कर ली। मुसलमानों में खुसूसन शरीफ़ ख़ानदानों में तो यह बात रायज (प्रचलित) नहीं है।"

"आजकल तरक्की व रिफार्म का जमाना है। इससे अब इसे ज्यादा ऐब की बात नहीं मानते।"

"शायद! मगर ताज्जुब का मकाम ज़रूर है।"

इसी समय एक मियाँ नवाब साहब के पास आए। कुछ देर इधर-उधर की बातें करने के पश्चात् उन्होंने पूछा, मैंने सुना है कि साहबजादे का निकाह बाराबंकी के शैकत हुसैन की दुख़्तर (कन्या) से हुआ है।

"जी हाँ!"

"आपने यह रिश्ता कैसे मंजूर कर लिया?"

"क्यों क्या बात है?" नवाब साहब सशंक्ति होकर बोले।

"वह लड़की जो अपने यहाँ आई है (धीमे स्वर में) एक तवायफ (वेश्या) की लड़की है।"

नवाब साहब बौखलाकर बोले—"क्या?"

"जी हाँ! शैकत हुसैन साहब एक तवायफ रक्खे हुए थे—वह मर गई। उसकी उस लड़की को शौकत हुसैन साहब ने परवरिश किया और अब आपके यहाँ शादी कर दी।"

"लाहौल वला! म्याँ—मुझे तो उसी वक्त शक हुआ था जब मैंने सुना कि उन्होंने जहीर से लड़की की मुलाक़ात करा दी। मैं तो पहले ही जानता था—मैं तो—।" यह कहते हुए नवाब साहब बेहोश होकर लुढ़क गए!"

वंचना

मेल ट्रेन स्टेशन छोड़ने के लिए तैयार खड़ी थी। अधिकांश यात्री अपने-अपने डिब्बों में बैठ गए थे। केवल कुछ ऐसे लोग जो किसी को पहुँचाने आए थे अथवा वे लोग जो ट्रेन के गतिवान् होने पर ही सवार होते हैं, प्लेटफार्म पर उपस्थित थे।

सहसास गार्ड ने सीटी दी। प्लेटफार्म पर उपस्थित लोग गाड़ी पर चढ़ गए। इसी समय एक युवक जिसकी वयस 24-25 वर्ष के लगभग थी, कुली पर एक ट्रंक तथा बिस्तर रखाये लपकता हुआ आया और एक सेकेण्ड क्लास के डिब्बे में चढ़ गया। इसी समय गाड़ी चल दी। युवक ने बटुआ निकाला और कुली को पैसे दिए। कुली चलती गाड़ी से उतर गया।

युवक ने अपने चारों ओर दृष्टि दौड़ाई। खिड़की के निकट वाली एक बर्थ पर एक एंग्लो इण्डियन सुन्दर युवती अर्द्ध-शयनावस्था में बैठी एक अंग्रेजी की मेगजीन (मासिक पत्र) देख रही थी। इसके अतिरिक्त दर्जे में और कोई नहीं था। युवक ने दूसरी ओर खिड़की के निकट वाली बर्थ पर अपना आसन जमाया।

कुछ क्षण पश्चात् युवक ने अपना सिगरेट-केस निकाल कर युवती से अंग्रेजी में कहा—"मेरे सिगरेट पीने पर आप को कोई आपत्ति तो नहीं है?"

युवती मुस्करा कर बोली—"कदापि नहीं। मैं स्वयं सिगरेट पीती हूँ।"

युवक उठकर युवती के निकट पहुँचा और अपना केस उसकी ओर बढ़ा कर बोला—"लीजिए!" युवती ने 'धन्यवाद' कह कर एक सिगरेट निकाल लिया। युवक ने तुरन्त दियासलाई जलाकर युवती का सिगरेट सुलगा दिया और तत्पश्चात् अपने स्थान पर आकर स्वयं सिगरेट सुलगाया।

कुछ क्षण पश्चात् युवक ने पूछा—"आप कहाँ जाएँगी?"

"कलकत्ता।"

"खूब! मैं भी कलकत्ते जा रहा हूँ।"

"तब तो हमारा आपका साथ अन्त तक रहेगा।" युवती ने मुस्करा कर कहा।"

"क्या मैं जान सकता हूँ कि आप कलकत्ते में क्या करती हैं।"

"मेरे पिता का एक होटल है।"

यह कहकर युवती ने होटल का नाम बताया।

युवक प्रसन्न्ता-सूचक स्वर में बोला—''ओ! यह होटल कहाँ है?''

युवती ने स्थान का नाम बताया।

''तब तो अच्छा होटल होगा। उस ओर बड़े ही बड़े होटल हैं।

''जी हाँ।''

कुल क्षण मौन रहकर युवक ने पूछा—''क्या आपके होटल में हिन्दुस्तानी भी ठहर सकते हैं?''

''हाँ हाँ! ठहरते भी हैं, परन्तु बहुत कम! वे ही लोग ठहरते हैं जो अमीर हैं और जिनका रहन-सहन यूरोपियन ढंग का है।''

''खैर, यह तो आवश्यक ही है। यूरोपियन ढंग के होटल में ऐसा नियम होना स्वाभाविक ही है।''

''क्या आप ठहरना चाहते हैं?''

''ठहर तो जाता परन्तु वहाँ मैं कुछ संकुचित रहूँगा। मुझे अपने योग्य सोसाइटी न मिलेगी। अलग-अलग जैसा रहूँगा। केवल एक आप ही ऐसी होंगी जिनसे मैं बात कर सकूँगा। आप तो वहाँ नित्य जाती होंगी?''

''मुझे अधिकांश समय वहीं रहना पड़ता है, क्योंकि हम स्वयं भी उसी होटल में रहते हैं।''

''अच्छा! यह बड़ी सुन्दर बात है।''

''इसलिए आपका जी न ऊबने पाएगा। मैं अपने माता-पिता से आपका परिचय करा दूँगी।''

''ऐसी दशा में तो मैं वहाँ रह सकता हूँ।

''बड़ी सुन्दर बात है।''

युवक ने सोचा कि जरा यह भी पूछ लो कि होटल का खर्च किस हिसाब से पड़ेगा। परन्तु फिर उसने यह सोचकर इस सम्बन्ध में मौन रहना ही उचित समझा कि ऐसी बात पूछना टुच्चापन होगा।

युवक ने कहा—''तब तो मैं आपके होटल में ही ठहरूँगा।''

''बड़ी खुशी की बात है।''

''इधर आप कहाँ से आ रही हैं?''

''मै शिमला से आ रही हूँ। इस बार गर्मी का मौसम मैंने वहीं व्यतीत किया। तन्दुरुस्ती कुछ ठीक नहीं रहती थी। अतः डॉक्टरों ने वहीं रहने का परामर्श दिया।

''अब तो आपकी तन्दुरुस्ती अच्छी मालूम होती है।''युवक ने युवती के गालों पर की सुर्खी को देखते हुए कहा।

''हाँ! अब मैं बिल्कुल दुरुस्त हूँ! मेरा वजन भी 15 पौंड़ बढ़ गया है। मैं चाहती तो और बढ़ जाता, परन्तु मुझे मोटापे से बड़ी घृणा है।''

''वाकई मोटापा बुरा होता है।''

दूसरे दिन नियत समय पर ट्रेन हावड़ा स्टेशन पर पहुँची। युवती युवक को साथ लिए बाहर आई और एक टैक्सी पर सवार होकर चली।

होटल की बिल्डिंग के सामने टैक्सी रुकी। बिल्डिंग बड़ी और सुन्दर थी। युवक ने पूछा—"बहुत बड़ा होटल है।"

युवती बोली—"पूरी बिल्डिंग में होटल नहीं है। आधी हमारे पास है और आधी दूसरे के पास! देखिये उसका साइनबोर्ड वह सामने लगा है।"

होटल के आदमियों ने दोनों का असबाब टैक्सी से उतारा।

युवती बोली—"देखो! साहब का असबाब—अठारह नं. रूम खाली है?"

"वह तो खाली नहीं है मिस साहब! बीस नम्बर खाली है।"

"गुड! वह तो और भी अच्छा है। उसी में पहुँचाओ।"

युवती स्वयं युवक को 20 नम्बर कमरे में पहुँचा गई। यह कमरा एक व्यक्ति के लिए था। एक ओर एक बड़ा मसहरीदारी पलंग बिछा हुआ था। उस पर पूरा बिस्तर लगा हुआ था। मोटा गद्दा, गद्दे पर श्वेत चादर, दो बड़े-बड़े मुलायम तकिए तथा पैताने एक हल्का कम्बल रखा हुआ था।

युवती ने कहा—"यदि आप चाहें तो इसी बिस्तर को काम में लावें अथवा अपना निजी बिस्तर लगवा लें।"

"ठीक है। देखा जाएगा।"

एक ओर एक मेज थी जिसमें दर्पण लगा था। मेज के सामने दो कुर्सियाँ थीं। दूसरी ओर तीन बड़ी खिड़कियाँ थीं। इन खिड़कियों के पास एक आरामकुर्सी, बीच में एक छोटी गोलमेज तथा तीन साधारण कुर्सियाँ थीं। एक ओर कपड़े टाँगने की दर्पण-युक्त अल्मारी थी, छत में सीलिंग फेन और प्रकाश की दो हाँडियाँ लटक रही थीं। पलंग के ऊपर एक ब्रेकर लैम्प था।

कमरे से मिला हुआ गुसलखाना था।

युवती चली गई।

युवक ने अपना ट्रंक खोला। ट्रंक में रक्खी धोतियों को देखकर वह बड़बड़ाया—"ये तो यहाँ के लिए बेकार हैं।" उसने एक आधी बाँहों की रेशमी कमीज निकाली। स्नान इत्यादि से निवृत्त होकर युवक बैठा ही था कि उसी समय खानसामा चाय की ट्रे ले आया।

युवक चाय पी ही रहा था कि मिस आ गई और मुस्कराकर बोली—"आप आराम से तो हैं?"

"बड़े आराम से! यहाँ आराम न मिलेगा तो और कहाँ मिल सकता है।"

"खाना आप हमारे साथ खाएँगे।"

"जैसी आपकी इच्छा। लेकिन मैं केवल मटन (बकरे का मांस) और फाउल (मुर्ग) खाता हूँ।"

"और अण्डा।"

"अण्डा भी खा लेता हूँ। मेरा मतलब यह है कि मैं पोर्क (सूअर का मांस) और 'बीफ' (गाय का मांस) नहीं खाता।'

"कोई हर्ज नहीं। जो आप खायेंगे वही खिलाया जाएगा।"

"ड्रिन्क करते हैं।"

"नित्य की आदत नहीं है। कभी-कभी सोसाइटी में बैठकर पी लेता हूँ।"

"यह बड़ी अच्छी बात है। अच्छा चलिए, मैं अपने माता-पिता से आपका परिचय कराऊँ।"

"बड़ी खुशी की बात है।" कह कर युवक तुरन्त उठ खड़ा हुआ।

युवती तीसरी मंजिल पर पहुँची। इस मंजिल पर युवती का निवास था।

युवती के मात-पिता अधेड़ थे। दोनों ने युवक का स्वागत किया।

युवती का पिता बोला—"आपसे मिलकर बड़ी प्रसन्नता हुई।"

युवक ने भी बड़ी प्रसन्नता प्रकट की।

मिस बोली—"सिनेमा चलिएगा?"

युवक ने कहा—"हाँ! हाँ! और यहाँ काम ही कौन है। घूमना फिरना तो हई है।"

"अच्छा तो मैं आपके साथ चलूँगी। कपड़े बदल आऊँ।"

थोड़ी देर में मिस सज-धज कर तैयार हो गई। उधर युवक भी कपड़े पहन कर तैयार हो गया। दोनों टैक्सी लेकर सिनेमा चले।

रात को जब सिनेमा से लौटे तो युवक के पचीस रुपये ठंडे हो चुके थे।

अब नित्य यही होने लगा। सन्ध्या समय मिस युवक को लेकर निकल जाती और खूब घुमा-फिरा कर लौटती। युवक के 15-20 रुपये खर्च हो जाते थे।

युवक इस समय अपने को स्वर्ग में समझ रहा था। यद्यपि मिस पर युवक की कुदृष्टि थी; परन्तु इतना साहस नहीं पड़ता था कि कुछ हाथ-पाँव फैला सके।

इसी प्रकार एक सप्ताह व्यतीत हो गया। युवक के बटुए की मोटाई प्रतिदिन कम हो रही थी। उसने हिसाब लगाया तो दो सौ रुपये केवल घूमने-फिरने में खर्च हो चुके थे। युवक के पास कुल पाँच सौ रुपये शेष रह गए थे। उसने हिसाब लगाया कि अभी एक सप्ताह और रहा जा सकता है। होटल का बिल अधिक-से-अधिक सौ-डेढ सौ का होगा।

दूसरे सप्ताह के भी तीन दिन व्यतीत हो गए। अन्त को एक दिन जब मिस युवक के कमरे में कुछ देर बैठ कर जाने लगी तो युवक ने लपक कर उसे पकड़ लिया और उसका मुख चूम लिया।

युवती ने एक तमाचा युवक के गाल पर तड़ से जमाया। युवक ने घबराकर

मिस को छोड़ दिया। मिस अग्नि-वर्षा करती हुई बोली—हिन्दुस्तानी कुत्ता! क्या तूने मुझे कोई वेश्या समझा है। तुम हिन्दुतानी सदैव दगाबाज साबित होते हो।" यह कहकर मिस कमरे के बाहर हो गई। युवक कुर्सी पर बैठ गया और विचार करने लगा कि—"हरामज़ादी को घुमाने-फिराने में मेरे तीन-चार सौ रुपये खर्च हो गए, ये सब बट्टेखाते गए। ऐसा जानता तो मैं यहाँ फटकता भी नहीं।"

उसी दिन से मिस ने युवक से घनिष्ठता का व्यवहार बन्द कर दिया। अब वह केवल शिष्टापूर्ण शुष्क व्यवहार करने लगी। युवक ने एकान्त पाकर क्षमा-याचना भी की। मिस ने उसे क्षमा तो कर दिया, परन्तु व्यवहार शुष्क ही रक्खा।

दो दिन प्रतीक्षा करने के बाद एक दिन युवक ने खानसामा से कहा—"आज मैं जा रहा हूँ।"

"अच्छा साहब! किस गाड़ी से?"

"मेल से!"

खानसामा चला गया। बीस मिनट पश्चात् वह बिल लेकर आया। बिल देखकर युवक का सिर चकरा गया। बीस रुपये दैनिक तो होटल का खर्च तथा दस रुपये दैनिक मिस की फीस, संध्या समय युवक को घुमाने-फिराने की।

युवक खानसामा से बोला—"यह घुमाने-फिराने की फीस कैसी?"

"मिस शाम को आपके साथ जाती थीं—उसकी फीस!"

"ते क्या इतने बड़े होटल के मालिक की लड़की यह काम भी करती है?"

"लड़की! मिस होटल के मालिक की लड़की नहीं है।"

युवक अचकचा कर बोला—"तब कौन है?"

"होटल की नौकर है। दस रुपये में से इसे कमीशन मिलता है।"

"लेकिन वह तो अपने को लड़की बताती थी।"

"रहती मालिक के साथ है और उन्हें माता और पिता कहती है; वे भी लड़की की तरह मानते हैं, परन्तु है नौकर ही।"

बिल साढ़े चार सौ का था। युवक के पास कुल चार सौ रुपये बचे थे। युवक सोचने लगा अब क्या किया जाए! सोच-विचार कर उसने कहा—"अच्छा जरा मिस को भेजो!"

"वह तो नहीं है, कल बाहर गई।"

"क्या शहर से बाहर?"

"जी हाँ!"

"कब तक लौटेंगी?"

"दस-बारह दिन लग जाएँगे।"

"अच्छा और किसी को भेजो!"

"यहाँ कोई न आएगा। आपको जो कुछ कहना हो, ऊपर मालिक से जाकर कहिये।"

युवक मालिक के पास पहुँचा और बोला—"इस समय मेरे पास कुल चार सौ

रुपये हैं और आपका बिल साढ़े चार सौ का है। मिस की फीस आपने व्यर्थ लगाई है। मुझे यह नहीं मालूम था कि फीस देनी पड़ेगी। आपको पहले बता देना चाहिए था।"

"हमने समझा, मिस ने आपको बता दिया होगा।"

"उसने कुछ नहीं बताया।"

"मिस बाहर गई है, यदि वह होती तो उससे पूछते।"

"तो आप क्या कहते हैं?"

"बिल का पूरा रुपया देना होगा।" मालिक ने शुष्कता से कहा।

युवक कुछ क्षण सोचकर बोला—"अच्छा मेरी यह सोने की घड़ी जमानत में रख लीजिए जब मैं पचास रुपये भेज दूँ तो घड़ी लौटा दीजिएगा।

"हाँ, यह हो सकता है।"

युवक होटल से चलकर एक धर्मशाला में आया। इस समय उसके पास केवल पाँच रुपये बचे थे। उसने घर तार दिया—"यहाँ मेरी जेब कट गई—सब रुपया चला गया—तुरन्त सौ रुपये तार से भेजो।" उस दिन युवक ने शाम को ढाबे में भोजन किया।

युग धर्म

रात के नौ बज चुके हैं नगर की गलियों में निस्तब्धता का शासन प्रारम्भ हो गया है। ऐसे ही समय में एक नवयुवक जिसकी वयस लगभग 24 वर्ष की होगी, नगर की एक तंग तथा अँधेरी गली में चला जा रहा है। गली में एक मकान के द्वार पर पहुँच कर वह रुक गया और उसने कपाट की कुण्डी खटखटाई। कुण्डी खटखटाने के एक मिनिट पश्चात् द्वार खुला। नवयुवक ने अन्दर प्रवेश करके पहले द्वार बन्द किया, तत्पश्चात् भीतर की ओर चला। घर बहुत छोटा था। बीच में एक छोटा सा आँगन था—आँगन के तीन ओर तीन दालान तथा तीन कोठरियाँ थीं। चौथी ओर बाहर आने-जाने के लिए द्वार था तथा उसी के पास पाइप लगा था। इस समय एक दालान तथा उसके पीछे वाली कोठरी में दो दीपक टिमटिमा रहे थे। शेष घर अन्धकार में डूबा हुआ था। दालान में एक अर्द्धवयस्क स्त्री खड़ी थी। उसने नवयुवक को देखते ही कहा—"आ गए! आज बड़ी देर लगाई?"

नवयुवक बोला—"हाँ, आज बाबू लक्ष्मीनारायण के यहाँ चला गया था।" यह कहता हुआ नवयुवक दालान में पहुँचा और एक बिछी हुई चारपाई के पास खड़े होकर कपड़े उतारने लगा। कपड़े उतार कर उसने चारपाई पर पड़ा हुआ, एक पंखा उठा लिया और उसे झलता हुआ चारपाई पर बैठ गया। थोड़ी देर तक वह चुपचाप बैठा रहा। स्त्री भी भूमि पर बैठी पंखा झलती रही। तदुपरान्त उसने पूछा, 'कमला क्या सो गई?' स्त्री ने कहा, 'हाँ, सो ही गई होगी, रोटी खाके ऊपर चली गई थी। तू भी खाले!'

नवयुवक—हाँ खाता हूँ, जरा पसीना सूख जाए—आज बड़ी गर्मी है।

स्त्री—कुछ पूछो न, गर्मी के मारे तो प्राण व्याकुल हैं।

कुछ क्षणों तक पुनः दोनों मौन बैठे रहे। हठात् नवयुवक ने कहा—अम्माँ, मेरी एक बात मानोगी?

नवयुवक की माता ने उत्सुक होकर पूछा—कौन सी बात?

नवयुवक—पहले यह बता दो मानोगी कि नहीं?

माता—मानने जोग होगी तो मानूँगी।

नवयुवक—है तो मानने योग्य ही।

माता—तो मान लूँगी।

नवयुवक—कमला का विवाह कर दो।

नवयुवक ने दीपक की क्षीण ज्योति में देखा—उसके वाक्य सुनते ही माता के मुख पर विस्मय तथा अप्रसन्नता के भाव उदय हो आए। वह कुछ क्षणों तक अवाक् होकर पुत्र का मुँह ताकती रही। नवयुवक ने समझ लिया कि माता उसके मुख से ऐसी बात सुनने के लिए प्रस्तुत न थी।

माता ने कहा—क्या कहा, तू ने क्या कहा? कमला का विवाह! जान पड़ता है तू आज भाँग बहुत पी गया है।

नवयुवक—नहीं मैंने भाँग—वाँग नहीं पी है। मैं अपने होश में हूँ और मैंने बहुत सोच-समझ कर ही यह बात कही है।

माता—तू पागल हो गया है, भला विधवा का भी कहीं ब्याह होता है?

नवयुवक—जब तक आवश्यकता नहीं थी तब नहीं होता था। अब आजकल इसकी आवश्यकता है। अब होना चाहिए।

माता—दुर, मेरे सामने ऐसी बात फिर कभी न कहना। तुझे ऐसी बात कहते लाज नहीं लगती?

नवयुवक—नहीं बिल्कुल नहीं, बल्कि मुझे इस बात में लाज लगती है कि मेरी बहिन विधवा है।

माता—तुझे आज क्या हो गया है? भला इसमें काहे की लाज? भगवान की जो इच्छा थी सो हुआ, यह अपने बस की बात थोड़ी ही है।

नवयुवक—यह सब ढकोसला है। कमला बाल-विधवा है—उसने पति का मुँह तक नहीं देखा। ऐसी दशा में उसका विवाह कर देना आवश्यक है।

माता—क्यों?

नवयुवक—इसलिए कि आजकल विधवाओं का, विशेषतः ऐसी विधवाओं का जो जवानी के आरम्भ में ही विधवा हो जाती हैं, सतीत्व सदा खतरे में रहता है।

माता—पहले भी तो स्त्रियाँ विधवा होती थीं।

नवयुवक—पहले की बात जाने दो। पहले विधवाएँ सुरक्षित रह सकती थीं। आजकल वह बात नहीं है—आजकल विधवाओं को भ्रष्ट करने के बहुत से साधन उत्पन्न हो गए हैं। ऐसी दशा में घर में युवती विधवा का रहना पाप है।

माता—तेरी ये ऊटपटांग बातें मेरी समझ में नहीं आतीं।

नवयुवक—समझ में आवें या न आवें, पर मेरी यह बात माननी पड़ेगी।

माता—मैं तेरी यह बात कभी नहीं मानूँगी।

नवयुवक—मानोगी और अवश्य मानोगी, मैं मनवा दूँगा।

माता—कैसे मनवा देगा? मैं कोई बच्चा तो हूँ नहीं।

नवयुवक—पहले मेरी सब बातें सुन लो।

माता—सुनूँ क्या पत्थर, कुछ बात भी तो हो।

नवयुवक—पहले सुन तो लो!

माता—अच्छा कह!

नवयुवक—देखो आजकल ऐसा समय है कि अपने और पराये सब जवान विधवाओं की ताक में रहते हैं। जिस घर में एक भी जवान विधवा होती है, बदमाशों और गुण्डों की दृष्टि उस घर पर विशेष रूप से रहती है। आजकल मुसलमान विशेष रूप से हिन्दू विधवाओं की ताक में रहते हैं। वे खुले रूप से कहते हैं कि हिन्दू-विधवाएँ उनकी सम्पत्ति हैं। मुसलमान ही क्यों, हिन्दुओं में क्या बदमाश और गुण्डे कम हैं। तीन चार विधवाओं की तो खबर हमें-तुम्हें है, जो घर से निकल गईं, और इसी एक बरस के अन्दर।

माता—हाँ तो इससे क्या हुआ, बदमाश थीं निकल गईं। भली-मानस ऐसा थोड़ा ही कर सकती हैं।

नवयुवक —तो तुम्हारी लड़की सीता-सावित्री बनी रहेगी, इसका तुम्हारे पास क्या सबूत है?

माता—अरे मनोहर, तुझे हो क्या गया है! अपनी सगी बहिन के सम्बन्ध में ऐसी बात मुँह से निकालता है।

मनोहर—सच्ची बातें कड़वी होती ही हैं। परन्तु उन पर विचार करना चाहिए। सच्ची बातें कहने-सुनने में बुरी मालूम होती हैं—केवल इतने से ही उन्हें न छोड़ देना चाहिए। जब तक मनुष्य प्रलोभनों में नहीं पड़ता, उस समय तक उसे चाहे जो कह लो—चाहे साधू कह लो, चाहे महात्मा। यह मैं मानता हूँ, कि कमला अभी तक निष्पाप है, निष्कलंक है। परन्तु इसमें उसकी कोई खूबी नहीं, क्योंकि उसे अभी तक न कोई ऐसा सुयोग प्राप्त हुआ है और न उसके सामने प्रलोभन आए हैं। परन्तु सुयोग और प्रलोभनों के प्रस्तुत होने पर भी वह निष्पाप तथा पवित्र बनी रह सकेगी इसमें मुझे सन्देह है। जवानी का झोंका सम्हालना कोई खेल नहीं है।

माता—हमारे इस मोहल्ले में चारों ओर भलेमानस लोग रहते हैं। हमारी लड़की भी सुशील है, समझदार है। हमें डर किस बात का है।

मनोहर—वे सब भलेमानस तो हैं, पर वे महात्मा और जितेन्द्रिय नहीं हैं। परिस्थिति सब कुछ करा लेती है। परिस्थिति और प्रलोभन में पड़ कर वे लोग भी जो प्रकट में बड़े भले दिखाई पड़ते हैं, बुरे काम कर बैठते हैं। युवती विधवा को अविवाहित रखना, दूसरों के लिए और स्वयं विधवा के लिए ऐसी परिस्थिति उत्पन्न कर उसका पवित्र रह सकना बहुत कठिन है। उसकी सुसराल वाले उसको अपने यहाँ क्यों नहीं रखते? इसका कारण यही है कि वे इस बात को समझते हैं कि घर में जवान विधवा का रहना ठीक नहीं। न जाने कब क्या हो जाए। इसलिए मैं तुमसे जोर देकर यह बात कहता हूँ कि या तो उसका विवाह कर दो या फिर उसे संखिया खिला दो। जिस दशा में वह आजकल है उस दशा में मैं उसे अपने घर में कदापि नहीं रख सकता।

माता ने इसका कोई उत्तर नहीं दिया। चुपचाप सिर झुका कर सोच में पड़ गई।

यह देखकर मनोहर ने कहा—इस पर खूब सोच लो, कोई जल्दी नहीं है। जो बात समझ में न आवे, जो शंका हो उस पर मुझसे बातें कर लो।

माता—ब्याह करने से बड़ी बदनामी होगी। हम जाति-बाहर कर दिए जाएँगे। कुल को दाग लग जाएगा। तेरा ब्याह, तेरे लड़के बच्चों का ब्याह-जनेऊ?...

मनोहर—यह सब कुछ नहीं होगा। अब वह समय नहीं रहा।

माता—अच्छा तू रोटी तो खा! मैं इसका जवाब सोच-समझ कर दूँगी। यह कहकर माता उठ खड़ी हुई।

मनोहरलाल मिश्र कान्यकुब्ज ब्राह्मण हैं। कुलीन होने के कारण उनकी मर्यादा भी अधिक है। उनके परिवार में इस समय केवल तीन प्राणी हैं। एक तो वह स्वयं, दूसरी उनकी माता, तीसरी उनकी विधवा भगिनी, जिसकी वयस इस समय 18, 19 वर्ष के लगभग है। उनकी बहन कमला का विवाह उस समय हुआ था, जब वह केवल दस वर्ष की थी। विवाह होने के तीन वर्ष पश्चात् ही कमला विधवा हो गई। मनोहरलाल का विचार था कि कमला का गौना उसके चौदह वर्ष की होने पर करेंगे, परन्तु उनकी यह अभिलाषा फलीभूत न हो सकी और कमला गौना होने के पूर्व ही विधवा हो गई। विधवा होने के पश्चात् कमला के सुसराल वाले भी उसकी ओर से उदासीन हो गए। मनोहरलाल ने कई बार उनसे अनुरोध किया कि वे कमला को अपने यहाँ रक्खें; पर उन्होंने कमला को अपने यहाँ रखना स्वीकार न किया।

मनोहरलाल गरीब हैं। उसके पिता पण्डिताई करके अपना उदरपोषण करते थे। समस्त आयु पण्डिताई करके उन्होंने केवल एक छोटा-सा मकान बना पाया था। यही एक सम्पत्ति उन्होंने अपनी मृत्यु के पश्चात् मनोहरलाल के लिए छोड़ी। कमला के विधवा होने के एक वर्ष पश्चात् ही उसके पिता का देहान्त हो गया था। मनोहर लाल उस समय स्कूल लीविंग क्लास में पढ़ते थे। पिता की मृत्यु के पश्चात् मनोहरलाल ने अपनी शिक्षा किस प्रकार जारी रक्खी और साथ ही वह अपना और अपनी माता तथा भगिनी का उदरपोषण किस प्रकार करते रहे, यह बात जो लोग जानते हैं वे मुक्त कण्ठ से मनोहरलाल के साहस, उद्योग तथा धैर्य की प्रशंसा करते हैं। केवल पच्चीस रुपये मासिक के ट्यूशन करके मनोहरलाल अपना तथा अपने परिवार का उदरपोषण करते रहे और साथ ही पढ़ते भी रहे। अब आजकल वह फोर्थ इयर में पढ़ते हैं। आजकल उनके पास पच्चीस रुपये मासिक के दो ट्यूशन हैं। सुबह सात बजे से लेकर शाम के आठ बजे तक उनका समय स्वयं शिक्षा प्राप्त करने और दूसरों को शिक्षा देने में ही व्यतीत होता है। इस बीच में उन्हें केवल दो घण्टे का अवकाश मिलता है।

उपर्युक्त घटना के दो दिन पश्चात् शाम को छः बजे के लगभग मनोहरलाल एक विशाल भवन के एक सुसज्जित कमरे में बैठे एक 14 वर्ष के लड़के को पढ़ा रहे थे। इस लड़के का बड़ा भाई मनोहरलाल का सहपाठी तथा परम मित्र था। साढ़े

छः बजे तक मनोहरलाल पढ़ाते रहे। साढ़े छः बजने पर मनोहरलाल के मित्र आनन्दीप्रसाद बाहर घूमने जाने के लिए तैयार होकर उस कमरे में आए और मनोहरलाल से बोले—कहो भाई, घूमने चलते हो? मनोहरलाल कमरे में लगे हुए क्लाक की ओर देख कर बोले—अभी तो मेरी छुट्टी में आध घण्टे की देर है।

आनन्दीप्रसाद ने कहा—छुट्टी कैसी, छुट्टी के क्या अर्थ! चलो उठो। यह कहकर उन्होंने अपने छोटे भाई से पूछा—क्यों, तुम्हें कुछ और पूछना हो तो पूछ लो!

उनका भाई बोला—मुझे तो अब कुछ नहीं पूछना है।

आनन्दीप्रसाद—तब फिर क्या, उठो मनोहरलाल, चलो चलें! मनोहर लाल उठ खड़े हुए।

बाहर फिटन जुती हुई खड़ी थी। आनन्दीप्रसाद मनोहरलाल को साथ लिए हुए फिटन में आ बैठे—फिटन चली।

दस मिनट तक दोनों चुपचाप बैठे रहे। हठात् आनन्दीप्रसाद बोल उठे—मनोहरलाल मैं देख रहा हूँ कि तुम दो-चार दिन से कुछ चिन्तित रहते हो। कॉलेज में भी तुम गुम-सुम बैठे रहते हो।

मनोहरलाल किंचित् मुस्करा कर बोले—नहीं, चिन्तित तो नहीं रहता।

आनन्दी—चिन्तित कैसे नहीं रहते, जो तुम्हारा स्वभाव न जानता हो, उससे कहो। मनोहरलाल कुछ खिन्न हँसी हँस पड़े।

आनन्दीप्रसाद—क्यों, क्या बात है?

मनोहरलाल—क्या बताऊँ!

आनन्दी—कुछ तो बताओ।

मनोहरलाल—मुझे आजकल अपनी बहिन के विवाह की बड़ी चिन्ता है।

आनन्दीप्रसाद कुछ विस्मित होकर बोले—बहिन के विवाह की! किस बहिन का विवाह? तुम्हारे तो एक ही बहिन है।

मनोहरलाल—हाँ, उसी के विवाह की।

आनन्दीप्रसाद और अधिक विस्मित होकर बोले—परन्तु वह तो विधवा है!

मनोहरलाल—हाँ।

आनन्दीप्रसाद—तो क्या उसका विधवा-विवाह करोगे?

मनोहरलाल—हाँ।

आनन्दीप्रसाद—अच्छा! यह एक नई बात सुनने में आई। इतना साहस तुम में है?

मनोहरलाल—आवश्यकता ने साहस उत्पन्न कर दिया है। आवश्यकता सब कुछ करा लेती है। एक समय वह था जब हिन्दू स्त्रियों को पर्दे में रखने की अत्यन्त आवश्यकता थी अतएव हिन्दुओं में पर्दे की प्रथा प्रचलित हुई। वह समय मुसलमानों के शासनकाल का समय था। एक समय वह था जब स्त्रियाँ स्वेच्छा से सती होती थीं। उसके पश्चात् एक वह समय भी आया जब विधवाएँ उनकी इच्छा के विरुद्ध जबरदस्ती पति की चिता पर रख कर जला दी जाती थीं, इसलिए कि वे मुसलमानों के हाथ में न पड़ें।

अब हम लोग न तो वैसे परतन्त्र हैं और न उतने हृदयहीन, अतएव अब इस बात की आवश्यकता है कि उनका पुनर्विवाह कर दिया जाए।

आनन्दीप्रसाद–तो आजकल तुम्हारी समझ में विधवा-विवाह की आवश्यकता है।

मनोहरलाल–क्या तुम्हारी समझ से यह बात नहीं है? हिन्दू स्त्रियाँ विशेषतः विधवाओं पर आजकल विधर्मियों का कितना दाँत है यह बात क्या तुम नहीं जानते?

आनन्दीप्रसाद–वे सब बदमाश हैं, गुण्डे हैं।

मनोहरलाल–परन्तु उनको भला आदमी बनाना तुम्हारे बल की बात नहीं। न केवल उन्हें बुरा-भला कह कर बैठ रहने से ही कोई लाभ है। चोर को भला-बुरा कहने की अपेक्षा अपने धन की रक्षा का उपाय करना अधिक अच्छा होता है।

आनन्दीप्रसाद–हाँ यह तो ठीक है। परन्तु अपने लोगों में तो अभी यह बात प्रचलित नहीं।

मनोहरलाल–जब तक कोई आगे न बढ़ेगा, जब तक कोई अपने को भेंट न चढ़ावेगा, तब तक कैसे प्रचलित होगी। याद रक्खो, आगे चलने वाला एक्का-दुक्का होता है, शेष सब अनुकरण करने वाले होते हैं।

आनन्दीप्रसाद–अच्छी बात है, आगे चलो, परन्तु चिन्ता करने की कौन-सी बात है?

मनोहरलाल–चिन्ता की यह बात है कि उसके लिए कोई वर नहीं मिल रहा है। विधवा से विवाह करने के लिए कोई तैयार नहीं होता।

आनन्दीप्रसाद–हाँ, यह कठिनाई तो अवश्य पड़ेगी। हम लोगों में तो इसके विरोधी प्रायः सभी हैं। हाँ, यह तो बताओ तुम्हारी माता इसके लिए राजी हो गईं?

मनोहरलाल–हाँ, उनको तो मैंने ऊँच-नीच दिखा कर राजी कर लिया है। उस ओर से तो मैं निश्चिन्त हो गया हूँ, परन्तु बड़ी भारी चिन्ता तो यह है कि उससे विवाह करेगा कौन?

आनन्दीप्रसाद–उसकी वयस क्या है?

मनोहरलाल–अठारहवाँ साल है। तेरह वर्ष की वयस में विधवा हुई थी। बेचारी ने पति का मुँह भी अच्छी तरह नहीं देख पाया।

आनन्दीप्रसाद–ऐसी बाल-विधवा का विवाह करना बुरा नहीं, पर वर कहाँ मिलेगा। यह समस्या कठिन है। अपने को कौन नक्कू बनावेगा?

मनोहरलाल–जो अपनी इस कमी को, हिन्दू जाति की इस कमजोरी को पूर्णरूप से समझेगा और महसूस करेगा, वही इसके लिए तैयार हो सकता है।

आनन्दीप्रसाद–ऐसे बहुत से आदमी हैं, जो इसे महसूस करते हैं, परन्तु फिर भी वे ऐसा करने का साहस नहीं कर सकते।

मनोहर–क्यों?

आनन्दी–सामाजिक बन्धनों के कारण।

मनोहरलाल ने घृणा से मुँह बनाकर कहा–हिश्, जो सामाजिक बन्धनों से भय

खाकर कोई सुधार कार्य नहीं कर सकते, वे उसकी आवश्यकता महसूस नहीं करते। जो आवश्यकता अनुभव करेगा, वह संसार की किसी शक्ति से भय नहीं खा सकता। मुझको ही देख लो, मैं अपनी बहिन का विवाह करने को प्रस्तुत हूँ। मैं किसी से भय नहीं खाता।

आनन्दी—सब तुम्हारे जैसे थोड़े ही हैं।

मनोहर—सब न हों, मुझे तो केवल एक साहसी आदमी की आवश्यकता है।

आनन्दीप्रसाद विचार-सागर में डूब गए, उन्होंने मनोहरलाल की बात का कुछ उत्तर न दिया।

थोड़ी देर तक दोनों मौन बैठे रहे।

मनोहरलाल ने पुनः वार्त्तालाप आरम्भ किया, बोले—आनन्दीप्रसाद!

आनन्दी—कहो!

मनोहर—मैं तुम्हें अपना परम मित्र समझता हूँ।

आनन्दी—यह तुम्हारा प्रेम और स्नेह है—मैं तुम्हें अभिन्न समझता हूँ।

मनोहर—यदि यह बात है तो तुम इस कार्य में मेरी सहायता करो।

आनन्दी—किस प्रकार?

मनोहर—कमला के लिए कोई वर तलाश करो। यदि कोई व्यक्ति ऐसा हो जिस पर तुम्हारा प्रभाव हो—उसे उद्यत करो।

आनन्दी—बड़ा कठिन कार्य बताते हो, भाई मनोहर!

मनोहर—कठिन कार्य मित्रों को ही बताये जाते हैं—राह-चलतों को नहीं।

आनन्दी—ठीक कहते हो—जी-जान से चेष्टा करूँगा।

उपर्युक्त घटना के पश्चात् पन्द्रह दिवस व्यतीत हो गए।

कॉलेज में इन्टर्वल हुआ। मनोहरलाल तथा आनन्दीप्रसाद दोनों साथ-साथ बाहर निकले और कॉलेज कम्पाउण्ड के एक सघन कुंज में घास पर जा बैठे। कुछ क्षणों तक दोनों कॉलेज और उसके सम्बन्ध की बातचीत करते रहे। हठात् मनोहरलाल पूछ बैठे—क्यों भई मेरी उस प्रार्थना के सम्बन्ध में तुम कुछ कह रहे हो?

आनन्दी—मैंने तीन-चार आदमियों से कहा, बातचीत भी की; पर वे विधवा का नाम सुनते ही दुहाई पुकारने लगते हैं। बड़ी कठिन समस्या है, मनोहर!

मनोहरलाल म्लान-मुख होकर कुछ क्षण तक चुप बैठे रहे। तत्पश्चात् एक दीर्घ निःश्वास लेकर बोले—तब तो केवल एक उपाय है।

आनन्दीप्रसाद—वह क्या?

मनोहरलाल—उसे संखिया खिला देना।

आनन्दीप्रसाद—क्यों हँसी करते हो!

मनोहरलाल का मुख तमतमा उठा, आँखें रक्तवर्ण हो गईं। उन्होंने अत्यन्त दृढ़ता

के साथ कहा—तुम इसे हँसी समझते हो, तो समझो।

आनन्दीप्रसाद मनोहरलाल का मुख देखकर भयभीत हो गए। उन्होंने उनके कन्धे पर हाथ रखकर कहा—भाई मनोहर, तुम बड़े भावुक हो जाते हो—संसार में रह कर इतनी भावुकता से काम नहीं चलता।

मनोहर—भावुकता! इसे तुम भावुकता कहते हो। क्षमा करना, यदि तुम्हारे घर में कोई बहिन या बेटी विधवा बैठी होती तो तुम्हें ज्ञात होता कि यह भावुकता है कि क्या है। बन्दर अपने बच्चे को मर जाने पर भी छाती से लगाये रहता है। वह सड़ जाता है, उसमें से दुर्गन्ध आने लगती है परन्तु वह फिर भी उसे नहीं छोड़ता। यही हाल इस पतित हिन्दू समाज का है कि जो अपनी उन रूढ़ियों को, जो सड़ गई हैं, जो हिन्दू-समाज को गन्दा और घृणित बनाये हुए हैं—छाती से लगाये हुए है। आनन्दीप्रसाद, हिन्दू-समाज की इस गन्दगी को देखकर मुझे अपने को हिन्दू कहते हुए लज्जा मालूम होती है। प्रतिवर्ष हज़ारों विधवाएँ विधर्मियों के हाथों में चली जाती हैं, हज़ारों अपने कुल के मुख पर कालिख पोत कर कहारों, नौकरों तथा गुण्डों के साथ निकल जाती हैं, हजारों भ्रूण-हत्याएँ होती हैं, फिर भी हिन्दू समाज की आँखें नहीं खुलतीं।

इतना कहते-कहते मनोहरलाल के नेत्रों से अश्रु पात होने लगा। आनन्दीप्रसाद काष्ठवत् बैठे मनोहरलाल का मुँह ताकते रहे। कुछ क्षण चुप रहकर मनोहरलाल आँसू पोंछते हुए बोले—हा शोक, इतने बड़े समाज में एक भी ऐसा साहसी नहीं है कि समाज का भय छोड़कर आगे आवे।

आनन्दीप्रसाद एक दीर्घ निःश्वास छोड़कर बोले—नहीं, मनोहर, ऐसा मत कहो, सबको एक ही लाठी से हाँकना ठीक नहीं। अब भी ऐसे लोग हैं, यद्यपि वे बहुत कम हैं, जो कर्तव्य के आगे समाज से जरा भी भय नहीं खाते।

मनोहर—कहाँ हैं, किधर हैं?

आनन्दी—उनमें से एक तो तुम्हारे सामने ही बैठा है।

मनोहर—तुम! क्या कहते हो, मैं तुम्हारा तात्पर्य नहीं समझा।

आनन्दी—मेरा तात्पर्य यह है कि अगर कोई न करेगा तो मैं तुम्हारी बहिन से विवाह करूँगा।

मनोहर—ऐ तुम, तुम!...क्या सच कहते हो?

आनन्दी—हाँ, सच कहता हूँ, और करके दिखा दूँगा।

मनोहर—नहीं, नहीं तुम नहीं—तुम मेरे मित्र हो, मैं तुम्हें समाज का घृणापात्र नहीं बनाना चाहता। मैं तुम्हें अपने स्वार्थ की भेंट नहीं चढ़ाना चाहता।

आनन्दीप्रसाद मुस्कराकर बोले—तुम में भी अभी कमजोरी बाकी है मनोहर, यही कमजोरी हिन्दू समाज में भी है। याद रक्खो, समाज व्यक्तियों के समूह का नाम है। जिसके लिए तुम अभी समाज को कोस रहे थे—वही बात तुम में भी है—वही बात समाज के प्रत्येक व्यक्ति में है।

मनोहरलाल ने आनन्दीप्रसाद की बात का मर्म समझ कर लज्जा से सिर झुका लिया।

आनन्दीप्रसाद कहते गए—भेद केवल इतना है कि किसी में यह कमजोरी स्वयं अपने लिए है। किसी में अपने प्रेमपात्रों तथा स्नेह पात्रों के लिए हैं।

मनोहरलाल—ठीक कहते है तो मित्र, निस्सन्देह यही कमजोरी—हिन्दू समाज को अवनति के गर्त्त में डाले हुए है। आओ आज हम तुम मिलकर इस कमज़ोरी का अन्त कर दें। मैं तुमसे अपनी बहिन का विवाह करने को सहर्ष प्रस्तुत हूँ।

रात के दस बज चुके हैं। आनन्दीप्रसाद के ज्येष्ठ भ्राता पं. जानकीप्रसाद अपने सुसज्जित कमरे में बैठे हुए एक पुस्तक पढ़ रहे हैं—पास ही उनकी अर्द्धांगिनी-देवी भी बैठी हैं। जानकीप्रसाद पुस्तक को उच्च स्वर में पढ़ रहे हैं—उनकी पत्नी बैठी सुन रही हैं। जानकीप्रसाद सबसे बड़े हैं और पिता की मृत्यु के पश्चात् आजकल अपने परिवार के संचालक हैं। इनके छोटे भाई आनन्दीप्रसाद और गिरिजाप्रसाद, जिसे मनोहरलाल पढ़ाते हैं, इन्हें पिता के तुल्य समझते हैं।

जानकीप्रसाद पुस्तक पढ़ रहे थे कि कमरे के द्वार पर किसी ने पुकारा—भाई जी!

जानकीप्रसाद ने पुस्तक से दृष्टि हटाकर कहा—कौन, आनन्दी? चले आओ।

भाई की आज्ञा पाकर आनन्दीप्रसाद कमरे में प्रविष्ट हुए।

जानकीप्रसाद ने पूछा—क्यों?

आनन्दीप्रसाद एक कुर्सी पर बैठते हुए बोले—आपसे कुछ बातें करनी थीं।

जानकी—कहो।

आनन्दी—मैंने अपना विवाह तय किया है।

जानकीप्रसाद एकदम उठकर बैठ गए और नेत्र विस्फारित करके बोले—क्या?

आनन्दीप्रसाद तनिक भी विचलित न हुए। उन्होंने दृढ़तापूर्वक पुनः कहा—मैंने अपना विवाह तय किया है।

जानकीप्रसाद भृकुटी चढाकर बोले—क्या बकता है?

आनन्दी—भाई जी, बकता नहीं हूँ, ठीक कहता हूँ।

जानकीप्रसाद—बिना मुझसे पूछे-गछे, बिना मेरी सम्मति लिए?

आनन्दी—क्या कहूँ—ऐसी स्थिति आ गई है कि मुझे यह धृष्टता करनी पड़ी।

जानकी—स्थिति? स्थिति कैसी?

आनन्दी—अपने एक मित्र से वचन हार चुका हूँ।

जानकीप्रसाद—मेरे होते हुए तू वचन हारने वाला कौन है?

आनन्दीप्रसाद—यह मैं समझता हूँ, परन्तु विवश होकर ऐसा करना पड़ा।

जानकीप्रसाद—वह कौन है?

आनन्दीप्रसाद—मिश्र हैं।

जानकीप्रसाद—कहाँ के?

आनन्दीप्रसाद ने बता दिया।

जानकीप्रसाद–हैं तो कुलीन–घर की क्या स्थिति है?

आनन्दी–गरीब हैं, परन्तु कन्या का भाई फोर्थ ईयर में पढ़ता है और मेरे साथ ही पढ़ता है।

आनन्दीप्रसाद की भाभी बोल उठीं–लड़की की क्या उमर है?

आनन्दीप्रसाद–लड़की कोई अट्ठारह उन्नीस वर्ष की है–देखने सुनने में सुन्दर है–पढ़ी-लिखी भी है, गृहकार्य में चतुर है। केवल एक बात है जो आपको पसन्द न आवेगी।

जानकीप्रसाद–वह क्या?

आनन्दीप्रसाद–लड़की विधवा है।

यदि जानकीप्रसाद के ऊपर विषधर सर्प गिरता तब भी वह इतना न चौंकते, जितना कि वह आनन्दीप्रसाद की इस बात से चौंके।

आनन्दीप्रसाद की भाभी भी अवाक् होकर उनका मुँह ताकने लगीं।

जानकीप्रसाद अपने हवास ठीक करके बोले–जान पड़ता है तेरा मस्तिष्क बिगड़ गया है। कुछ नशा-वशा तो नहीं किया।

आनन्दी–बिल्कुल नहीं।

जानकी–फिर ऐसी बेतुकी बातें क्यों करता है?

आनन्दी–भाई जी, मैं बेतुकी बातें नहीं करता। मैं जो कुछ कहता हूँ अक्षरशः सत्य कहता हूँ।

जानकी–हैं, सत्य कहता है! तो क्या तू एक विधवा से विवाह करेगा?

आनन्दी–हाँ, करूँगा।

जानकी–तू जानता है कि इसका परिणाम क्या होगा?

आनन्दी–परिणाम चाहे जो हो, परिणाम की मुझे चिन्ता नहीं, क्योंकि परिस्थिति ही ऐसी आ पड़ी है।

जानकीप्रसाद का मुख क्रोध के मारे लाल हो गया–उन्होंने क्रोध से काँपते हुए कहा–मेरे रहते हुए तू ऐसा करेगा। कदापि नहीं।

आनन्दी–अच्छा होता यदि आप मुझे इसके लिए आज्ञा दे देते, परन्तु यदि आप आज्ञा नहीं देते तो मज़बूरी है–मैं जो कुछ निश्चय कर चुका हूँ, प्राण रहते उससे कभी न फिरूँगा।

"तो दुष्ट मैं तुझे जीवित न रहने दूँगा। मेरे जीते-जी तू कुल में दाग़ लगायेगा।" यह कहते हुए जानकीप्रसाद उठे और अपने बिस्तर पर रक्खे हुए तकिए के नीचे से एक छुरी निकाल कर आनन्दीप्रसाद की ओर लपके और छुरी तान कर चाहा कि मारें कि उसी समय उनकी पत्नी ने लपकर उनका हाथ पकड़ लिया और बोलीं–यह क्या बच्चों की सी बातें करते हो, आनन्दी ऐसा नासमझ नहीं है।

पत्नी के हस्तक्षेप करने के कारण जानकीप्रसाद पुनः बकते-झकते अपने स्थान पर आ बैठे। इसके पश्चात् भाभी ने आनन्दीप्रसाद को समझाना आरम्भ किया। अपने

कुल तथा वंश की मान-मर्यादा की गाथा सुनाई—उसके पश्चात् यह बताया कि विधवा-विवाह का प्रभाव उनकी मान-मर्यादा पर क्या पड़ेगा—आदि। आदि।

सब सुन चुकने के पश्चात् आनन्दीप्रसाद ने कहा—यह सब कुछ नहीं होगा। आप लोग जितना भय खाते हैं और इस छोटी-सी बात को जितना बड़ा रूप दे रहे हैं, यह सब कुछ नहीं होगा। अब वह समय नहीं रहा। मनुष्य को युग धर्म के साथ चलना चाहिए। इसके पश्चात् आनन्दीप्रसाद ने विधवा-विवाह की आवश्यकता को बड़े सुन्दर ढंग से समझाया। सब कह चुकने के पश्चात् आनन्दीप्रसाद ने अन्त में कहा—इसलिए मैं यह विवाह कर रहा हूँ। इसका जो कुछ भी परिणाम हो, वह मैं सब सहन करने के लिए तैयार हूँ।

जानकीप्रसाद कर्कश स्वर में बोले—तो मेरे साथ रहकर तू ऐसा कदापि नहीं करने पायेगा। यदि तुझे यह करना है तो अलग जाकर रह और जो तेरा जी चाहे कर, मुझे तुझसे कोई सरोकार नहीं। पिता की सम्पत्ति में जो कुछ तेरा भाग हो, सो ले और अपना रास्ता देख। मैं ऐसे अधम का मुँह भी नहीं देखना चाहता।

आनन्दीप्रसाद ने नम्रतापूर्वक कहा—यदि आपकी यही इच्छा है तो ऐसा ही सही। मैं जो व्रत धारण कर चुका हूँ उससे विचलित नहीं हो सकता।

इतना कहकर आनन्दीप्रसाद बड़े भाई के सामने से चले गए।

उपर्युक्त घटना हुए एक वर्ष व्यतीत हो गया। आनन्दीप्रसाद बड़े भाई से अलग हो गए थे और उन्होंने अपना विवाह मनोहरलाल की विधवा बहिन कमला से कर लिया था। विवाह में उनके वंश तथा जाति के बहुत ही कम लोग सम्मिलित हुए थे। उनके बड़े भाई जानकीप्रसाद तो पास ही नहीं फटके। उनकी देखादेखी तथा कुछ उनके प्रभाव के कारण वंश के अन्य लोग भी सम्मिलित नहीं हुए। नाते-रिश्तेदारों में दो-एक ऐसे थे जो यद्यपि स्वयं विधवा-विवाह करने का साहस नहीं रखते थे, तथापि उन्हें इससे पूरी सहानुभूति थी, अतएव वे सम्मिलित हुए थे।

विवाह होने के पश्चात् आनन्दीप्रसाद को ज्ञात हुआ कि उनका यह आत्मत्याग, त्याग ही नहीं, एक प्रकार से बलिदान, व्यर्थ नहीं गया। उस बलिदान के बदले में उन्होंने एक रत्न पाया है। कमला सुन्दरी होने के साथ-ही-साथ सुलक्षणा तथा गुणवती भी थी। आनन्दीप्रसाद को अपने इस कार्य पर खेद तथा पश्चात्ताप करने का अवसर नहीं मिला, वरन् वह बहुधा सोचते हैं कि ऐसी कन्या का पुनर्विवाह न करना पाप था।

पहले तो आनन्दीप्रसाद इस विवाह के कारण जाति-च्युत से रहे, परन्तु उनके सद्गुणों और सद्व्यवहार के कारण लोग क्रमशः फिर उनसे मेल-जोल बढ़ाने लगे।

एक दिन जानकीप्रसाद की पत्नी ने उनसे कहा—आज मैंने आनन्दी की बहू को देखा।

जानकीप्रसाद ने पूछा—कहाँ?

पत्नी—गंगाजी पर। उसके साथ माधोप्रसाद की घर वाली थी, उसने मेरी उसकी जान-पहचान कराई। क्या कहूँ लड़की पूरी लक्ष्मी है। जब उसे यह पता लगा कि मैं उसकी जिठानी हूँ तो वह मेरे पैरों पर गिर पड़ी। बेचारी ऐसे प्रेम से मिली कि क्या कहूँ। मेरे मन में तो अब यह आता है कि आनन्दी ने उसका उद्धार करके बड़ा पुण्य का काम किया। हम लोगों ने नाहक बेचारे को दूध की मक्खी की तरह निकाल दिया।

जानकीप्रसाद बोले—उस समय तो मुझे बड़ा बुरा लगा था, परन्तु अब मेरा भी यह विचार हो गया है कि उसने कुछ बुरा काम नहीं किया।

पत्नी—तो क्या तुमने लड़की को देख लिया।

जानकी—नहीं, लड़की को तो नहीं देखा, समय को और समय की गति को देखा। और आजकल जैसा समय है, उसके देखते हुए अच्छा ही हुआ।

पत्नी—तो फिर तुम उससे मिलते-जुलते क्यों नहीं? अब तो सबसे उसका मेल-जोल हो गया है, खाली तुम्हीं उससे दूर रहते हो।

जानकीप्रसाद—मैंने उसके साथ ऐसा दुर्व्यवहार किया है कि अब मुझे उसके सामने जाते लज्जा मालूम होती है।

पत्नी—लज्जा काहे की! मेरी तो इच्छा यह है कि मैं उसे बुलवाऊँ।

जानकीप्रसाद—हाँ, यह ठीक है, मेरे जाने की अपेक्षा यह अच्छा है कि तुम उसे यहीं बुलवाओ। इसमें मेरा बड़प्पन भी रह जाएगा और उससे हमारी सफ़ाई भी हो जाएगी।

उसी दिन शाम को जानकीप्रसाद की पत्नी ने आनन्दीप्रसाद के पास एक आदमी भेजा। आनन्दीप्रसाद ने तो चाहा कोरा जवाब दे दें, पर कमला ने उन्हें समझाया कि, क्या हर्ज है तुम्हारे बड़े हैं, उनसे ऐसा व्यवहार नहीं करना चाहिए।

पत्नी के समझाने पर आनन्दीप्रसाद जानकीप्रसाद के घर पहुँचे। घर के विशाल प्रांगण में भाभी ने आनन्दीप्रसाद से भेंट की। भाभी आनन्दीप्रसाद से वार्तालाप कर रही थी कि उसी समय जानकीप्रसाद भी आ पहुँचे। आनन्दीप्रसाद बड़े भाई को देख कर कुछ सकुचाये कि, कहीं पुनः कहा-सुनी न हो, क्योंकि उन्हें यह ज्ञात नहीं था कि उनके प्रति बड़े भाई के विचार कैसे हैं। वह इस पशोपेश में पड़े विचार कर ही रहे थे कि जानकीप्रसाद ने बढ़कर आनन्दी के चरण पकड़ लिए और बोले—भाई, मैंने तुझसे बड़ा दुर्व्यवहार किया।

आनन्दीप्रसाद ने पीछे हट कर बड़े भाई को पकड़ कर उठाया और कहा—भाई जी, आप यह क्या करते हैं! मैं आपका छोटा हूँ, आप मेरे पैर पकड़ते हैं। यह काम तो मेरा है।

यह सुनकर जानकीप्रसाद की आँखों में आँसू आ गए। उन्होंने सिसकियाँ लेते हुए आनन्दीप्रसाद को हृदय से लगा लिया।

पुरस्कार

"वाहवा! वाह! खूब! कमाल! यह कविता नहीं जादू है। हाँ, ज़रा फिर कहिए।" एक रईस महोदय की सभा जमी हुई थी। रईस महोदय गावतकिए के सहारे बड़े अभिमान पूर्वक बैठे हुए थे। उनके दोनों ओर उनके कुछ मित्र, कवि तथा वेतन-भोगी मुसाहब डटे हुए थे। सामने कवियों का अखाड़ा जमा हुआ था। इनमें जवान, बूढ़े, सभी तरह के कवि थे। इन कवियों की संख्या 8-10 के लगभग थी। सब समस्या-पूर्तियाँ सुना रहे थे। रईस महोदय और उनके मित्र तथा मुसाहब सुन रहे थे। एक कवि जब अपनी समस्या पूर्ति सुनाता, तो अन्य सब कवि वाहवा का चीत्कार कर देते थे। जान पड़ता था, इन सब में समझौता हो गया था कि जब एक कविता पढ़े, तो खूब प्रशंसा की जाए, कविता चाहे प्रशंसा के योग्य हो या न हो।

एक कवि कविता पढ़ चुका था, उसकी प्रशंसा के पुल बाँधे जा रहे थे, एक महोदय कह रहे थे—नवरन्त भी खूब कहते हैं। प्रास तो ईश्वर ने इन्हीं के हिस्से में डाला है।

दूसरे महोदय बोले—क्या बात है! ऐसा प्रास तो कोई लिख ही नहीं सकता। हाँ सागर जी, अब आप कहिए!

सागरजी दाँत निकालकर बोले—हँ-हँ, मैं! भला ऐसे दिग्गजों के सम्मुख मैं क्या कह सकता हूँ! मैं तो केवल सुनने के अभिप्राय से आया हूँ।

एक कवि महोदय, जो यथेष्ट वृद्ध थे और रईस महोदय की बग़ल में गावतकिए का कोना दाबे बैठे थे, बोले—कहिए-कहिए, हम जानते हैं, आप जैसा लिखते हैं।

सागरजी बोले—यदि आपकी आज्ञा है, तो सुनाता हूँ—आपकी आज्ञा का उल्लंघन नहीं कर सकता।

सागरजी ने अपनी कविता सुनाना आरम्भ किया। उनके पढ़ते ही वाहवा! खूब! इत्यादि के चीत्कारों से प्रशंसा-पत्र की खानापूरी होने लगी।

रईस महोदय और उनके मित्र यद्यपि समझते खा़क नहीं थे, पर औरों की देखा-देखी वाहवा कर देते थे। यद्यपि सागरजी की कविता कविता-सागर में गन्दे नाले के सामन थी, परन्तु फिर भी लोगों ने अपना कर्तव्य तो पूरा कर ही दिया—आगे सागरजी का भाग्य।

सागरजी के पढ़ चुकने पर एक कवि ने दूसरे के कान में कहा—यह निरा काठ का उल्लू है!

दूसरा बोला—न जाने इसे कविता करने का परामर्श किस उल्लू के पट्ठे ने दिया। ये दोनों वे लोग थे, जो सागरजी के कविता पढ़ते समय प्रशंसा करते हुए भूमि से छः छः अंगुल ऊपर उठ जाते थे।

इसके पश्चात् पुनः पुकार हुई—गागरजी, अब आप सुनाइए।

गागरजी भी नियमानुसार दाँत निकालकर बोले—सागर के सामने भला गागर क्या टिक सकती है!

एक महोदय बोले—'अजी आप वह गागर हैं, जो सागर को लिए फिरती है।'

इतना सुनते ही आहाह! वाह! ख़ूब! बहुत सुन्दर के ओले बरस पड़े।

गागरजी के भीतर-ही-भीतर मिसरी खुल गई; परन्तु ऊपर से मुँह बनाकर, भोहें सिकोड़ कर थोड़ा आगे खिसक आए, और जेब से एक काग़ज़ का टुकड़ा निकालकर पढ़ने लगे। इधर इन्होंने पढ़ना आरम्भ किया, उधर लोगों ने खानापूरी करनी आरम्भ की। जब वह पढ़ चुके, तो एक महोदय बोले—गागरजी भी ख़ूब कहते हैं-कंठ स्वर कितना सुन्दर है।

—यही तो विशेषता है।

—ईश्वर की देन है।

—मेरा तो चित्त प्रसन्न हो गया!

गागरजी के पश्चात् 'नागरजी' आए और उनके पश्चात् 'उजागरजी'। इस प्रकार जब समस्त 'जी' अपने-अपने जी की हवस निकाल चुके, तो वृद्ध कवि ने दृष्टि उठाकर एक बार सब पर डाली और बोले—अब तो कोई बाक़ी नहीं रह गया?

एक नवयुवक एक क़ोने में दुबका बैठा था। कवि महोदय की दृष्टि उस पर पड़ी। कवि महोदय ने देखा, नवयुवक देखने में सुन्दर है, पर कपड़े साधारण पहने है।

कवि महोदय ने पूछा—क्यों जी आप भी कुछ सुनाइए!

नवयुवक ने किंचित मुस्कराकर कहा—मैं ऐसा नहीं कहता, जो आप लोगों के सुनने योग्य हो। इसके अतिरिक्त मुझे 'समस्या' का पता नहीं था—मैं परदेशी आदमी हूँ, आज ही इस नगर में आया हूँ।

कवि—आपका नाम?

युवक—मेरा नाम? मेरा नाम ब्रजकिशोर है।

कवि—और उपनाम?

युवक—उपनाम कुछ नहीं।

कवि—ख़ैर, तो कुछ सुनाओ!

युवक—क्या सुनाऊँ?

कवि—अपनी कोई पुरानी रचना सुनाओ!

युवक—आपकी समस्या पर मैंने यहीं बैठे-बैठे एक कवित्त बना डाला है; कहिये तो सुना दूँ।

कवि—वाह! अवश्य सुनाओ।

युवक ने कहना आरम्भ किया :

जुरे हैं श्रीमान् की सभा में कविवृन्द आज,
चटक मटक कर हाँक रहे दून की;
पिंगल न जानें कछू कविता न पहचानैं,
ठूँस ठाँस करैं हैं फिकर नोन चून की;

युवक इतना ही कहा पाया था कि लोगों ने 'ख़ामोश', 'चुप रहो' 'बैठ जाओ' इत्यादि कहकर युवक को चुप कर दिया।

युवक ने देखा कि अब यहाँ ठहरना ठीक नहीं, अतएव वह शीघ्रतापूर्वक वहाँ से निकल कर बाहर आ गया और एक ओर चल दिया।

युवक के चले जाने के पश्चात् रईस महोदय ने कहा—आप लोगों ने उसे भगा दिया, उसकी पूरी कविता भी न सुनी।

वृद्ध कवि बोले—श्रीमान्, वह कविता थी? न जाने क्या बेहूदा बक रहा था।

गागरजी महाराज बोले—उसे कुछ आता-जाता था। क्यों जी उसने कहा क्या—हमारी तो कुछ समझ में नहीं आया।

सागरजी महाराज ने कहा—अजी वह लौंडा कविता करना क्या जाने; उसे यहाँ आने किसने दिया?

इसी प्रकार सबने उस पर टीका-टिप्पणी की, पर चेहरे सबके फ़क़ थे। रईस महोदय भी इस बात को ताड़ गए। उन्होंने थोड़ी देर पश्चात् कहा—अच्छा, अब समाप्त कीजिए।

रईस महोदय अपने मुसाहबों से वार्तालाप कर रहे थे। इस समय वहाँ कोई कवि उपस्थित नहीं था। एक मुसाहब कह रहा था भई, था तो लौंडा, पर सबके कान कतर गया। उसने क्या कहा था—मुझे तो याद नहीं रहा।

दूसरा—यही कहा था कि 'फिकर नोन-चून की।' उसका मतलब यही था कि ये कवि लोग कविता करना क्या जानें, इन्हें तो नमक और आटे की फिक्र रहती है।

तीसरा—खूब कविता की। क्यों जी, वह भी कोई कवि होगा?

रईस—कवि न होता, तो इतनी जल्दी कैसे बना लेता। उसकी पूरी कविता उन बेईमानों ने सुनने न दी।

दूसरा—हाँ, आगे न जाने क्या कहा हो।

रईस—क्या बतावें, अफसोस रह गया। भई, उसकी कहीं तलाश करना। राह-घाट

मिल जाए, तो ले ही आना, छोड़ना नहीं। मैं तो उसकी अदा पर लट्टू हो गया। किस शान से खड़े हो कर कहना आरम्भ किया था।

पहला—बड़ा दिलेर आदमी था। इतने लोगों के बीच में खड़े होकर सबको ललकार जाना कम है!

रईस—परन्तु भाग गया, यह उसने बुरा किया।

पहला—बड़ा बुरा किया, पूछो, भागने का क्या काम था?

रईस—इतना उसने बोदापन दिखाया।

पहला—बिल्कुल! बोदा तो था ही।

रईस—परन्तु एक तरह से देखो; तो उसने ठीक किया।

पराई सभा में इस प्रकार की बातें करके ठहरना उल्लूपन था। वह बेचारा अकेला; यहाँ पन्द्रह-बीस आदमी। भागता न तो करता क्या!

पहला—यही बात है। उस समय भागना ही उचित था।

दूसरा—बताइए; अपने प्राण देता?

रईस—उसकी ढूँढ़ करो। उसकी कविता सुनने को जी चाहता है। हाँ जी, उसने क्या कहा था—"फिकर नोन-चून की।"

पहला—मुझे पूरा याद नहीं रहा—इतना ही याद रह गया।

रईस—तुम तो पूरे कुढ़मग्ज़ हो; याद भी न कर लिया। मैं अगर सुन पाता तो अद्धा-पौना याद ही कर लेता। मैंने तो पूरा सुना ही नहीं।

दूसरा—गड़बड़ में मैं भी न सुन पाया, नहीं तो आप जानिए, याद करने में तो अपने बहुत तेज़ हैं। तीन बार जो बारहमासा पढ़ या सुन लिया, वह फिर कभी भूलता ही नहीं। बचपन के याद किए हुए बारहमासे अभी तक याद हैं। (गाकर) "अरी ओ सखी, उन मदनमोहन बिन कल ना परे री" कितनी अच्छी कविता है—वाहवा! बारहमासा भी आदमी को मस्त कर देता है। हमें तो बारहमासे के आगे और कुछ जँचता ही नहीं। आजकल के कवि लोगों की कविता हमें तो बिल्कुल नहीं जँचती।

पहला—समझ में कम आती है।

दूसरा—जी हाँ और वह भी कोई कविता है, जो समझ में न आवे।

रईस—हमारी तो सब समझ में आ जाता है।

पहला—यह अच्छी कही—आप न समझेंगे, तो फिर समझेगा कौन। आप हिन्दी जानते हैं, हम हिन्दी जानतें नहीं। सदा उर्दू से काम रहा। अब आपकी संगत में थोड़ी-बहुत हिन्दी आने लगी है।

रईस—'चन्द्रकांता' पढ़ डालो, हिन्दी आ जाएगी। हमने तो उसी से हिन्दी सीखी। एक ही पुस्तक है। उसके जवाब की किताब अभी तक लिखी नहीं गई।

पहला—जब ऐसी किताब है, तो सौ काम छोड़के पढ़ना चाहिए।

दूसरा—मैं तो आज ही ले आऊँगा।

रईस—ले आने का क्या काम, वह तो हमारे पास रक्खी है। किसी समय निकाल देंगे।

इसी समय रईस महोदय का नौकर उनकी डाक लाकर सामने रख गया। रईस महोदय डाक पढ़ने लगे।

'साहित्य-गौरव' एक उच्चकोटि का मासिक पत्र उसी नगर से निकलता था, जिस नगर में हमारे रईस महोदय रहते थे। 'साहित्य-गौरव' के सम्पादक एक बड़े विद्वान् तथा प्रतिभाशाली व्यक्ति थे। दोपहर का समय था, सम्पादकजी अपने सम्पादकीय कमरे में बैठे कुछ काग़ज़ों को उलट-पुलट रहे थे। उसी समय चपरासी ने आकर कहा—आपसे एक कवि मिलने आए हैं।

सम्पादक—कौन कवि?

चपरासी—यह तो मैं जानता नहीं। उन्होंने यही कहा—कह दो, एक कवि मिलना चाहते हैं।

सम्पादक—अच्छा, भेज दो।

कुछ क्षणों में वही हमारा पूर्व-परिचित नवयुवक सम्पादक जी के सामने आकर खड़ा हो गया! सम्पादकजी ने उसके प्रणाम का उत्तर देकर एक बार उसे सिर से पैर तक देखा, तत्पश्चात् कुर्सी की ओर संकेत करके कहा—बैठिए!

नवयुवक कुर्सी पर बैठ गया। सम्पादकजी ने पूछा—आप कहाँ से आए हैं?

नवयुवक—मैं रहने वाला तो पश्चिम का हूँ; पर इस समय घूमता-घामता आ रहा हूँ।

सम्पादक—आपका नाम?

नवयुवक—मेरा नाम ब्रजकिशोर है।

सम्पादक—आप ब्राह्मण है?

नवयुवक—जी नहीं, मैं क्षत्रिय हूँ।

सम्पादक—यहाँ कैसे आना हुआ?

नवयुवक—ऐसे ही घूमने-फिरने के लिए चला आया।

सम्पादक—ठहरे कहाँ हैं?

नवयुवक—धर्मशाला में ठहर गया हूँ।

सम्पादक—आप कुछ कविता भी करते हैं क्या?

नवयुवक—कविता तो क्या करता हूँ; पर हाँ, अपने हृदय की इच्छा-पूर्ति कर लेता हूँ—कविता करना तो बहुत कठिन है। एक छोटी-सी तुकबन्दी आपके लिए लिखकर लाया हूँ—यदि उचित समझिए, तो पत्र में प्रकाशित कर दीजिएगा।

सम्पादक—लाइए, देखूँ।

ब्रजकिशोर ने कविता जेब से निकालकर सम्पादक जी के हाथों में दे दी। सम्पादक जी ने कविता को ध्यानपूर्वक देखा और कहा—कविता तो बहुत सुन्दर है।

ब्रजकिशोर—सुन्दर तो क्या है।

सम्पादक—नहीं, बहुत अच्छी कविता है। मैं इसे इसी अंक में दिए देता हूँ।

ब्रजकिशोर—धन्यवाद!

सम्पादक—आप लिखा कीजिए, मैं आपकी कविताएँ सहर्ष तथा सधन्यवाद अपने पत्र में प्रकाशित किया करूँगा।

ब्रजकिशोर—यह आपकी दया है, मैं अवश्य लिखूँगा।

सम्पादक—और मेरे योग्य कोई सेवा?

ब्रजकिशोर—इस नगर में कोई कवि हों, तो उनका पता बता दीजिए, मैं यहाँ के कवियों से मिलना चाहता हूँ।

सम्पादक—वैसे तो यहाँ कई कवि हैं; पर वे कवि नहीं, तुक्कड़ हैं। तुकबन्दियाँ करके अपढ़-कुपढ़ रईसों को सुनाते हैं। और कुछ ले मरते हैं। हाँ एक कवि हैं; वह निस्संदेह अच्छे कवि कहे जा सकते हैं?

ब्रजकिशोर—वह कहाँ रहते हैं?

सम्पादक जी ने पता बता दिया। इसके पश्चात् बोले—यदि कुछ पैदा करना चाहो, तो यहाँ चतुरसिंह नाम के एक रईस हैं। वह भी क्षत्रिय हैं। उन्हें कविता सुनने का शौक़ है। वह कवियों का आदर-सत्कार करते हैं, उनसे मिल लीजिए।

ब्रजकिशोर—जिस दिन मैं यहाँ आया,. उस दिन घूमता घामता घटनावश एक रईस के यहाँ गया था। वहाँ कुछ कवि जमा थे।

सम्पादक—किस मुहल्ले में?

ब्रजकिशोर ने पता बताया।

सम्पादक—वही चतुरसिंह हैं। आप उनसे अवश्य मिलिए।

पढ़े-लिखे तो अधिक नहीं हैं; पर बड़े उत्साही तथा गुणग्राहक हैं। आदमी की क़दर करना जानते हैं।

ब्रजकिशोर—मैं उनसे मिलता तो अवश्य; पर उस दिन मुझसे एक ऐसी हरकत हो गई, जिसके कारण मैं उनके यहाँ जाते शरमाता हूँ।

सम्पादक—क्यों, क्या हुआ?

ब्रजकिशोर—बात यह है कि उस दिन उनके यहाँ जो कवि जमा थे, उनकी कविता मैंने सुनी। वह कविता क्या, कविता की हत्या थी। इस पर मैंने क्रोध में आकर एक कवित्त बनाया जिसमें उनकी असलियत का कुछ वर्णन किया था। रईस की बगल में एक वृद्ध कवि बैठे थे, उनके कहने से मैंने वही कवित्त सुनाया। कवित्त पूरा भी न होने पाया था कि अन्य कवि लोग चिल्ल-पों मचाने लगे। अतएव मैंने वहाँ ठहरना उचित नहीं समझा और वहाँ से खिसक आया। ऐसी दशा में अब वहाँ जाते संकोच मालूम होता है। सम्भव है; ठाकुर साहब रुष्ट हो गए हों। इसके अतिरिक्त मुझसे खुशामद हो नहीं सकती, मैं तो स्पष्ट कहता हूँ, चाहे अच्छी लगे या बुरी, और ये रईस लोग खुशामद के अभ्यस्त होते हैं।

सम्पादक—हाँ, यह कथन आपका यथार्थ है। पर जहाँ तक मैं चतुरसिंह को जानता

हूँ, उसके बल पर मैं यह कहता हूँ कि वह आपसे रुष्ट कदापि नहीं हुए होंगे। ठाकुर साहब बड़े समझदार तथा उदार-हृदय हैं। यदि आप उन्हें गालियाँ भी दें और वह यह समझ लें कि आप उनको गालियाँ देने में कुछ अनुचित कार्य नहीं कर रहे हैं, तो वह कभी आपसे रुष्ट नहीं होंगे।

ब्रजकिशोर–हाँ, यदि वह बात हो, तो मैं उनसे भेंट करने का साहस कर सकता हूँ।

सम्पादक–आप अवश्य जाइए। यदि आपको इस प्रकार जाने में कुछ संकोच हो, तो मैं एक पत्र दे दूँ।

ब्रजकिशोर–यदि ऐसा हो जाए तो अत्युत्तम हो।

सम्पादक जी ने उसी समय ठाकुर साहब के नाम एक पत्र लिखकर ब्रजकिशोर को दे दिया।

ठाकुर चतुरसिंह अपनी बैठक में बैठे हुए थे। उनके पास वृद्ध कवि भी बैठे हुए थे। उसी समय उनके एक दास ने आकर कहा–आपसे एक आदमी मिलने आए हैं, अपने को कवि बताते हैं।

ठाकुर साहब ने नौकर से कहा–उन्हें ले जाओ।

थोड़ी देर में ब्रजकिशोर ठाकुर के सामने आए। उन्हें देखते ही ठाकुर साहब के मुख पर प्रसन्नता की लाली दौड़ गई। उधर कवि महोदय की भृकुटी चढ़ गई। ब्रजकिशोर ने पहले उनके हाथ में सम्पादक जी का पत्र दिया। ठाकुर साहब ने कवि महोदय से पत्र पढ़वाया। पत्र में ब्रजकिशोर की प्रशंसा लिखने के पश्चात् सम्पादक महाशय ने ठाकुर साहब से प्रार्थना की थी कि ब्रजकिशोर की कविता सुनें और अपनी गुणग्राहकता का परिचय दें।

पत्र सुनकर ठाकुर साहब ने कहा–आप तो उस दिन ऐसे ग़ायब हुए कि पता ही न लगा।

ब्रजकिशोर–क्या कहूँ श्रीमान, उस दिन मैंने कुछ ऐसी बात कही थी जो यहाँ उन लोगों को, जो उस समय उपस्थित थे, बुरी लगी। उन सब को क्रुद्ध देखकर मैंने उस समय टल जाना ही उचित समझा।

ठाकुर साहब–मेरे होते हुए वे आपका कुछ बिगाड़ नहीं सकते थे।

ब्रजकिशोर–यह ठीक है, पर मैं क्या जानता था कि श्रीमान् इतने उदार हैं।

कवि महोदय बोल उठे–उस दिन आपने बुरा ही किया था।

ब्रजकिशोर–हाँ, सत्य बोलना भी कभी-कभी बुरा हो जाता है

यह सुनकर कवि महोदय चुप हो गए।

ठाकुर साहब बोले–तो कुछ सुनाइए।

ब्रजकिशोर–हाँ सुनिए!

इतना कहकर ब्रजकिशोर ने अनेक उत्तम रचनाएँ सुनाईं। ठाकुर साहब यद्यपि कविताएँ भली-भाँति नहीं समझे, पर तारीफ करने लगे। कवि महोदय ने भी प्रशंसा की। ब्रजकिशोर भी समझ गए कि ठाकुर साहब में कविता समझने की योग्यता तनिक भी नहीं है। इससे उन्हें दुःख हुआ और साथ ही निराशा भी हुई।

ठाकुर साहब बोले—और कुछ सुनाइए!

ब्रजकिशोर—क्या सुनाऊँ?

ठाकुर साहब—हाँ, खूब याद आया। आपने उस दिन जो कविता पढ़नी आरम्भ की थी, वह तो पूरी सुना दीजिए।

ब्रजकिशोर—वह आप सुनकर क्या कीजिएगा? वह तो कवियों के लिए थी।

ठाकुर साहब—वही कविता मैं सुनना चाहता हूँ।

ब्रजकिशोर—वह तो मैं सुनाऊँगा नहीं। यदि आप सुनना ही चाहते हैं, तो उसी ढंग की दूसरी कविता सुना सकता हूँ, जो आप ही के सुनने योग्य है।

ठाकुर साहब—अच्छा वही सुनाइए,

ब्रजकिशोर—सुनिए—

कविता को सुनैबो श्रीमानन को
ज्यों कपि को अदरक्ख खवाइबो
नीति बताइबो है मनो मूढ़ को
कायर को रनभूमि पठाइबो।
दीप दिखाइबो है मनो सूर को,
पंगु को है मनो नृत्य सिखाइबो;
गाइबो ज्यों बहिरे के समक्ष है
भैंस के आगे है बीन बजाइबो।

यह कविता सुनते ही ठाकुर चतुरसिंह सन्नाटे में आ गए। उधर कवि महोदय का मुख मारे क्रोध के रक्तवर्ण हो गया। उन्होंने कर्कश स्वर में कहा—इस बदतमीज को निकाल...

ठाकुर साहब ने कवि महोदय की बात काटकर कहा—ठहरिए, ठहरिए! मैं अभी इन्हें समुचित दण्ड दिलवाए देता हूँ।

यह कहकर उन्होंने एक आदामी को बुलाकर उसके कान में कुछ कहा।

इधर ब्रजकिशोर मन में सोच रहे थे कि न जाने उन्हें क्या दण्ड दिया जाए। ख़ैर, अब चाहे जो हो, उनके हृदय में जो बात उत्पन्न हुई, वह उन्होंने कह डाली और सर्वथा सत्य है। यही एक सन्तोष का कारण है।

थोड़ा देर में उनका नौकर एक थाली लिए हुए आया और उसने वह थाली ब्रजकिशोर के सम्मुख रख दी।

ब्रजकिशोर ने देखा—थाली में एक दुशाला और दुशाले पर पन्द्रह गिन्नियाँ रखी हुई थीं। ब्रजकिशोर ने अवाक् होकर ठाकुर साहब के मुख की ओर देखा। ठाकुर साहब

ने मुस्करा कर कहा—यह आपका पुरस्कार है। ब्रजकिशोर ने गद्‌गद् कंठ से कहा—श्रीमन्, मैंने आपकी गुणग्राहकता की जैसी प्रशंसा सुनी थी, वैसा ही आपको पाया।

वृद्ध-कवि जल-भुनकर बोले—वाह ठाकुर साहब, यह आपने खूब किया। अनेकों कवि आपकी प्रशंसा करते-करते थक गए, पर आपने उन्हें कभी इतना पुरस्कार न दिया, इस छोकरे को, जिसने आपका अपमान किया, आपने इतना बड़ा पुरस्कार दिया—वाहवा-वाह! अच्छी गुणग्राहकता दिखाई!

ठाकुर साहब बोले—वह सब झूठी प्रशंसा थी और यह सच्ची बात कही गई है। यह पुरस्कार इनकी निर्भीकता और सत्य बोलने का है। मैं चाहे कविता का मर्म न समझ सकूँ, पर इतना अवश्य समझता हूँ कि अच्छा कवि वही हो सकता है, जो निर्भीक और सत्य बोलने वाला हो। खुशामदी और चापलूस कभी अच्छे कवि नहीं हो सकते।

ठाकुर साहब का यह उत्तर सुनकर वृद्ध-कवि ने लज्जित होकर सिर झुका लिया।

प्रभाव

"तुम इसे क्या समझते हो—यह बड़ी मालदार है।"

"ऐं! मालदार है? अजी बस रहने भी दो। मालदारी तो इसकी सूरत से ही टपकती है।"

"सूरत पर मत जाओ। किसी की असली हालत का पता उसकी सूरत से नहीं लग सकता।"

प्रातःकाल के नौ बज चुके थे। तरकारी मण्डी के निकट ही एक मन्दिर के चबूतरे पर तीन आदमी बैठे हुए थे। एक अधेड़ आदमी चबूतरे के पास इस प्रकार खड़ा था, मानों रास्ता चलते-चलते उन तीनों का वार्तालाप सुनने के लिए ठिठक गया हो। सामने ही एक बुढ़िया, जिसकी वयस पचास वर्ष के ऊपर होगी, मैले-कुचैले कपड़े पहने धीरे-धीरे जा रही थी। उसके हाथ में कपड़े की एक छोटी पोटली थी। उस बुढ़िया की ओर संकेत करके चबूतरे पर बैठे हुए व्यक्तियों में से एक बोला—"इसके पास कुछ नहीं तो चालीस-पचास हज़ार रुपए नक़द होंगे।"

"तुमने भी उस्ताद गप की नाक काट ली।"—दूसरा व्यक्ति बोला।

"हाँ, तुम्हें तो सब गप ही मालूम पड़ता है।"

"यदि ऐसी बात है तो तुम इसकी गोद क्यों नहीं बैठ जाते।"

"मैं तो तैयार हूँ; परन्तु वह बिठावे तब न? यदि तुम प्रयत्न करके बिठला दो, तो आधा रुपया तुम्हारा रहा।"

इस पर अन्य दोनों ने अट्टहास किया। चबूतरे के नीचे खड़ा हुआ व्यक्ति धीरे-धीरे वहाँ से चला। कुछ दूर निकल जाने पर उसने अपनी चाल तेज़ की और शीघ्र ही बुढ़िया से आगे निकाल गया। सहसा वह तम्बोली की दूकान पर रुक गया और तम्बोली से 'दो पान बनाना' कह कर बुढ़िया की ओर ताकने लगा।

जितनी देर में तम्बोली ने पान बनाए उतनी देर में बुढ़िया तम्बोली की दुकान के सामने आ गई। तम्बोली ने बुढ़िया से पूछा—"का हे बुढ़िया दाई, क्या ले आई?" इतना सुनते ही बुढ़िया खड़ी हो गई और बोली—"यही साग-तरकारी ले आई बेटा। कुँजड़िन राँड से सबेरे हाय-हाय हो गई। चार पैसे सेर के तो दाम लिए और सड़े आलू

तोलने लगी। ज़रा आँख चूक जाए तो ये लोग मट्टी दे दें मट्टी—ऐसी खराब जात है। सो वैसी ही बरक्कत भी है। भगवान सब देखता है।''

यह कह कर बुढ़िया बड़बड़ाती हुई चल दी। तम्बोली उस व्यक्ति की ओर पान बढ़ा कर बोला—मण्डी भर की सस्ती तरकारी ढूँढ़ कर लाती है। छः पैसे सेर आलू बिक रहा है—यह चार पैसे में लाई है, अब आप ख्याल कीजिए, सड़े न होंगे तो और कैसे होंगे।

वह व्यक्ति पान मुँह में रख कर बोला—''और सुनते हैं मालदार है, जितनी गरीब दिखाई पड़ती हैं, उतनी नहीं है।''

तम्बोली बोला—''हाँ, सुनते तो ऐसा ही हैं; भगवान जाने कहाँ तक ठीक है। तमाखू लीजिएगा?''

उस व्यक्ति ने तम्बोली से तमाखू लेकर मुँह में रक्खी, तत्पश्चात् एक पैसा फेंक कर आगे की ओर पैर बढ़ाया।

बुढ़िया आगे-आगे जा रही थी, उसके पीछे-पीछे वह व्यक्ति चल रहा था। सहसा बुढ़िया सड़क पर से एक गली में मुड़ी। गली के अन्दर चार पाँच लड़के खेल रहे थे। बुढ़िया को देखते ही एक बोला—''नानी करेला लाई!''

इतना सुनते ही बुढ़िया ने गाली देना आरम्भ कीं—''तुम्हारे बाप का मूँड़ लाई। लेओ अपनी अम्माँ से पकवा के खा लेना। हरामजादों के मारे राह चलना दूभर है।''

अब सब लड़के चिल्लाने लगे—''नानी एक करेला दिए जाओ।''

लड़के करेला माँगते थे और बुढ़िया गालियाँ देती थी, कोसती थी। बुढ़िया की बातें सुन कर छोटे-बड़े सब हँसते थे। अन्त में लोगों ने लड़कों को डाँट-डपट कर चुप किया।

बुढ़िया एक छोटे से मकान के द्वार पर जाकर रुक गई। द्वार पर ताला लटक रहा था। बुढ़िया आँचल में बँधी हुई ताली से ताला खोलने लगी। बग़ल के मकान के द्वार पर एक व्यक्ति बैठा नारियल पी रहा था। वह बोला—''का हे अम्माँ, क्या ले आई?'' ''आलू लाई, बेटा। और कोई साग आता ही नहीं, न जाने सागों में क्या आग लग गई।''

इतना कह कर बुढ़िया द्वार खोल कर अन्दर गई और भीतर से द्वार बन्द कर लिया। नारियल पीने वाला व्यक्ति बड़बड़ाने लगा—दुनिया भर के तो साग आते हैं, इसे कोई साग ही नहीं मिलता। न जाने ससुरी किसके खातिर जोड़-जोड़ कर धर रही है।

वह व्यक्ति आगे बढ़ कर नारियल पीने वाले व्यक्ति से बोला—क्यों भइया, यहाँ कोई मकान खाली है?

नारियल पीने वाला बोला—यहाँ तो कोई मकान खाली नहीं है।

''क्यों भई, यह जो बुढ़िया इस मकान में गई है, पागल है क्या?''

''नहीं तो! अच्छी-भली हैं। इस जैसी सयानी तो दूसरी इस मुहल्ले भर में नहीं है।''

"अभी लड़के करेला कह कर इसे चिढ़ा रहे थे और यह बिगड़ रही थी। इससे मैंने समझा कि शायद इसका दिमाग़ कुछ ख़राब है।"

"अजी नहीं, दिमाग-विमाग कुछ खराब नहीं है—करेला कहे से चिढ़ती है—बस इतनी बात है। वैसे भली-चंगी है।"

इतना सुन कर वह व्यक्ति बुढ़िया के मकान को ध्यानपूर्वक देखता हुआ वहाँ से चल दिया।

वृद्धा चमेली इस संसार में अकेली है। जाति की कलवारिन है। इसके दो मकान हैं। एक में तो वह स्वयं रहती है और दूसरी पचास रुपए मासिक किराए पर उठाया हुआ है—यही उसकी जीविका है। जिस मुहल्ले में वह रहती है, उसके प्रायः सब लोग उसका आदर करते हैं और कोई अम्माँ, कोई चाची, कोई बुआ इत्यादि नामों से उसे सम्बोधित करते हैं। मुहल्ले के लड़के उसे नानी कहते हैं और 'करेला' कह कर उसे चिढ़ाया करते हैं। मुहल्ले के अधिकांश लोगों का अनुमान है कि चमेली के पास नक़द रुपया भी काफी है।

उपर्युक्त घटना के एक सप्ताह पश्चात् एक व्यक्ति एक छोटा-सा बिस्तरा दाबे चमेली के द्वार पर पहुँचा। यह वही व्यक्ति था, जिसने उस दिन चमेली का पीछा उसके घर तक किया था। देखने से प्रतीत होता था कि यह व्यक्ति कहीं की यात्रा करके आ रहा है; क्योंकि उसका शरीर धूल-धूसरित हो रहा था। द्वार पर पहुँच कर उसने द्वार की कुण्डी खटखटाई। कुछ क्षणों पश्चात् द्वार खुला और चमेली की गम्भीर मूर्ति दिखाई पड़ी। उस व्यक्ति ने चमेली को देखते ही झट उसके चरण छूकर कहा—"मौसी, पाँव लागौं।" चमेली ने विस्मयपूर्ण नेत्रों से उस व्यक्ति को पहचानने की चेष्टा करते हुए कहा—"खुस इहौ बेटा!" इतना कह कर वह उसे सिर से पैर तक देखने लगी। वह व्यक्ति बोला—"मुझे पहचाना मौसी?"

चमेली सिर हिला कर बोली—"नहीं बेटा, मैंने तो नहीं पहचाना। अब मुझे सूझ कम पड़ता है।"

वह व्यक्ति बोला—"हम चन्दनपुर से आए हैं, सरजूप्रसाद के लड़के हैं।"

वृद्धा अपनी स्मरण-शक्ति पर जोर देते हुए बोली—"सरजूप्रसाद, हाँ, यह नाम तो मुझे अच्छी तरह याद है। सरजूप्रसाद थे तो!"

वह व्यक्ति—"सरजूप्रसाद वही, जो तुम्हारे घर के पिछवाड़े रहते थे, उनके द्वार पर पीपल का पेड़ था।"

वृद्धा नेत्र विस्फारित करके किञ्चित् मुस्कराते हुए बोली—"ओहो! अब याद आ गया। वह सरजूप्रसाद। उन्हें तो मैं अच्छी तरह जानती हूँ। तुम उन्हीं के लड़के हो?"

"हाँ मौसी।"

"अच्छा तो आओ बेटा, भीतर आओ। सरजूप्रसाद तो हमारे पड़ोसी और बड़े

हितू थे।''

यह कह कर बुढ़िया भीतर चली। वह व्यक्ति बुढ़िया के पीछे-पीछे चला।

एक दालान पार करके दोनों एक कमरे में पहुँचे। कमरे में एक ओर एक चारपाई पड़ी थी। उसी के सिरहाने एक बड़ा सन्दूक रखा था—बीच में पक्के फर्श पर एक शीतल पाटी बिछी हुई थी। खूँटियों पर कुछ मैले तथा श्वेत कपड़े लटके हुए थे। एक ओर पानी का घड़ा और उसी के पास एक लोटा तथा गिलास रखा हुआ था।

वृद्धा शीतलपाटी की ओर संकेत करके बोली—बैठो बेटा!

उस व्यक्ति ने बिस्तर एक कौने में डाल दिया और शीतलपाटी पर बैठकर बड़े ध्यानपूर्वक इधर-उधर देखने लगा। चारपाई के सिरहाने रक्खे हुए सन्दूक को उसने बहुत ही ध्यान से देखा।

वृद्धा चमेली भी उसके सामने बैठ गई। बैठ कर उसने पूछा—''सरजूप्रसाद तो अच्छे हैं?''

''नहीं, उनका तो पीछा हो गया।''

चमेली मुख पर दुःख का भाव लाकर बोली—''अरे! यह कब?''

''चार बरस हुए।''

''राम-राम! बड़ा बुरा हुआ! बड़े अच्छे आदमी थे। मुझे तो बहुत ही मानते थे। बेटा, मुझे चन्दनपुर छोड़े एक जमाना ही गया। तुम तो उस समय चार-पाँच बरस के होगे।''

''मुझे इतना तो याद है कि मैंने तुम्हें वहाँ देखा था, और कुछ याद नहीं।''

''हाँ, एक बार जब मेरे बाप मरे थे, तब दो दिन के लिए गई थी, तब से फिर नहीं गई। जाकर करती भी क्या, बाप के घर में कोई भी नहीं रहा, यहाँ भी कोई नहीं रहा। सबको खा बैठी। भगवान मुझे न जाने क्यों भूल गए। मैं भी मर जाती तो पाप कटता।'' इतना कहते हुए चमेली ने नेत्रकोण पर आए हुए आँसू की बूँद को धोती के पल्ले से पोंछ लिया।

''भगवान की मरजी है मौसी और क्या कहा जाए। भगवान तुम्हें बनाये रखें। तुम्हारे बैठे रहने से हम लोगों को बड़ा सहारा है।''

''हाँ बेटा! जब तक जिन्दगी है, तब तक तो दुख भोगना ही पड़ेगा। तुम्हारी माँ तो अच्छी है?''

''हाँ अच्छी है। वह भी तुम्हारी तरह बुढ़ाय गई।''

''हाँ, मेरे साथ की तो है ही और बड़ी नेक है। मेरा उसका बहुत साथ रहा। तुम यहाँ कैसे आए बेटा?''

''क्या बताऊँ मौसी। देहात में तो अब गुजर चलता नहीं। खेती-पाती में तो कुछ तत्त्व नहीं रहा, वहाँ और कोई जीविका है नहीं। इसलिए यही विचार किया कि शहर में चलकर नौकरी-चाकरी करें। पहले तो आने की हिम्मत नहीं पड़ती थी। यहाँ न किसी से जान न पहचान! पर जब अम्मां ने बताया कि चमेली मौसी वहाँ हैं, तब आने आ साहस हुआ। बड़ी मुश्किल से तो तुम्हारे घर का पता मिला।''

''चलो अच्छे आ गए बेटा! मैं भी अकेली ऊबती थी; पर करती क्या। जब तक कोई अपने भरोसे का आदमी न हो, तब तक घर में रखते भी तो नहीं बनता।''

''हाँ, सो तो है ही। जमाना बड़ा खराब है मौसी। बहुत समझ-बूझ कर किसी पर ऐतबार करना चाहिए।'' यह कहते हुए उस व्यक्ति ने बड़े सन्दूक पर दृष्टि डाली।

''ठीक बात है बेटा! और सहर के आदमियों से तो भगवान बचावे!''

''यह डर तो मुझे भी था मौसी। देहात में सुनते थे कि शहर के आदमी बड़े चालाक होते हैं, देहातियों को ठग लेते हैं। इससे और भी आने की हिम्मत नहीं पड़ती थी। पर जब सुना कि तुम यहाँ हो तब ढाढ़स बँधा।''

''चलो आ गए हो तो यहाँ आराम से रहो। भगवान चाहेगा तो कोई-न-कोई नौकरी मिल ही जाएगी। तुम भी कोसिस करना, मैं भी पता लगाऊँगी। हाँ बेटा, तुम्हारा नाम क्या है?''

''मेरा नाम अयोध्याप्रसाद है।''

''बहुत ठीक! भगवान चाहेगा तो नौकरी मिल जाएगी। और जो...।''—इतना कह कर हठात् चमेली रुक गई। वह कोई बात कहना चाहती थी, परन्तु फिर कुछ ख्याल आने से रुक गई। कुछ क्षणों तक मौन रह कर उसने कहा—''अच्छा तो कपड़े-वपड़े उतार कर हाथ-मुँह धोओ, तब तक मैं खाने को बनाती हूँ।''

अयोध्याप्रसाद को चमेली के यहाँ रहते हुए तीन दिन हो गए। अब सबेरे चमेली साग लेने नहीं जाती, उसके बदले अयोध्याप्रसाद जाता है। चमेली अयोध्याप्रसाद से प्रसन्न है; क्योंकि वह चमेली की अपेक्षा साग खरीदने में अधिक पटु है, सस्ता भी लाता है और अच्छा भी। चमेली उसे पका कर खिलाती है और दोनों समय रामायण सुनाती है।

एक दिन सबेरे अयोध्याप्रसाद नहीं उठा। चमेली ने उसे उठाना चाहा तो वह काँप कर बोला—''आज जी अच्छा नहीं है मौसी।''

मौसी ने अयोध्या के शरीर पर हाथ रख कर कहा—''बुखार तो नहीं जान पड़ता।''

''हाँ बुखार तो नहीं है, पर बदन में दरद है, सिर फटा जा रहा है, आह! आह!''

चमेली ने कहा—''अच्छा तो पड़े रहो। आज नहाना नहीं।''

चमेली ने नहा-धोकर थोड़ी देर रामायण पाठ किया, तत्पश्चात् बोली—''तो मैं जरा मण्डी हो आऊँ।''

अयोध्या बोला—''काहे को तकलीफ करोगी। अब मेरी तबियत कुछ ठीक हो गई है, मैं चला जाऊँगा।''

''नहीं बेटा, तुम अभी थोड़ी देर और पड़े रहो तो जी बिल्कुल अच्छा हो जाएगा। मैं लिए आती हूँ, कौन बहुत दूर है। मैं कई दिन से घर से नहीं निकली, जरा घूम भी आऊँगी।''

''अच्छा तो ले आओ, थोड़ी पालक भी लेती आना।''

''अच्छा लेती आऊँगी। तुम उठ कर जरा किवाड़े बन्द कर लो।''

अयोध्या काँपता हुआ उठा और उसने चमेली के बाहर हो जाने पर किवाड़े बन्द कर लिए। किवाड़ बन्द करते ही उसकी कायापलट हो गई। वह क्षणमात्र में भला-चंगा हो गया। वह जल्दी से अपनी चारपाई के पास आया और अपने सिरहाने से उसने एक पुड़िया निकाली। पुड़िया को उसने खोला तो उसमें से मोम का डला निकला। मोम का डला लेकर वह बड़े सन्दूक के पास पहुँचा। पहले तो उसने सन्दूक में लगे हुए बड़े ताले को ध्यानपूर्वक देखा। इसके पश्चात् मोम को दबा कर टिकिया बनाने लगा। सहसा उसकी दृष्टि सन्दूक के कुछ ऊपर बने हुए एक बड़े ताक पर गई। उस ताक पर रामायण रखी हुई थी और उस पर कुछ फूल पड़े हुए थे। अयोध्याप्रसाद रामायण देखकर स्तम्भित सा हो गया। उसकी दृष्टि पुस्तक पर जम गई, मोम को ठीक करती हुई हाथ की उँगलियाँ रुक गईं। कुछ क्षणों तक उसकी यही दशा रही, तत्पश्चात् वह अपने ही आप बोला—''उँह! इन ढकोसलों में क्या धरा है, तुम अपना काम करो जी।'' वह पुनः ताले पर झुका और उसने मोम की टिकिया ताले के ताली वाले छिद्र पर चिपका दी। कुछ देर तक वह उसे दबाता रहा, तत्पश्चात् उसने धीरे से टिकिया को ताले से अलग किया और उसे देख कर बोला—''ठीक है।'' वह पुनः अपनी चारपाई के पास आया। उसने अपने सिरहाने से एक टीन की डिबिया निकाली। उस डिबिया में मोम की टिकिया को बन्द करके डिबिया अपने सिरहने बिस्तर के नीचे दबा दी। इसके पश्चात् वह नित्य कर्म से निवृत्त होने चला गया।

जब चमेली लौट कर आई तो अयोध्याप्रसाद का चित्त बहुत-कुछ ठीक हो चुका था। केवल सिर में थोड़ी सी धमक शेष थी। उपर्युक्त घटना के चार दिन पश्चात् एक दिन सबेरे अयोध्याप्रसाद की तबीयत फिर खराब हो गई। वही बदन और सिर में दर्द था। चमेली के पूछने पर उसने कहा—''ऐसा देहात में भी बहुधा हो जाया करता था मौसी। न जाने क्या रोग है।''

''तो तू इसकी कुछ दवा क्यों नहीं करता?''

''देहात में धरा ही क्या है। अब आज यहाँ किसी डॉक्टर-वैद्य को नाड़ी दिखाऊँगा।''

''पण्डित लक्ष्मीनारायण हमारे पुराने वैद्य हैं, उनके यहाँ चला जाना, बड़ी जल्दी ठीक कर देंगे। बड़ा जसी (यशी) हाथ है। मेरा नाम ले देना।''

''अच्छा शाम को जाऊँगा। पता बता देना।''

''इसी मुहल्ले के नुक्कड़ पर रहते हैं अच्छा जरा मैं मण्डी हो आऊँ।''

''क्या कहूँ मौसी, तुम्हें बड़ी तकलीफ होती है।''

''तकलीफ काहे की, चित्त बहल जाता है।''

चमेली के जाते ही अयोध्याप्रसाद ने सिरहाने से डिबिया निकाली उसे खोल कर उसने उसमें से एक ताली निकाली। ताली नई तथा चमकदार थी। ताली लेकर वह

सन्दूक के पास पहुँचा। उसकी दृष्टि फिर रामायण पर पड़ी। रामायण को देखकर वह पुनः झिझका। परन्तु शीघ्र ही सँभल कर बड़बड़ाने लगा : यह रामायण आदमी को बोदा बना देती है। महीने दो महीने सुने तो पूरा गोबर का छोत बन जाय। उसने काँपते हुए हाथों से ताली को ताले के अन्दर डाल कर घुमाया। ताला खुल कर लटक गया। उसका मुख प्रसन्नता से खिल उठा और मुँह से निकला—'अरे!' उसने शीघ्रतापूर्वक कपड़े सन्दूक से निकालने आरम्भ किए। कपड़े अच्छे तथा साधारण दोनों प्रकार के थे। कपड़ों के नीचे उसे एक पिटारी मिली। उसका मुख आशा से खिल उठा। पिटारी को खोला तो उसने पीतल की सुर्मेदानी, कुछ काठ की डिबियाँ और इसी प्रकार की सटर-पटर चीजें निकलीं। उसका मुख क्रोध से लाल हो गया। वह बोला—'हरामजादी ने इसे भी ताले में बन्द किया है। राम-राम! मेहनत बर्बाद हो गई। रुपया ससुरी ने न जाने कहाँ रक्खा है। सन्दूक को धोके को टट्टी बना रक्ख है।' उसने जल्दी-जल्दी सब कपड़े सन्दूक में भर दिए और फिर ताला लगा दिया। ताली अपने सिरहाने रख कर वह चारपाई पर बैठ गया और सोचने लगा—रुपए तो इसके पास जरूर हैं, पर न जाने साली ने कहाँ रक्खा है। कहीं गाड़ के रक्ख होगा। बिना महीना दो महीना साथ रहे पता चलना कठिन है।

इसी समय द्वार की कुण्डी खटकी। अयोध्या खाँसता हुआ उठा और उसने द्वार खोला। चमेली ने पूछा—"कैसा जी है?"

"अब तो ठीक है।"—अयोध्या ने उत्तर दिया

फिर दिन व्यतीत होने लगे। चमेली नित्य अयोध्या को रामायण सुनाती थी। अयोध्या को अपनी इच्छा के विरुद्ध, केवल चमेली को प्रसन्न रखने के लिए, रामायण सुननी पड़ती थी। एक दिन उसने कहा—"मौसी, तुम रोज-रोज रामायण पढ़ती हो, तुम्हारा जी नहीं ऊबता। कोई और किताब पढ़ा करो।"

चमेली बोली—"अरे बेटा, यह किताब थोड़े ही है। यह तो आदमी की मुक्ति का द्वार है। इसके पाठ करने से मुक्ति हो जाती है।"

अयोध्या मन ही मन कुढ़ कर चुप हो रहा।

एक दिन अयोध्या बोला—"मौसी, नौकरी तो कहीं लगती नहीं। क्या बतावें रुपया पास नहीं है, नहीं तो कोई छोटी-मोटी दुकान कर लेता।"

चमेली बोली—"लग जायेगी, जल्दी क्या है, भवगान् पर भरोसा रक्खो। वही सबकी नैय्या पार लगाते हैं। तुम्हें खाने-पीने की तो कोई तकलीफ है नहीं। कुछ घर भेजना चाहो तो भेज दो। दस-बीस रुपए का सहारा मैं कर सकती हूँ।"

अयोध्याप्रसाद चमेली के स्नेहपूर्ण वाक्य से प्रभावित होकर बोला—"सो तो मौसी, तुम्हारे चरनों में मुझे कोई तकलीफ नहीं है; पर ऐसे कब तक...।"

बुढ़िया बात काट कर बोली—"जब तक मैं जिन्दा हूँ, तब तक तो फिकर करो

न, मैं मर जाऊँ तो देखी जायेगी। फिर भी रामचन्द्र जी महाराज सब भली करेंगे। उनका ध्यान रक्खो।''

उसी दिन चमेली ने बीस रुपए अयोध्याप्रसाद को दिए और कहा—''इन्हें घर भेज दो। अपनी माँ को मेरा राम-राम लिख देना।''

अयोध्याप्रसाद को यह पता न चला कि बुढ़िया ने रुपए कब और कहाँ से निकाले। इसी प्रकार दो मास व्यतीत हो गए। एक दिन चमेली किसी के यहाँ जाने की कह कर सवेरे गई और शाम को लौटी।

उसी दिन रात को चमेली ने अयोध्याप्रसाद से कहा—''बेटा, मेरी इच्छा एक मन्दिर बनवाने की हो रही है। भगवान की मर्ज़ी होगी तो बन ही जायेगा।''

अयोध्या तुरन्त बोला—''रुपया कहाँ से आवेगा मौसी?''

''भगवान चाहेंगे तो रुपया भी हो जायेगा।''

अब अयोध्याप्रसाद को पूर्ण विश्वास हो गया कि इसके पास रुपया अवश्य है। वह बोला—''तो रुपया हो तो निकालो, मन्दिर बन जाय! अपनी जिन्दगी में ही बनवा डालो।''

''हाँ, बनवाऊँगी। और मैं क्या बनवाऊँगी—रामचन्द्र जी बनवायेंगे। उनकी जब मर्जी होगी तब बन जायेगा।''

''तुम्हारी मर्जी होगी तो उनकी मर्जी भी हो जायेगी।''

''नहीं बेटा, उनकी मर्जी मुख्य है''

अयोध्याप्रसाद दाँत पीस कर रह गया।

एक महीना और व्यतीत हुआ।

सहसा एक दिन चमेली को हैज़ा हो गया। अयोध्याप्रसाद ने बहुत दौड़-धूप की, परन्तु कुछ लाभ न हुआ—उसका अन्त समय निकट आ गया।

अयोध्याप्रसाद ने पूछा—''मौसी तुम्हारा रुपया हो तो बता दो, मैं तुम्हारे नाम से मन्दिर बनवा दूँगा।''

बुढ़िया आँखें बन्द किए हुए लगती जिह्वा से बोली—''राम... राम!''

कुछ देर देर पश्चात् चमेली का देहान्त हो गया।

मुहल्ले वालों को खबर हुई। उसी समय मुहल्ले के दो प्रतिष्ठित व्यक्ति आ गए। उन्होंने किसी वकील को बुलवाया। उसने आते ही घर पर अधिकार जमाया। अयोध्याप्रसाद बोला—''चमेली मेरी मौसी थी। मैं जैसा चाहूँगा करूँगा, आप लोग दखल मत दीजिए।''

वकील ने हँसकर कहा—''चमेली वसीयत कर गई है और हम लोगों को ट्रस्टी बना गई है। तुम्हारा नाम क्या है?''

अयोध्या घबराकर बोला—''मेरा-मेरा नाम अयोध्या है।''

''बाप का नाम?''

''बाप का नाम? बाप का नाम सरजूप्रसाद।''

““‘चन्दनपुर के रहने वाले हो?’’

“हाँ।’’

“तो तुम्हारे लिए बीस रुपया महीना और खुराक लिख गई है। वह भी यदि तुम मन्दिर में रहोगे?’’

“मन्दिर, कैसा मन्दिर?’’

“अब बनेगा, हम लोग बनवावेंगे। मगर पहले तुम्हें यह साबित करना होगा कि तुम सरजूप्रसाद के लड़के और चन्दनपुर के रहने वाले हो।’’

अयोध्याप्रसाद का मुख पीला पड़ गया।

वकील ने कुछ आदमियों को अन्त्येष्टि क्रिया का सामान लाने भेजा और कुछ आदमियों से बड़ा सन्दूक हटवा कर वह स्थान खुदवाया। एक गज खोदने पर एक बड़ा बक्स निकला। इस बक्स को खोला तो वह रुपयों और नोटों से भरा था। अनुमान से चालीस-पचास सहस्र रुपया होगा। अयोध्याप्रसाद का सिर घूम गया। वकील साहब घर के सामान की सूची बनाने लगे। कुछ आदमी अन्त्येष्टि क्रिया के लिए अर्थी इत्यादि बनाने में लग गए। अर्थी तैयार हो जाने पर अयोध्या की तलाश हुई। क्रिया करने के लिए वही चुना गया, परन्तु अयोध्या लापता हो गया था।

आठ महीने पश्चात् एक एक मन्दिर के द्वार पर, जो चमेलीदेवी का मन्दिर कहलाता था, एक संन्यासी आया। उसने पुजारी से कहा यदि आप आज्ञा दें तो मैं भी इस मन्दिर के द्वार पर पड़ा रहा करूँ और भगवान का भजन करूँ।

पुजारी ने सहर्ष आज्ञा दे दी। संन्यासी ने मन्दिर के चबूतरे पर आसन जमा दिया। कुछ भोजन मन्दिर से और कुछ पड़ोस के गृहस्थों से मिल जाता था। इस प्रकार संन्यासी चबूतरे पर बैठा रहता और रामायण पढ़ कर लोगों को सुनाया करता था।

यह संन्यासी कौन था? वही हमारा पूर्व-परिचित अयोध्याप्रसाद!

बेदख़ली

सुन्दरपुर ग्राम के जमींदार का कारिन्दा डेरे में बैठा हुआ था। उसके समीप गाँव का पटवारी तथा चार-पाँच कृषक बैठे थे। सामने कुछ दूरी पर दो पासी मोटे लट्ठ लिये हुए बैठे थे।

हठात् कारिन्दा ने एक पासी से कहा—मुनुवा, दूध आ गया?

मुनुवा बोला—कह आया हूँ मालिक! अभी आ जायेगा।

कारिन्दा—कितना दूध आयेगा?

मुनुवा—आपने पाँच सेर कहा था। वही कह आया है।

कारिन्दा—किसके यहाँ से आवेगा?

मुनुवा—बसन्त अहीर के यहाँ से।

कारिन्दा चुप हो गया और अपने सामने रक्खे हुए काग़ज पत्र उलटने लगा।

कुछ देर तक काग़ज-पत्र उलटने के पश्चात् उसने एक कृषक से कहा—तुम्हारे ऊपर ख़रीफ़ के दस रुपये बक़ाया हैं।

कृषक बोला—हाँ मालिक, हैं।

कारिन्दा—जो सब मिलाकर पैंतालिस रुपये हुए। पैंतीस इस फ़सल के और दस बक़ाया?

कृषक ने टेंट से पैंतालीस रुपये निकाल कर कारिन्दा के सम्मुख रख दिये। कारिन्दा ने पूछा—कितने हैं?

कृषक—पैंतालीस।

कारिन्दा—दस रुपये बकाया रह गये थे, उनका छः महीने का ब्याज भी लाओ।

कृषक—अरे मालिक! अब ब्याज-याज न माँगो। अब की कुछ हुआ नहीं। इतने भी न जाने कैसे दिए हैं।

कारिन्दा—ब्याज तो ज़रूर देना पड़ेगा।

कृषक—नहीं सरकार, इस दफ़े ब्याज की माफ़ी दो। जब होता तब ब्याज दे देते थे; अबकी कुछ हुआ नहीं, इससे कहते हैं। (एक दूसरे कृषक से) जानकी काका पन्द्रह बीघा में दस बीघा गेहूँ बोये थे और पाँच बीघे बेझरा। सो बीस मन तो गेहूँ

हुए ओर आठ मन बेझरा। बताओ इसमें क्या अपने खाने को रक्खें, क्या महाजन का बीज दें और क्या लगान दें। और अपने बाल-बच्चों के लिए कपड़े बनवाने हैं सो अलग। वह तो कहो कुछ अरहर हो गई नहीं तो बस राम से ही काम पड़ता।

जानकी काका गम्भीरता-पूर्वक सिर हिलाकर बोले—फ़सल तो अब की बड़ी गड़बड़ हुई, इसमें तो कोई सुभा नहीं है। डेढ़मनी बीघा से किसी के अधिक नहीं हुआ। जिनके दोमनी बीघा हो गया उसे बड़ा भागवान समझो। इन्हीं खेतों में पंचमनी छःमनी बीघा हुआ करता था। समय की बात है भइया!

कारिन्दा बोला—यह हम क्या जानें। जब अधिक होती है तो हमें तो दे नहीं देते।

कृषक—अरे मालिक, आपको देने लायक हम कहाँ? हम तो खुद ही आपकी रोटी खाते हैं।

कारिन्दा—खैर, इन बातों से काम न चलेगा। ब्याज निकालो।

कृषक—नहीं मालिक, इस दफ़े ब्याज की माफ़ी दो।

कारिन्दा—यह कदापि नहीं होगा। खरीफ़ में हमने अपने पास से ये दस रुपये जमा किये थे, सो हम तो ब्याज छोड़ेंगे नहीं। किसी दूसरे को उधार देते तो ब्याज मिलता कि नहीं?

कृषक—हाँ मिलता क्यों नहीं?

कारिन्दा—तो बस फिर?

जानकी काका बोल उठे—देखो ब्याज देओ। इन्होंने अपने मालिकों को तुम्हारे दस रुपये पास से दिये थे, तो यह बेचारे घाटा क्यों सहैं?

कृषक—हमारे मालिक हैं, हम इनके जियाये जीते हैं। इसमें घाटे की कौन बात है।

कारिन्दा—देखो जी हमें बहुत काम है, यह टिल्लेनबीसी अच्छी नहीं। झटपट ब्याज निकालो।

कारिन्दे की तीव्र दृष्टि देखकर कृषक म्लानमुख होकर बोला—तो कितना ब्याज हुआ?

कारिन्दा—एकन्नी रुपये के हिसाब से छः महीने के पौने चार रुपये हुए।

कृषक—अरे सरकार इस दफ़े अधन्नी का ब्याज लगा लो। भगवान जानते हैं, अबकी बड़ी तंगी है।

कारिन्दा—तुम बड़े झमेलिये मालूम होते हो जी। बात-बात में मीन-मेक निकालते हो। निकालो झटपट पौने चार रुपये और एक रुपया हमारे नज़राने का पौने पाँच निकाले।

कृषक ने देखा कि अधिक कुछ कहने से सम्भव है कारिन्दा साहब नाराज हो जायें, अतएव उसने, चुपचाप टेन्ट से पाँच रुपये निकाल कर कारिन्दे के सम्मुख फेंक दिए। कारिन्दा साहब ने चार आने वापिस करके कहा—मैं खरा आदमी हूँ, मुझे खरा व्यवहार अच्छा लगता है।

कृषक ने कहा—ये पाँच रुपये बचा रक्खे थे। सोचा था कुछ कपड़ा ले आवेंगे,

बाल-बच्चों को थोड़ा कपड़ा बन जायेगा। हम इन्हीं फटे-पुरानो में काट देंगे। सो भगवान की मर्ज़ी नहीं, है तो न सही।

यह कहते हुए कृषक के नेत्रों में आँसू छलछला आये।

कारिन्दा बोला—पठानों से लेना।

कृषक—अरे मालिक! चाहे नंगा बैठा रहे पर पठानों से कभी न ले। एक तो एक रुपये की चीज़ के चार लेते हैं और बखत पर न देओ तो बेआबरू कर डालते हैं; भवगान बचावे।

इसी समय बसन्त अहीर गगरी में दूध लाया। कारिन्दे ने पूछा—कितना दूध लाया?

बसन्त—पाँच सेर का हुक्म हुआ था।

कारिन्दा—काहे का दूध है?

बसन्त—सब गबड़ा है मालिक। तीन सेर तो भैंस का है और सेर भर के अन्दाज गाय का होगा और सेर ही भर बकरी का।

कारिन्दा—हैं! इसमें बकरी का दूध मिला दिया?

बसन्त—क्या करें मालिक, गाय-भैंस का कहाँ से लावें? तीन सेर भैंस देती है, सो सब दे दिया। सेर भर गाय देती है, सो दे दिया। आपका गुड़ैत बोला कि पाँच सेर देना पड़ेगा, सो इसी मारे सेर भर बकरी का गबड़ दिया।

कारिन्दा—मुनुवा, इस साले को एक सौ बीस जूते लगाओ। इसने हमें समझा क्या है? हम बकरी का दूध पीते हैं? हम शहर में तो बकरी का दूध पीते नहीं, यहाँ देहात में आकर बकरी का दूध पियेंगे! साले ने अपने लिए गाय-भैंस का रख लिया होगा, हमें बकरी का दे दिया।

बसन्त—अरे मालिक, ऐसा न कहो। अपने खातिर एक बूँद रक्खा हो तो गाय के खून के बराबर है। लड़के-बच्चे रोते रह गये, उन्हें तक तो एक बूँद दिया नहीं।

जानकी काका बोल उठे—इसके यहाँ इतना ही होता है मालिक! झूठ नहीं बोल रहा है। हमारी जानी हुई बात है।

कारिन्दा—खैर, अबकी दफ़ा तो छोड़ देते हैं। आइन्दा कभी ऐसी हरकत मत करना। हमें बकरी के दूध से नफ़रत है।

इतना कहकर कारिन्दा साहब ने अपने रसोइये से कहा—महाराज, इसकी रबड़ी बना डालो। पीने के काम का तो यह रहा नहीं। बकरी का दूध मिला हआ है! मुनुवा!

मुनुवा बोला—सरकार!

कारिन्दा—जाओ किसी के यहाँ से सेर भर गाय का ताज़ा दूध लाओ। इस समय तो पीने के लिए चाहिये। सवेरे का समय है।

मुनुवा ने अपने पास बैठे हुए दूसरे पासी से कहा—लल्लू, तुम चले जाओ।

लल्लू—किसके यहाँ जाऊँ?

मुनुवा—अहीर टोले में चले जाओ। जिसके यहाँ हो, ले आओ।

लल्लू उठकर चलने लगा। उसी समय कारिन्दा साहब ने कहा—अरे हाँ, खूब

याद आया। ज़रा गंगाचरण महाराज को बुला लाओ। सीधी तरह आवें तो आवें, नहीं घसीट लाना। (उपस्थित लोगों की ओर देखकर) गंगाचरण महाराज के ऊपर साल भर की बाकी लगी हुई है। उसका ब्याज अलग है। सब मिलाकर कोई डेढ़ सौ रुपये हैं। महाराज देते नहीं हैं। मैं ब्राह्मण समझ कर अभी तक टालता गया। अब इस दफे महाराज न देंगे तो बेदख़ली हो जायेगी।

एक कृषक बोल उठा—उनके पास कुछ है नहीं। उन्हें बेदखल कर दो। उनकी ज़मीन बहुत सस्ती है। बत्तीस बीघे ज़मीन छियानवे रुपये में जोतते हुए हैं। उन्हें बेदखल कर देओ तो वही ज़मीन चार रुपये बीघा में बड़े मज़े में उठ जाय। बत्तीस रुपया साल का मुनाफ़ा हो।

कारिन्दा—कौन? हम उसे पाँच रुपये बीघे से कम में देंगे नहीं? मामूली ज़मीन थोड़े ही है।

पटवारी साहब बोल उठे—पाँच रुपये बीघे पर तो लोग इस समय लेने को तैयार हैं। आप जब कहिए, उठा दूँ।

कारिन्दा—हाँ हाँ, उठानी ही पड़ेगी। गंगाचरण महाराज रुपये दे नहीं सकेंगे।

जानकी काका बोले—उनके पास कुछ है नहीं। पारसाल उन्होंने बिटिया का ब्याह किया तभी से उनका फेर बिगड़ गया।

कारिन्दा—वह खुद तो जोतते-बोते नहीं?

जानकी—नहीं शिकमी उठाये हुए हैं। जोते-बोवें कैसे! मजूरों से जुतावे-बुवावें तो उन्हें मजूरी देने को नहीं। आप ब्राह्मण आदमी ठहरे—अपने हाथ से जोत-बो नहीं सकते। चार पाँच बीघे ज़मीन रख छोड़ी है सो वह अधबँटाई पर दे देते हैं बाकी लगान पर दिये हुए हैं।

कारिन्दा—किस हिसाब से दिये हुए हैं?

जानकी—पाँच रुपये बीघे पर।

कारिन्दा—यह कहो! तब फिर हम भी पाँच रुपये बीघे पर उसे उठा सकते हैं।

पटवारी—बड़ी आसानी से।

कारिन्दा—अच्छी बात है। तब तो महाराज को अवश्य बेदख़ल करना पड़ेगा।

थोड़ी देर में लल्लु पासी महाराज गंगाचरण को साथ लिए हुए आया। महाराज गंगाचरण प्रौढ़ अवस्था के आदमी थे। बहुत सरल स्वभाव तथा सज्जन थे। उनके पास 32 बीघा मौरूसी भूमि थी। पहले तो वह उसका अधिकांश मज़दूरों से जुतवा-बुवा लेते थे। परन्तु एक वर्ष हुआ उन्हें अपनी कन्या का विवाह करना पड़ा; उनकी पूँजी विवाह में व्यय हो गई। मज़दूरों को देने के लिए तथा बीज इत्यादि ख़रीदने के लिये उनके पास रुपया नहीं रहा। लोगों ने ऋण लेने की सलाह दी, पर गंगाचरण महाराज ऋण लेना एक पाप समझते थे। इस कारण उन्होंने अपनी 28 बीघा भूमि तो लगान पर

उठा दी। उससे उन्हें छप्पन रुपये वार्षिक की आय हो जाती थी। चार बीघे भूमि एक कृषक को अधबँटाई में दिए हुए थे। उससे उन्हें अपनी एक भैंस तथ एक गाय के लिए चारा मिल जाता था और थोड़ा अनाज भी मिल जाता था। कुछ, गाँव में कथा-वथा कह कर तथा दानपुण्य से मिल जाता था। इस प्रकार वह बड़े कष्ट से किसी तरह अपना जीवन निर्वाह कर रहे थे। उनके परिवार में इस समय एक आठ वर्ष की कन्या; एक दस वर्ष का पुत्र; उनकी पत्नी तथा वृद्धा माता थी।

इस समय गंगाचरण महाराज गाढ़े की एक फटी मिर्जई पहने हुए थे। वह चुपचाप आकर कारिन्दे साहब के सम्मुख बैठ गये।

कारिन्दा साहब ने कहा—गंगाचरण महाराज! आप के ऊपर साल भर का लगान चढ़ गया है। कहिए, अब आप क्या कहते हैं?

गंगाचरण महाराज बोले—आप मालिक; हम आपसे कह ही क्या सकते हैं?

कारिन्दा—कहना-सुनना यही है कि रुपये लाओ!

गंगाचरण—रुपये तो इस समय सरकार, हमारे पास हैं नहीं।

कारिन्दा—आप तो ज़मीन उठाये हुए हैं?

गंगाचरण—हाँ, 28 बीघा ज़मीन पारसाल उठा दी थी।

कारिन्दा—उसका लगान तो मिला होगा? वह कहाँ गया?

गंगाचरण—जिसे उठाई थी उससे साल भर का लगान पेशगी ले लिया था। वह, और घर में जो कुछ था वह सब मिलाकर लड़की के ब्याह में लगा दिया।

कारिन्दा—तो यह कहिये, आप सब पेशगी ही चाटे बैठे हैं।

गंगाचरण—कुछ पेट में तो धर नहीं लिया, लड़की के काम में लगा दिया।

कारिन्दा—बड़ा अच्छा किया, परन्तु अब क्या होगा? मैं अभी तक तो किसी न किसी तरह टालता आया, पर अब मेरे बस की बात नहीं। अब आप सब रुपया चुकता कीजिए, नहीं तो बेदख़ल हो जायेंगे।

गंगाचरण—अरे सरकार बेदख़ली न करना, नहीं तो बाल-बच्चे भूखों मर जायेंगे। उसी ज़मीन से हमारी जीविका है।

कारिन्दा—आखिर बेदख़ली न करायेंगे तो करेंगे क्या? अपना रुपया किसी तरह वसूल ही करेंगे।

गंगाचरण—आपका रुपया गले बराबर है। सो उसके लिए हम उपाय कर रहे हैं।

कारिन्दा—क्या उपाय कर रहे हो?

गंगाचरण—उपाय यही कि जोड़-बटोर कर देंगे। खाली आपका साल भर का लगान है, अब आपका लगान नहीं रुकेगा। साल भर के छियानबे रुपये हम थोड़ा-थोड़ा करके दे देंगे।

कारिन्दा—और उनका ब्याज नहीं दोगे?

गंगाचरण—अब ब्याज-ब्याज न लगाओ। ब्याज देने का बूता हम में नहीं है।

समझ लेना कि लड़की के ब्याह में इतना सहारा आपने भी कर दिया।

कारिन्दा—लीजिये और सुनिए!

गंगाचरण—सुनें क्या? मालिक हो, इतनी सहायता करो।

कारिन्दा—मैं मालिक काहे को हूँ भाई! मालिक तो कोई दूसरा ही है।

गंगाचरण—हम तो आप को ही जानते हैं। यहाँ अधिकार आपका ही है। क्यों, भाई जानकी, कहते क्यों नहीं?

जानकी—ठीक; इसमें झूठ क्या है?

कारिन्दा—मुझको जितना अधिकार है, उतना मैं कर सकता हूँ। मुझको यह अधिकार था कि साल-छः महीने टाल ले जाऊं, सो मैंने किया। अब मेरे किये कुछ हो नहीं सकता। आपको रुपये देने पड़ेंगे और ब्याज भी ज़रूर ही देना पड़ेगा।

गंगाचरण—अरे सरकार! ब्याज का ठिकाना यहाँ कहाँ?

कारिन्दा—नही है तो जाने दो। हमें क्या? बेदख़ल हो जाइएगा।

गंगाचरण—ऐसी ख़फ़गी

कारिन्दा—आप तो ग़ज़ब करते हैं महाराज! मैं कौन हूँ जो मेरी ख़फ़गी और खुशी हो? जिनकी आप रियाया हैं, मैं उसका नौकर हूँ। जो आपका मालिक है वही मेरा भी है। मैं उनका नमक खाता हूँ, इसलिये जिसमें उनका फ़ायदा होगा वही करूँगा।

गंगाचरण—तो मालिक को समझा दीजिएगा।

कारिन्दा—मैं समझा तो सब कुछ दूँगा, पर वह मानेंगे तब न।

गंगाचरण—आप कहेगे तो मानेंगे क्यों नहीं?

कारिन्दा—क्यों मानेंगे? क्या वह मेरे नौकर हैं? मालिक मालिक ही है।

गंगाचरण—ख़ैर, आप कहियेगा तो; न मानेंगे तो देखा जायेगा। जब तक आप हैं, मेरा कुछ बिगड़ नहीं सकता। अच्छा तो अब ज़रा हुकुम दीजिये—आज ज़रा बाजार जाना है। रुपया हम कौड़ी-कौड़ी दे देंगे, इससे निश्चिन्त रहना। खाली आपकी दया बनी रहे।

कारिन्दा—दया ईश्वर की चाहिए, हम काहे में हैं।

गंगाचरण—हाँ, ईश्वर तो मुख्य है।

गंगाचरण महाराज विदा हो गए। उनके जाने के पश्चात् कारिन्दा उपस्थित लोगों से बोला—महाराज बेदख़ल हो जायेंगे, बचेंगे नहीं।

एक कृषक—कहते थे, उपाय कर रहे हैं। उपाय क्या करेंगे? कौन इनके यहाँ छप्पर फटेगा। खेती भी तो नहीं करते, जो यही समझ में आता कि फ़सल बन गई तो चुकता कर देंगे। इन्हें क्या? इन्हें तो बँधे टके मिलेंगे। सो जितना मिलता है वह खाने भर को ही नहीं होता।

एक व्यक्ति बोल उठा—खेती क्यों नहीं करते? चार बीघा बँटाई पर जो दिए हुए हैं।

कृषक—हाँ, चार बीघा में सोने की खान निकल आवे तो चाहे भले ही रुपये

अदा हो जायँ—ख़ाली अनाज से तो हो चुके। चार बीघे की तो बिसात ही क्या?

इसके बाद अन्य सब लोग उठकर चले गये, केवल क़ारिन्दा, पटवारी तथा एक वह कृषक जो गंगाचरण का विरोधी था, रह गए। उस कृषक ने कहा—मालिक, आप जो हमें महाराज वाली ज़मीन दिला दें तो बड़ी दया हो जाय।

कारिन्दा—लगान क्या दोगे?

कृषक—चार रुपये बीघा।

कारिन्दा—अच्छे रहे! पाँच रुपये देने वाले तो न जाने कितने हैं; तुम चार लिये फिरते हो!

कृषक—चार रुपये में दिला दो तो कुछ आपका फ़ायदा भी हो जायेगा।

कारिन्दा—बोलो, क्या दोगे?

कृषक—पचास रुपये।

कारिन्दा—कम हैं।

कृषक—कम नहीं हैं, सरकार।

पटवारी बोल उठा—ऐसी जमीन गाँव भर में नहीं है, यह भी जानते हो? ज़रा उलट-पलट दिया जाय तो यही ज़मीन छह-सात रुपये में उठ सकती है।

कृषक—अच्छा तो दस रुपये और ले लेना।

कारिन्दा—पूरा सैकड़ा देओ तब तो हम कुछ ज़ोर लगावे, नहीं हमारा क्या बिगड़ता है। एक ग़रीब ब्राह्मण की रोटी क्यों छीनें?

कृषक—सौ तो हमारे किये नहीं हो सकता।

कारिन्दा—नहीं हो सकता तो जाने दो।

पटवारी ने कहा—पहले आप बेदख़ल तो कराइये! यह तो नाच कूदकर सैकड़ा देंगे। यह न देंगे तो इनके कितने ही भाई मुँह फैलाये बैठे हैं वे सौ छोड़ सवा सौ देंगे।

दो मास व्यतीत हो गये।

गंगाचरण महाराज अपने उन खेतों में, जिन्हें वह बँटाई पर दिये हुए थे, घूम रहे थे। वह एक व्यक्ति से कह रहे थे कि अब की तो खेती का उठान अच्छा है।

वह व्यक्ति बोला—उठान अच्छा होने से क्या होता है, उठान तो सदा ही अच्छा होता है। जाड़े-पाले से बचकर घर में आवे तो जानें।

गंगाचरण—पानी तो अच्छा हो रहा है।

वह व्यक्ति—हाँ, अभी तक तो सब अच्छा हो रहा है। ऐसा ही रहे तब तो कुछ आशा हो जायेगी।

गंगाचरण—यह खेत बहुत अच्छा लगा है।

वह व्यक्ति—पाँस नहीं दी गई है! इस बार जितनी पाँस थी सब इन्हीं खेतों में डाली है।

गंगाचरण—पारसाल से हम भी फिर खेती करायेंगे।

वह व्यक्ति—बैल-वैल तो सब बेच डाले, खेती कहाँ से कराओगे।

गंगाचरण—बैलों ही की तो चिन्ता है; बैल मिल जायँ तो फिर काम चल निकले। क्या करें भइया, बिटिया के ब्याह में हम उजड़ गये। इसके पहले पिता मरे, उनके मरने में बहुत रुपया लगा। उसके बाद ही बिटिया का ब्याह करना पड़ा।

वह व्यक्ति—जब से आपके यहाँ चोरी हुई तब से आपका काम बिगड़ता ही चला गया।

गंगाचरण—ठीक कहते हो। तब से छूत ऐसी लग गई है।

उसी समय एक व्यक्ति ने पुकारा—गंगाचरण महाराज, हो!

गंगाचरण—क्या है?

"वह चपरासी तुम्हें पूछता है।"

गंगाचरण—क्यों?

"सम्मन है।"

सम्मन का नाम सुनकर गंगाचरण का कलेजा धड़कने लगा। शीघ्रतापूर्वक चपरासी के पास पहुँचे। चपरासी ने सम्मन दिखाया, सम्मन देखकर गंगाचरण महाराज को ज्ञात हुआ कि ज़मींदार ने बेदख़ली की नालिश कर दी है। उन्होंने चुपचाप हस्ताक्षर करके सम्मन ले लिया।

चपरासी के चले जाने के पश्चात् उसी कृषक ने, जिससे वह बातें कर रहे थे, पूछा—काहे का सम्मन है?

गंगाचरण—ज़मींदार ने बेदख़ली की है।

कृषक—अच्छा!

गंगाचरण—क्या कहें, इतना कहा-सुना फिर भी नालिश कर ही दी।

कृषक—वह कारिन्दा बड़ा हरामज़ादा है। है तो जाति का ठाकुर, पर पूरा चमार है।

एक दूसरा व्यक्ति जो खेत में काम कर रहा था, बोल उठा—कारिन्दा क्या करे, गाँव वाले भी तो उतराचढ़ी लगाये हुए हैं। हमने सुना है कि गाँव के कई आदमी महाराज के खेत लेने की ताक में हैं। उन्होंने ज़ोर लगाया होगा, तभी बेदख़ली कराई गई।

गंगाचरण—हाँ भई, संसार में सभी तरह के मनुष्य हैं।

कृषक—हमारी समझ में आप सीधे मालिक के पास जाओ, वह जरूर कुछ रियायत करेंगे।

गंगाचरण—हाँ, ऐसा ही करना पड़ेगा।

कृषक—कौन तारीख पड़ी है?

गंगाचरण—चौबीस तारीख पड़ी है। आज कौन-सी तारीख है—पन्द्रह है, नौ रोज़

और हैं।

कृषक—तो अभी समय है, आप मालिक के पास जाओ।

गंगाचरण—आज ही जाते हैं।

गंगाचरण महाराज ज़मींदार से बोले—मालिक, हम बड़े ग़रीब ब्राह्मण हैं। आपके गाँव में पड़े हरि-भजन कहते हैं। आप की जो बत्तीस बीघा ज़मीन है वही हमारी जीविका है। यदि आप बेदख़ल कर देंगे तो हम दाने-दाने को मुहताज जो जायेंगे।

ज़मींदार साहब ने कारिन्दे की ओर देखा। कारिन्दा बोल उठा—साल भर का लगान और उसका ब्याज इनके ऊपर है। ज़मीन यह पाँच रुपये बीघे पर शिकमी उठाये हुए हैं।

ज़मींदार—यह क्या देते हैं?

कारिन्दा—तीन रुपये बीघा।

ज़मींदार—बडा फर्क़ है।

कारिन्दा—जी हाँ, उधर तो दो रुपये बीघे का मुनाफ़ा खायें, इधर हमारा लगान न दें। सो यह तो होशियार ठहरे और हम बेवकूफ!

गंगाचरण—अरे साहब, लगान पर तो हमने अभी सालभर से उठाये हैं; इसके पहले तो हम खुद ही खेती कराते थे। पर इधर हमारा काम बिगड़ गया। पहले चोरी हो गई; उसमें जो कुछ जोड़ी हुई पूँजी थी, निकल गई। फिर पिता का देहान्त हुआ। इसके बाद लड़की का ब्याह करना पड़ा। इन सब कारणों से हमारा खेल बिगड़ गया। अब इस समय हमारी स्त्री के शरीर पर एक गहना तक नहीं है। इसी से लगान पिछड़ गया, नहीं तो हम सबसे पहले लगान जमा करते थे।

ज़मींदार—खैर, आप हमारा लगान और ब्याज जमा कर दीजिए। हम आपकी बेदख़ली न करावेंगे।

गंगाचरण—धर्मावतार, लगान होता तो हम पहले ही न जमा कर देते। यह नौबत ही क्यों आती। लगान ही तो नहीं है।

ज़मींदार—नहीं है, तो हम विवश हैं।

गंगाचरण—नहीं सरकार, ऐसा न करो। आप लोग सैकड़ों रुपये ग़रीबों को दे डालते हो, शौक में खर्च कर देते हो। जानो, यह सौ रुपये भी दान कर दिये। हम यह नहीं कहते कि हम देंगे नहीं। देंगे जरूर; पर थोड़ा-थोड़ा करके दे देंगे। एकदम से हमारे किए नहीं होगा। इतनी ही रियायत चाहते हैं।

ज़मींदार—महाराज, बिना रुपये जमा कराये हम कुछ नहीं कर सकते।

गंगाचरण—मालिक बेमौत मर जाऊँगा।

जमींदार—तो इसका हम क्या करें?

गंगाचरण—आप सब कुछ कर सकते हैं। भगवान् ने आपको समर्थ बनाया है। एक ब्राह्मण का सर्वनाश करने से आपका कोई बड़ा भारी लाभ न होगा।

ज़मींदार—ज़मींदारी में इन बातों पर ध्यान नहीं दिया जाता। ऐसा सोचें तो फिर ज़मींदारी कर चुके।

कारिन्दा—जितनी अपनी समाई होती है उतना ही प्रतिपाल किया जाता है। अपना घर लुटाकर कोई प्रतिपाल नहीं करता।

गंगाचरण महाराज क्रुद्ध होकर बोले—आप क्यों बीच में टाँग अड़ाते हैं? हम मालिक से कहते हैं, बोलते आप हैं!

कारिन्दा—अच्छी बात है, न बोलूँगा।

गंगाचरण—यह सब आग आप ही की लगाई हुई है। ठाकुर साहब! हमारे मालिक ऐसे नहीं हैं जो इतने निर्दयी हो जायें। आपने न जाने क्या उल्टा-सीधा समझा दिया है।

ज़मींदार—यह आपकी भूल है, महाराज! यह बेचारे क्या समझावेंगे। मैं क्या अपना बनता-बिगड़ता नहीं समझता हूँ?

गंगाचरण—सौ-सवासी रुपल्ली में आपका कुछ नहीं बिगड़ता, सरकार!

ज़मींदार—हाँ, परन्तु चलन तो बिगड़ता है। और लोग जब यह देखेंगे कि गंगाचरण महारजा साफ़ बच गये तो वे भी इसी तरह लगान न देंगे।

गंगाचरण महाराज ने बहुत प्रार्थना की, पर जमींदार साहब न पसीजे वरन् उठकर चले गये।

गंगाचरण महाराज लौट आये। रास्ते भर उन्हें अपने भविष्य की चिन्ता रही। ज़मीन निकल जायेगी तो क्या होगा? बाल-बच्चे भूखों मर जाएँगे। ज़मीदार इतने बड़े आदमी हैं—इनके लिये सौ-दो सौ कौन बड़ी बात थी; हमारे जीवन-मरण का प्रश्न है। हमारे पास इतनी प्रभुता हो तो हम सौ-दो सौ क्या हजार-दो हजार छोड़ देते। हाँ! इस कलिकाल में दया-धर्म बिल्कुल उठ गया।

इसी प्रकार की बातें सोचते हुए महाराज गाँव लौटे। उस दिन महाराज ने भोजन नहीं किया। रात-भर पड़े आकाश-पाताल सोचते रहे। प्रातःकाल होते ही उन्होंने निश्चय किया कि हो न हो किसी से ऋण ले लें। इसके लिये उन्होंने उस दिन बड़ा प्रयास किया; पर उन्हें किसी ने ऋण भी न दिया। लोगों ने सोचा—"इनसे ले क्या लें, इनके पास है क्या!" जिन्हें महाराज से सहानुभूति थी वे इस योग्य न थे कि इतने रुपये दे सकते। इससे गंगाचरण को घोर कष्ट हुआ। उन्होंने सोचा—जो काम कभी नही किया,—वह काम तक करने को प्रस्तुत हुए; पर वह भी न हुआ! विपद्काल में कोई साथ नहीं देता।

अन्त में वह उस व्यक्ति के पास पहुँचे, जो उनकी भूमि शिकमी लिये हुए था। गंगाचरण ने उससे कहा—लछमन, ज़मीन तो अब जाती है। ज़मींदार बिना अपने रुपये लिये मानेंगे नहीं।

लछमन—यह तो बड़ा ग़ज़ब है, पण्डित महाराज! बाप-दादा की ज़मीन छिनी जाती है।

गंगाचरण—नेत्रों को अश्रुपूरित करके बोले—क्या बतावें भइया, कुछ समझ में नहीं आता। हमारी रोटी तो आजकल इसी ज़मीन से है। इसके चले जाने पर फिर क्या होगा?

लछमन को महाराज के अश्रुपूर्ण नेत्र देखकर बड़ा दुःख हुआ। उसने कहा—क्या कहें, जब इतने बड़े ज़मींदार को समाई न हुई तो और किसे कहा जाय!

गंगाचरण—आजकल के ज़मींदार तो चमार हैं। विष्ठा में पड़ा हुआ पैसा उठा लें।

लछमन—वह ठकुरवा सब कर रहा है। हमने सुना है कि एक आदमी से उसके सौ रुपये पटवारी की मार्फत ठहर गये हैं। आपकी ज़मीन उसी आदमी को दी जायेगी।

गंगाचरण महाराज व्यथित होकर बोले—तो फिर क्या उपाय करें? घर में कोई ऐसी वस्तु नहीं है, जिसे बेचकर रुपये जमा हो सकें। जनम-भर किसी से उधार नहीं माँगा, सो आज दिन-भर यह भी करके देखा। कोई उधार देने को तैयार नहीं सबने बहाना कर दिया।

लछमन—बिगड़े समय का साथी कोई नहीं होता, महाराज हमें आसों (इस वर्ष) बिटिया का ब्याह करना है—नहीं तो हमीं कुछ करते।

गंगाचरण—कुछ कर सको तो करो, तुम्हारा भी इस भूमि से लाभ है।

लछमन—लाभ की तो हमें महाराज इतनी चिन्ता नहीं है। हमारे पास ज़मीन की कमी नहीं है। जितना हमसे हो सकता है उतनी ज़मीन हमारे पास है। आपकी जीविका इसी से है, यही सोचकर कहते थे कि कुछ हो जाता तो अच्छा ही था।

गंगाचरण—तुम चाहो तो हो सकता है।

लछमन—बड़ा कठिन है, महाराज! इस समय हमारे पास रुपया नहीं है। जब था तब आपसे इन्कार नहीं किया। बिटिया के ब्याह में आपने साल भर कर लगान पेशगी माँगा, हमने तुरन्त दे दिया।

गंगाचरण—हाँ, सो तो तुमने दिया था। ऐसे ही अब भी कुछ कर दो तो बड़ा उपकार हो।

लछमन—झूठ बात कहो कह दें; पर इस समय हमारे किये कुछ नहीं हो सकता।

अब गंगाचरण महाराज बिल्कुल हताश हो गये। 24 तारीख में अब केवल दो दिन शेष रह गये थे। महाराज का खाना-पीना छूट गया। दिन-रात पड़े-पड़े यही सोचा करते थे कि अब क्या होगा? भूमि चले जाने पर बाल-बच्चों का पालन-पोषण कहाँ से होगा? छः सात दिन की चिन्ता में ही बेचारे आधे रह गये।

23 तारीख की शाम को लछमन की स्त्री ने उससे आकर कहा—आज महाराज के घर में रोना-पीटना पड़ा है। कल तारीख है।

लछमन—हाँ, कल 24 तारीख है। कल उनका मुकदमा होगा।

स्त्री—महाराज अलग पड़े रो रहे है। मेहरी अलग रो रही है। चूल्हा नहीं जला।

लछमन—क्या बतावें, ऐसे भले आदमी को भगवान् ने ऐसा दुःख दे दिया। कुछ समझ में नहीं आता। हमें तो उन पर बड़ी दया आती है।

स्त्री—तो अपना कुछ बस है?

लछमन—रुपये तो हमारे पास डेढ़-सौ के लगभग धरे हैं; पर बिटिया का ब्याह करना है।

स्त्री—हाँ, बिटिया का ब्याह थोड़े ही रुक सकता है।

लछमन—सोई तो कहा।

स्त्री—जाओ जरा देख आओ, समझा-बुझा आओ।

लछमन गंगाचरण महाराज के घर पहुँचा। देखा, घर में दीपक नहीं जला।

लछमन ने पुकारा—पण्डित महाराज!

गंगाचरण महाराज चौपाल में पड़े थे। उन्होंने कहा—कौन है, लछमन? आओ भय्या।

लछमन उनके निकट पहुँचा और बोला—कैसे पड़े हो? आज दिया नहीं जला?

गंगाचरण—दिया कौन जलावे भय्या, सब पड़े रो रहे हैं।

लछमन ने कहा—रोने-धोने से होगा क्या?

गंगाचरण—यह हम समझते हैं भय्या! पर चित्त मानता है? बाप-दादों की वस्तु हाथ से चली जा रही है। जीविका का द्वार बन्द हुआ जा रहा है। ऐसी दशा में चित्त शान्त कैसे रह सकता है? कलेजा नुचा आता है लछमन! हाय! हम क्या करेंगे? हमारे छोटे-छोटे बच्चे क्या खाकर जियेंगे! भगवान्, तुम कहाँ हो, हमने तुम्हारा कौन अपराध किया, जो ऐसा कठोर दण्ड दे रहे हो?

यह कहकर महाराज चीत्कार करके रोने लगे।

लछमन का गला भी भर आया। वह चुपचाप महारजा का करुण-क्रन्दन सुनता रहा। अन्त में, उससे जब न देखा गया तब वह चुपचाप वहाँ से चला आया।

घर आकर उसने अपनी स्त्री से कहा—महाराज का हाल तो बड़ा खराब है। और बात भी ऐसी ही है। छोटे बच्चे, माँ, स्त्री, पाँच-छः खाने वाले, कैसे गुज़ारा होगा?" अभी बेचारे जौ-बाजरा खाकर, फटा-पुराना पहनकर, बसर कर रहे हैं, फिर क्या होगा?

स्त्री-भगवान् ऐसा दुःख वैरी पर भी न डाले!

लछमन—हमारा गाँव दो कौड़ी का है। ऐसे दस-पाँच आदमी मौजूद हैं, जो सौ-दो-सौ रुपये दे सकते हैं, पर कोई नहीं फटकता। जब महाराज का समय अच्छा था तब वह सबकी सहायता करते थे। उन पर समय पड़ा तो सब अलग हो गये। हमारा तो मन ऐसा होता है कि तुम बिटिया का ब्याह इस साल टाल दो। महाराज को रुपये दे दो।

स्त्री—अरे नहीं, बिरादरी में बड़ी बदनामी होगी। सब पक्का पोढ़ा हो चुका है।

लछमन—बदनामी हो तो हुआ करे; महाराज का तो संकट कट जायेगा। बिटिया का ब्याह तो फिर भी हो जाएगा; पर महाराज की ज़मीन जो चली गई तो फिर नहीं

मिलेगी।

स्त्री—ब्याह तो नहीं टल सकता, बदनामी होगी।

लछमन—टल क्यों नहीं सकता, कोई जबरदस्ती है? हम इस साल नहीं करते, पारसाल करेंगे। बदनामी क्यों होगी, किसी ससुरे की चोरी करते हैं क्या? हमारी इच्छा है, इस साल ब्याह नहीं करते।

स्त्री—समझ लो।

लछमन—समझ लिया है। लाओ रुपये निकालो।

'गंगाचरण महाराज ने रुपये जमा कर दिये। उनकी भूमि बच गई। गाँव में कोई नहीं जानता कि कहाँ से रुपये मिले। कोई कहता था—महाराज बड़े बने हुए हैं, रुपये धरे बैठे रहे और फैल मचाते रहे; जब कोई उपाय न देखा तब रुपये निकाले।

इधर लछमन की कन्या का ब्याह रुक गया। इसका परिणाम यह हुआ कि जहाँ उनकी कन्या का सम्बन्ध हुआ था वहाँ से सम्बन्ध टूट गया। उन्होंने कहा—"या तो इसी वर्ष ब्याह करो, नहीं हम दूसरी जगह कर लेंगे।" लछमन बेचारे को इसके कारण अनेक बातें सुननी पड़ी, अनेक व्यंग्य-वचनों के तीखे बाणों का प्रहार सहना पड़ा। पर उसे सन्तोष था कि यह सब उसे एक शुभ कार्य के बदले में सहन करना पड़ रहा है।

पाँच महीने बाद जब ख़रीफ़ की फसल तैयार हो गई, तो एक दिन लछमन ने गंगाचरण से आकर कहा—पण्डित महाराज,आपका कर्ज़ा भगवान ने अदा कर दिया।

गंगाचरण महाराज लछमन का तात्पर्य न समझ कर बोले—समझा नहीं।

लछमन—अबकी आपके खेतों में अनाज फट पड़ा। अठमनी बीघा हुआ है। इतना अनाज आज तक गाँव के किसी खेत में नहीं हुआ।

गंगाचरण—भई, तुमने मेरी सहायता की थी, भगवान् ने तुम्हारी सहायता की।

लछमन—आपके रुपये अदा हो गये, अब आप उनकी चिन्ता न करना।

गंगाचरण—भई, वह रुपये तो उधार लिये थे, देने ही पड़ेंगे।

लछमन-अब मैं रुपये-उपये कुछ नहीं लूँगा। आपका कर्ज़ा भगवान् ने अदा कर दिया।

इतना कहकर लछमन चला गया। गंगाचरण महाराज के नेत्रों में आँसू छलछला आये। उन्होंने कहा, गरीब के हृदय में भगवान् बसते हैं। इन धनियों से ये कितने अच्छे हैं!

ईश्वरीय दण्ड

मेरे एक परिचित के पिता का अस्पताल में ऑपरेशन हुआ था। मैं तीसरे-चौथे दिन उनको देखने जाया करता था। जिस स्थान पर विजय बहादुर के पिता का 'बेड' था उसके निकट ही एक 'बेड' पर एक व्यक्ति पड़ा हुआ था। इसकी उम्र 50 के लगभग थी, शरीर दुबला-पतला, वर्ण साँवला, नखशिख साधारण। मैंने उसे एक साधारण रोगी समझा था, परन्तु विजय बहादुर ने बताया कि 'यह बड़ा विचित्र रोगी है।'

मैंने पूछा—"इसमें क्या विचित्रता है?"

"इसे कोई रोग नहीं है।"

"मज़ाक करते हो क्या—रोग नहीं है तो यहाँ क्यों पड़ा है।"

"इसे कोई शारीरिक रोग नहीं है।"

"तो मानसिक रोग होगा।"

"हाँ ऐसा ही जान पड़ता है।"

"तब तो रोग है, मानसिक रोग भी तो रोग है।"

"यह समझता है कि इसे तमाम दुनिया भर के रोग हैं। कभी इतनी जोर से चिल्लाता है कि देखने-सुनने वाले समझें कि इसे कोई घोर पीड़ा हो रही है।"

"पीड़ा होती होगी।"

"बिल्कुल नहीं। यदि होती है तो कल्पना में—प्रत्यक्ष कुछ नहीं।"

"इसका पता कैसे लगा?"

"इसकी हरकतों से। चिल्लाते-चिल्लाते एकदम से शान्त हो जायेगा और हँसने लगेगा या गाने लगेगा अथवा बात करने लगेगा।"

"पागल तो नहीं है।"

"पागल होता तो पागलखाने भेजा जाता, यहाँ क्यों रक्खा जाता! बातों से भी पागल नहीं मालूम होता। बड़ी बुद्धिमानी की बातें करता है।"

हम दोनों ये बातें कर ही रहे थे कि उक्त व्यक्ति चिल्लाने लगा—"अरे दइया! अरे बाप रे! अरे मरा, हाय रे!" इस प्रकार वह इतने जोर से चिल्लाने लगा कि दो तीन नर्सें दौड़ीं। उन्होंने आकर उसे सँभाला। किसी ने उसका सिर सँभाला, किसी ने

छाती सहलाना आरम्भ किया। एक नर्स कहने लगी—“क्यों चिल्लाते हो, कोई तकलीफ़ नही है। घबराओ नहीं। तुम तो बिल्कुल अच्छे हो।”

सहसा वह व्यक्ति मुस्कराने लगा और बोला—“हाँ तकलीफ़ तो कोई नहीं है। बस रहने दो मैं ठीक हूँ।”

नर्सें उसे शान्त करके चली गईं।

मैंने कहा—“विचित्र रोग है इसे।”

विजय बहादुर बोला—“कभी कहेगा, मेरे शरीर में फोड़े हो गये हैं इन्हें अच्छा करो नहीं मैं मर जाऊँगा। कभी कोई बीमारी बता देगा कभी कोई। कोई शारीरिक रोग न होते हुए भी इसे इतना कष्ट होता है कि शायद ही किसी रोगी को होता हो।”

उसका वृत्तान्त सुनकर मुझे उससे वार्तालाप करने को उत्सुकता उत्पन्न हुई। मैंने उससे पूछा—“क्या मैं इससे बात कर सकता हूँ?”

“बिना आज्ञा के कोई भी इससे बात नहीं कर सकता।”

“किसकी आज्ञा—इसके सम्बन्धियों की!”

“सम्बन्धी! इसके कोई नहीं है, बिल्कुल अकेला है।”

“यह कैसे मालूम हुआ।”

“न इसका कोई सम्बन्धी कभी आया, न कोई इसकी खोज-खबर लेता है। इसके पास रुपया बहुत है। चेक-बुक सिरहाने रखे रहता है। कीमती दवाओं का तो अस्पताल में ठिकाना नहीं। अतएव ऐसी दवाओं के लिए तुरन्त चेक काट देता है। नर्सों और डॉक्टरों को भी खूब खिलाता-पिलाता है। एक दिन अस्पताल के ‘स्टाफ’ भर को चाय पार्टी दी थी—दो सौ रुपये खर्च कर दिये। फल मँगाता है तो इतने कि इस ‘रूम’ के सब रोगियों को, नर्सों को, डॉक्टरों को खूब बाँटता है। अब इसके फल आते ही हों।”

“भई मैं इसेस अवश्य बात करूँगा—किसकी आज्ञा लेनी पड़ेगी!”

“ऐसिस्टेंट सर्जन की। मि. भारद्वाज हैं उनसे आज्ञा ले लो।”

“अभी जाता हूँ।”

“वह यहीं आते होंगे—उनके ‘राउण्ड’ का समय हो गया है।”

कुछ क्षण बीतने पर एक यूरोपियन नर्स कमरे में प्रविष्ट हुई। यह ‘हेड नर्स’ थी। मुझे देखकर वह बोली—‘सर्जन साहब आते हैं। तुम बाहर जाओ। विजय बहादुर ने कहा—“यह मेरे भाई हैं, यह यहीं रहेंगे।”

कुछ देर पश्चात् ही सर्जन भारद्वाज कमरे में प्रविष्ट हुए। उनके साथ दो डॉक्टर तथा कुछ नर्सें थीं। प्रत्येक ‘बेड’ के पास जाकर वह रोगी को देखते और नर्सों से दो-एक प्रश्न करके आगे बढ़ जाते। जब उस विचित्र रोगी के पास पहुँचे तो वह उठ कर बैठ गया। उसके उठकर बैठने के ढंग से यह स्पष्ट प्रतीत होता था कि उसे कोई रोग नहीं है। डॉक्टर भारद्वाज ने उससे मुस्करा-कर पूछा, “क्या हाल है?”

"बहुत अच्छा! डॉक्टर साहब मैं आप सब लोगों को एक 'डिनर' देना चाहता हूँ। उसका प्रबन्ध करवा दीजिए। किसी बढ़िया होटल को आर्डर दीजिए।"

डॉक्टर भारद्वाज हँस कर बोले—"अभी नहीं! आप अच्छे होकर यहाँ से जायँ तब।"

"तब तो बहुत बढ़िया होगा—तब तक एक छोटा-मोटा हो जाय।"

"अच्छा! अच्छा! जल्दी क्या है।"

इसी समय उसके फलों का टोकरा आ गया। कम से कम दस-बारह रुपये के फल थे—सेब, सन्तरे, केले इत्यादि जितने मौसमी फल थे सब मौजूद थे। वह व्यक्ति 'डिनर' की बात छोड़कर फल देखने लगा। डॉ. भारद्वाज से बोला—"लीजिए, डॉक्टर साहब फल खाइये।"

डॉक्टर साहब बोले, "इस समय मैं ड्यूटी पर हूँ।"

यह कह कर वह आगे बढ़ गये। वह व्यक्ति बोला—"अच्छा आपके ऑफिस में भेजवा दूँगा।"

डॉक्टर साहब जब उस कमरे से जाने लगे तो मैं लपक कर उनके पास पहुँचा और बोला—"क्षमा कीजिएगा, मैं एक मिनट के लिए आप से कुछ बात करना चाहता हूँ।"

डॉक्टर साहब ठिठक गये और बोले—"कहिये!"

"क्या मैं इस मरीज से थोड़ी देर बात कर सकता हूँ?"

डॉक्टर साहब ने पूछा—"आप कौन हैं!"

मैने अपना परिचय दिया। परिचय सुनकर डॉक्टर साहब मुस्कराते हुए बोले—"ओह! अच्छा आप मेरे ऑफिस में चल कर बैठिये, मैं अभी राउण्ड लगा कर आता हूँ।" यह कहकर उन्होंने एक नर्स से कहा—"आपको हमारे ऑफिस में पहुँचा दो।"

मैं नर्स के साथ चला। नर्स एक हिन्दुस्तानी ईसाई युवती थी। वह बोली—"आप उससे क्या बात करेंगे, उसे कुछ बीमारी नहीं हैं।"

"इसीलिए तो बात करना चाहता हूँ।"

"अच्छा! लेकिन वह न बात करे तब!" नर्स ने किञ्चित मुस्कराकर कहा।

"क्या बात नहीं भी करता!"

"मनमौजी आदमी है। कहिये घण्टों बात करता रहे और चुप्पी साध ले तो घण्टों किसी से बोले नहीं।"

"जब इसे कोई रोग नहीं है तो इसे अस्पताल में रहने क्यों दिया जा रहा है?"

"एक तो इसे रोग है, यदि उसे रोग कहा जाय, तो वह अभी अच्छा नहीं हुआ। दूसरे सब काम अपने पैसे से करता है। खाता-पीता अपना है, दवाएँ सब स्वयं ही मँगाता है। अस्पताल में पड़ा है, बस केवल इतनी बात है।"

"आप लोगों को देख-भाल तो करनी ही पड़ती है।"

"उसका भी हमको बदला मिल जाता है। हम तो चाहते हैं कि यह यहाँ से

कभी न जाय।''

''अच्छा यह बात है।'' मैंने हँसकर कहा।

ये बातें करते हुए मैं आफिस पहुँच गया। नर्स मुझे वहाँ बिठा कर चली गई।

लगभग बीस मिनिट मैं अकेला बैठा रहा। बीस मिनिट पश्चात् डॉक्टर साहब कमरे में आये। मुझसे मुस्कराकर बोले—''आपको बड़ी देर प्रतीक्षा करनी पड़ी।''

''कोई बात नहीं।''

डॉक्टर साहब अपनी कुर्सी पर बैठ कर बोले—''मैं आपको जानता हूँ। आपके लेख कभी पढ़ने को मिलते रहते हैं। हाँ तो आपको इस रोगी में किसी 'स्टोरी' के प्लॉट की गन्ध मिल रही है?''

''स्टोरी का प्लाट मिले या न मिले परन्तु ऐसे विचित्र व्यक्ति के सम्बन्ध में जानने की उत्सुकता तो अवश्य है।''

''लेकिन आप उससे बात करके कुछ भी न जान सकेंगे।''

''क्यों?''

''वह अपना सच्चा हाल किसी को नहीं बताता। केवल मुझे उसने अपना जीवन-वृत्तान्त बताया है।''

''हाँ मैं जीवन-वृत्तान्त ही जानना चाहता हूँ।''

''मैं समझ गया कि आप क्या चाहते हैं। लेकिन वह आप उससे कदापि न जान सकेंगे।''

''तब फिर आप ही कृपा करें।''

''लेकिन यह शर्त है कि मैं इसका परिचय आपको नहीं बताऊँगा।''

''खैर, मुझे इसका नाम—धाम जानने की उत्सुकता नहीं। मैं तो इसके और इसके रोग के सम्बन्ध में जानना चाहता हूँ। इसे क्या रोग है!''

''इसका रोग संसार का कोई डॉक्टर नहीं बता सकता। अधिक से अधिक यह कहा जा सकता है कि इसे मानसिक रोग है। लेकिन मेरी अपनी निजी राय है कि इस पर ईश्वर की मार है।''

''ईश्वर की मार कैसी!''

ईश्वर की मार ऐसी कि प्रत्यक्ष में कोई रोग न होने पर भी यह इतना कष्ट पा रहा है कि जितना कोई भी रोगी पा सकता है।''

''ईश्वर की मार से आपका क्या तात्पर्य है!''

''आप पहले इसका जीवन-वृत्तान्त सुन लें फिर स्वयं ही सब समझ जायेंगे। यह एक लक्षाधीश बाप का एकलौता बेटा है। लाड़-प्यार में पलने के कारण इसकी संगत खराब हो गई। केवल मिडिल पास करके इसने पढ़ना छोड़ दिया, यद्यपि इसका ज्ञान किसी ग्रेज्युएट से कम नहीं है। अंग्रेजी खूब फर्राटे से बोलता है और जनरल नॉलेज भी अच्छा है। पिता की मृत्यु पर एकमात्र पैतृक-सम्पत्ति का अधिकारी हुआ। बस उस समय से इसका असली जीवन आरम्भ हुआ। चोरी, डकैती, गिरहकटी इत्यादि जितने

धन प्राप्त करने के अनुचित साधन हैं उनको छोड़कर ऐसा कोई पाप नहीं जो इसने न किया हो। अपनी पहली पत्नी को इसने विष देकर मारा। फिर दूसरा ब्याह किया। थोडे दिन पश्चात् उसे त्याग दिया। वह टी.बी. ग्रस्त होकर मरी। तीसरा विवाह किया उसे भी घोर कष्ट दिये—अन्त को वह भी चल बसी। एक पुत्र एक कन्या थी वे भी इसकी लापरवाही के कारण रोगग्रस्त होकर चल बसे। शराब-कबाब तथा वेश्यागमन बेहिसाब किया। इसके अतिरिक्त न जाने कितने भले घरों की बहू-बेटियों का इसने सतीत्व बिगाड़ा। कभी फुसलाकर, कभी बलात्कार से। न जाने कितने गर्भ इसने गिराये, न जाने कितनों को इसने रोटी तक से मोहताज कर दिया। अपनी ज़मींदारी में इसने बड़े अत्याचार किये। अब यह दशा है कि इसका कोई परिचित भी इसके पास नहीं फटकता। संसार में कोई भी इसका हितैषी नहीं।''

—''बड़ा विकट पापी हैं परन्तु रुपया तो अब भी इसके पास काफी जान पड़ता है।''

''रुपया बहुत है। पानी की तरह रुपया बहाने पर भी, यहाँ तक कि जमींदारी-जायदाद सब बिक गई, बैंक में जो रुपया था वह भी खर्च हो गया, इसके पास इस समय एक लाख से ऊपर नकद रुपया है।''

''इसके अर्थ तो यह हुए कि बहुत .ज्यादा रुपया था।''

''जी नहीं! मैंने कहा न कि बैंक का सब रुपया खर्च हो गया था। परन्तु एक मकान बनवाते समय इसे उसमें गड़ा धन मिल गया। दो लाख अशरफ़िया मिलीं। उसमें से भी एक लाख के लगभग खर्च कर दिया और केवल तीन-चार बरस में। अब इसके पास केवल उसमें का बचा रुपया तथा वह मकान जिसमें से इसे धन मिला था शेष रह गया है। परन्तु अब इसे यह रोग लग गया।''

''तब तो सचमुच इस पर ईश्वर की मार है!''

''पापों का फल देर-सबेर मिलता अवश्य है। इसकी दशा देखकर मुझे इस बात पर पूर्ण विश्वास हो गया है। ईश्वर की लीला तो देखिए—शरीर बिल्कुल नीरोग फिर भी केवल कल्पना द्वारा यह इतना कष्ट भोग रहा है कि उसका वर्णन नहीं किया जा सकता।''

''सम्भव है इसे क्षणिक पीड़ा होती हो।''

''सम्भव है! कुछ कहा नहीं जा सकता। यदि पीड़ा होती है तो शरीर की किसी गड़बड़ी के कारण न होकर किसी अदृश्य प्रभाव या शक्ति के द्वारा उत्पन्न की जाती है। क्योंकि पीड़ा का फिट अकस्मात् आता है और अकस्मात् ही चला जाता है। तीन बार इसकी 'एक्स-रे' परीक्षा की जा चुकी है कि सम्भव है कोई अन्दरूनी गड़बड़ी हो, परन्तु कहीं कोई चिह्न नहीं मिलता।''

मैं कुछ देर स्तम्भित बैठा रहा। तत्पश्चात मैं डॉक्टर को धन्यवाद देकर विजय बहादुर से विदा लेने के लिए पुनः उसके पास गया। उस समय वह व्यक्ति 'बेड' पर बैठा सन्तरा छील रहा था और विजय बहादुर से वार्तालाप कर रहा था। मुझे देखकर

उसने विजय बहादुर से मेरा परिचय पूछा। उसने बताया। वह बोला—"ओहो, आपको तो मैं जानता हूँ। लीजिए फल खाइये।"

मैंने कहा—"मैं घर जा रहा हूँ।"

"लीजिए! लीजिए!" कहकर उसने तीन-चार सन्तरे, तीन चार सेब और केले मेरी ओर बढ़ाये।

विजय बहादुर बोला—"ले लो!"

"इतने मैं कैसे ले जाऊँगा।" यह कहकर मैंने एक सेब, एक सन्तरा और एक केला ले लिया और चल दिया।

बाहर आकर मैंने तीनों फल अस्पताल के भंगी को दे दिये। ऐसे व्यक्ति का धान्य खाना मुझे उचित नहीं जान पड़ा।

राजा निरंजन

राजा निरंजन बहुत ही नेक आदमी है, कसर केवल इतनी ही है कि नेक होते हुए भी थोड़े से बेवकूफ हैं, हालाँकि अपने मतलब के बड़े पक्के हैं। दूसरों को चरका बताने और उल्लू बनाने में राजा निरंजन को कमाल हासिल हैं ऐसे-वैसे को चुटकियों में उड़ा देते हैं। लेकिन फिर भी कुछ लोग इन्हें किसी क़दर बेवकूफ समझते हैं—यह राजा निरंजन का दुर्भाग्य ही समझना चाहिए। राजा निरंजन का नाम तो कुछ और ही है परन्तु एक बार उनके एक मित्र उन्हें देखकर अनायास बोल उठे—"बैठे हो कैसे राजा निरंजन, न आँखों में अंजन न दाँतों में मंजन।" बस उसी दिन से यार लोग उन्हें राजा निरंजन कहने लगे। पहले तो इस नामकरण पर राजा निरंजन बहुत ही नाराज हुए, परन्तु यार लोग भला कब मानने वाले थे। अतएव यह नाम चुस्त हो गया। अब तो राजा निरंजन ने भी अपना यह नाम मान लिया है और 'राजा निरंजन' पुकारने पर बोल भी देते हैं। नेक आदमी जो ठहरे! केवल नाम के पीछे झगड़ा करना उन्हें पसन्द नहीं। और नाम भी बुरा नहीं रक्खा गया, इतना निरंजन समझते हैं। राजा निरंजन को कुछ दिनों से सनक सवार है। उन्होंने सुना था कि महात्मा लोग काया-पलट और परकाया-प्रवेश कर लेते हैं इसलिए उनकी यह इच्छा हुई कि यह विद्या अवश्य सीखनी चाहिए। राजा निरंजन में यह पुराना वस्फ है कि जिस बात के पीछे पड़ते हैं उसे प्राप्त करके ही छोड़ते हैं। अतएव आपने ऐसे महात्माओं की तलाश जोरों के साथ शुरू कर दी जो उक्त विद्याएँ जानते हों। तलाश शुरू होते ही राजा निरंजन को महात्मा लोग मिलने लगे।

एक दिन उनके मित्रों ने सुना कि राजा निरंजन के यहाँ एक महात्मा आये हुए हैं। राजा निरंजन स्वयं ही सबसे कहते फिरते थे—"एक महात्मा आये हुए हैं—बड़े अच्छे महात्मा हैं—आप किसी समय आकर उनके दर्शन अवश्य कीजिए—यह मेरी प्रार्थना है।"

राजा निरंजन की प्रार्थना को टालना जरा टेढ़ी खीर है—यह बात उनके सब मित्र मानते हैं। इसलिए इच्छा न रहते हुए भी लोग महात्मा जी वे पास पहुँचने लगे। राजा निरंजन आने वालों का स्वागत करते और महात्मा जी को उनका परिचय देते।

क्रमशः राजा निरंजन के घर पर भीड़ लगने लगी। अपरिचित लोग भी राजा निरंजन के घर का पता पूछते-पूछते आने लगे। राजा निरंजन बड़े प्रसन्न थे। कि लोग उनके घर का पता पूछते हुए आते हैं। एक दिन एक मित्र ने कहा—"भीड़ बहुत लगती है, यह ठीक नहीं है।"

राजा निरंजन बोले—"सब ठीक है। बड़े भाग्य से कोई किसी के घर आता है।"

मित्र महोदय चुप हो गये। इसका उत्तर ही क्या दिया जाता। वाकई! जिसके घर का पता पूछते हुए लोग आवें वह तो बड़भागी है ही। कुछ लोगों ने तो राजा निरंजन के घर को पान खाने का अड्डा ही बना लिया। घर से खाना खाकर निकले और राजा निरंजन के घर पहुँच गये। राजा निरंजन समझें महात्मा जी के दर्शन को आये हैं। अतएव बड़े प्रसन्न! यार लोग थोड़ी देर बैठे, दो-चार पान खाये और उठ कर चल दिये। यदि कोई किसी कारण से एकाध दिन का नागा कर गया तो राजा निरंजन उससे जवाब तलब करते कि कल आप क्यों नहीं आये? क्योंकि जिस दिन आदमी कम होते उस दिन राजा निरंजन को भी लुत्फ नहीं आता था। राजा निरंजन को इसी में मजा आता था कि उनके घर में महात्मा जी के पास इतने लोग बैठे हों कि स्वंय राजा निरंजन को बैठने की जगह न मिले। इस दशा में वे खड़े रहने में ही प्रसन्न रहते।

किसी महात्मा को बहुत अच्छा समझने की कसौटी राजा निरंजन के पास यही थी। जिस महात्मा के पास बहुत भीड़ जमा हो, वह महात्मा बहुत अच्छा। हालाँकि राजा निरंजन स्वयं ही लोगों को पकड़ते फिरते थे।

इस प्रकार एक महात्मा आये और पन्द्रह-बीस रोज रहकर चले गये। उनके मित्र ने पूछा, "कहो! काया-प्रवेश सीखा?"

यह सुनकर राजा निरंजन बिगड़ उठे, बोले, "काया-प्रवेश मजाक नहीं है। बड़े भाग्य से किसी को ऐसे महात्मा मिलते हैं जो काया-प्रवेश जानते हों और मिलते भी हैं तो बताते नहीं। यह विद्या हर एक को नहीं बतायी जाती।"

"बात तो ठीक है। परन्तु तुम्हें तो बता ही देंगे। तुमने उनसे पूछा था?"

"किसी मौके से पूछेंगे। अभी तो पहली बार आये हैं।"

"अच्छा तो क्या अभी कई बार आवेंगे?"

"यह उनकी मौज है। महात्मा लोग किसी के नौकर तो हैं नहीं?"

राजा निरंजन में धैर्य की कमी नहीं है। जल्दबाजी! और खास कर ऐसे मामलों में! कभी नहीं! जब महात्मा लोग आने लगे हैं तो कभी न कभी कोई बता ही जायेगा। जल्दी क्या है।

पहले राजा निरंजन कीर्तन के बहुत खिलाफ थे। कहीं कीर्तन होता देखते तो

कहते, 'यह देखो! सिद्ध लोग जमा हैं। इनको कोई काम नहीं है, बैठे हल्ला मचा रहे हैं। इसमें क्या धरा है। पड़ोसियों को सोने को नहीं मिलता।'

परन्तु एक दिन उनकी मित्र-मण्डली ने यह समाचार बड़े विस्मय के साथ सुना कि अब राजा निरंजन स्वयं कीर्तन के प्रेमी बन गये हैं। एक मित्र बोले, "मालूम होता है कायापलट शुरू हुआ।"

वास्तव में यह कायापलट ही था। जो कल तक कीर्तन करना ढोंग समझता रहा हो और कीर्तन करने वालों का मजाक उड़ाता रहा हो, वह आज स्वयं कीर्तन का प्रेमी बन जाय! राजा निरंजन ने कीर्तन की तैयारी बड़े जोरों से शुरू की। पहले कुछ दिन तो केवल तालियाँ बजाकर कीर्तन होता रहा परन्तु जान पड़ता है इसमें राजा निरंजन को आनन्द नहीं आया। इसलिए करतालों का प्रबन्ध किया गया। परन्तु करतालों से भी पूर्णानन्द की प्राप्ति नहीं हुई। बिना हारमोनियम और तबले के कीर्तन का आनन्द कहाँ। इसलिए राजा निरंजन ने एक सिंगलरीड भोंपू, तोबा, हारमोनियम खरीदा। एक मित्र के यहाँ से तबले की पुरानी जोड़ी उठा लाये। जोड़ी अच्छी थी, सिर्फ बायाँ गायब था और दाहिना मढ़ा हुआ नहीं था—और सब ठीक था। राजा निरंजन जब कोई काम करने पर उतारू हो जाते हैं तो फिर कोई कसर नहीं उठा रखते—यह उनमें वस्फ है।

खैर, साहब कीर्तन होने लगा। पड़ोस का एक युवक जो तबला सीखता था, और जिसे राजा निरंजन के कीर्तन के कारण नींद नहीं पड़ती थी, कीर्तन में जाकर तबले का अभ्यास बढ़ाने लगा। एक महाशय हारमोनियम बजाने आने लगे। राजा निरंजन बड़े समझदार आदमी हैं। वे यह भलीभाँति जानते थे कि केवल कीर्त्तन के लोभ से कोई न आयेगा। इसलिए आप कीर्त्तन के प्रमुख सदस्यों को ठण्डाई पिलाते थे। सप्ताह में एक बार यह समारोह होता था। यह गनीमत थी; क्योंकि जिस दिन कीर्तन होता था उस दिन पड़ोसियों की नींद हराम रहती थी, कुछ बेचारे इसलिए कीर्तन में सम्मिलित हो जाते थे कि चारपाई पर करवटें बदलते रहने की अपेक्षा यह अच्छा है।

एक दिन एक मित्र पूछ बैठे—"क्यों भाई, तुम तो कीर्तन के बहुत खिलाफ थे, अब क्या बात हुई जो कीर्तन के प्रेमी बन गये?"

"कीर्तन के तो हम अब भी खिलाफ हैं।" राजा निरंजन बोले।

"अच्छा!" मित्र चकित होकर बोला।

"हाँ! जैसा कीर्तन आजकल होता है, वह कीर्तन नहीं है। हमारा कीर्तन दूसरे ढंग का है, किसी दिन आकर देखो तो पता लगे।"

"तुम कैसा कीर्तन करते हो?"

"अब यह क्या बतावें। गोपनीय विषय ऐसे नहीं बताये जाते। किसी दिन आकर देखो।"

"अच्छी बात है देखेंगे।"

कुछ दिन यह क्रम बड़ी धूम से चला। कीर्तन प्रारम्भ करने का रहस्य भी मालूम हो गया। किसी महात्मा ने राजा निरंजन को उपदेश किया था कि कीर्तन किया करो।

भला महात्मा की बात राजा निरंजन कैसे टाल सकते थे। पहले राजा निरंजन को इस बात में बहुत बड़ा सन्देह था कि कीर्त्तन का भी कोई फल होता है। परन्तु जब महात्मा जी ने बता दिया कि कीर्तन का फल होता है तब राजा निरंजन को विश्वास हुआ। राजा निरंजन केवल महात्माओं की बात का विश्वास करते हैं—अन्य कोई इस योग्य ही नहीं कि उसकी बात का विश्वास धार्मिक मामलों में किया जाय।

कुछ दिनों बाद पता चला कीर्तन का क्रम शिथिल पड़ता जाता है। यार लोगों को शैथिल्य का कारण जानने की उत्सुकता हुई। हालाँकि यार लोग भलीभाँति जानते थे कि राजा निरंजन का कोई काम स्थायी नहीं होता। चार दिन की चाँदनी रहती है परन्तु कारण तो कोई होता ही है—कम से कम राजा निरंजन कोई न कोई प्रबल कारण ढूँढ़ ही लेते हैं। कारण यह था कि कीर्तन में भाग लेनेवाले अन्य लोगों की कीर्तन में श्रद्धा नहीं रही। परन्तु राजा निरंजन की श्रद्धा अभी ज्यों की त्यों बनी हुई थी। अतएव कीर्तन वाले दिन राजा निरंजन स्वयं ही लोगों के घर जाकर कह जाते थे कि—"आज कीर्तन है—जरूर आना।" कीर्तन के समय वे सब सामान सजाकर बैठते। लोग नदारद! बहुत प्रतीक्षा करने के बाद एक महाशय नमूदार हुए। राजा निरंजन तो भरे बैठे रहते थे—अतएव बिगड़ कर प्रश्न करते, "बड़ी देर लगाई! और कहाँ रह गये?"

"उन्हें हम क्या जानें, हम उधर नहीं गये।"

"बस यही तुममें ऐब है। आते हुए उन्हें भी देख लेते।"

"हम समझे पहुँच गये होंगे।"

बड़ी प्रतीक्षा के बाद दो-चार आदमी जमा हुए। कभी हारमोनियम वाला हाजिर तो तबले वाला लापता, कभी तबले वाला उपस्थित तो हारमोनियम वाला गायब! राजा निरंजन झिकते थे, बिगड़ते थे कि "आप लोगों का यह ढंग ठीक नहीं है। बड़ी बेजा बात है! यह मजाक नहीं है। करना हो तो ठीक से करो, नहीं बन्द कर दो।" परन्तु यार लोगों के कान पर जूँ नहीं रेंगी। एक दिना सुना जाता है कि आप पैर में घुँघरू बाँध कर नाचे भी, शायद इसीलिए कि लोग उनका नाच देखने के लोभ से ही आयें, परन्तु यार लोगों ने सोचा कि भालू का नाच देख लिया तो मानो राजा निरंजन का नाच देख लिया। अन्तर केवल इतना था कि भालू करताल नहीं बजा पाता राजा निरंजन करतालें भी बजा लेते हैं, केवल ताल से नहीं मिला पाते।

एक दिन आप बहुत ही भुन्नाये हुए अपने एक अन्तरंग मित्र के पास पहुँचे। मित्र ने उनकी हुलिया देख कर समझ लिया कि मामला गड़बड़ है। थोड़ी देर में राजा स्वयं ही खुल पड़े, क्योंकि राजा ऐसे आदमी नहीं हैं जो ऐसी खास बात पचा जायँ, पचा ही नहीं सकते, पेट में दर्द होने लगे। बोले, "हमने कीर्तन बन्द कर दिया।"

"अरे! यह क्यों?"

"किस ससुरे की खुशामद करते फिरें। और खुशामद भी की, खुशामद क्या की नहीं। घर पर जाकर प्रार्थना कर आते थे कि भई आना, परन्तु फिर भी लोग नखरे करते थे, इसलिए हमने कीर्तन ही बन्द कर दिया। जाओ मजा करो।

"बहुत अच्छा किया, अब लोगों को आटे-दाल का भाव मालूम होगा।" मित्र राम बोले।

"बताइये, कोई बात है। ठण्डाई पिलावें, पान खिलावें, तिस पर यह हालत। और कोई स्वार्थ नहीं। भगवान का कीर्तन, आते थे तो उन्हीं का फायदा था।"

"बेशक! तुम्हारा तो सोलहों आने नुकसान था, लेकिन परोपकार के लिए यह सब करते थे। अच्छा किया बन्द कर दिया।"

"बड़ा बुरा समय आ गया। अच्छे कामों में लोगों की श्रद्धा नहीं रही। कहीं नौटंकी होगी तो वहाँ सबसे पहले पहुँच जायेंगे—लेकिन यह तो भगवान का भजन था न, इसमें कैसे तबीयत लगे। भगवान के भजन में तबीयत लगना मजाक नहीं है। जिसके बड़े पुण्य हों उसी की तबीयत लगती है।"

"तो तुम्हीं कीर्तन किया करो। तुम्हारी तो तबीयत लगती होगी। तुम करतालें बजाया करो श्रीमती जी ढोलक ले लिया करें—आनन्द से कीर्तन किया करो।"

"ऐसे कीर्तन नहीं होता है। उल्लू बनाते हो।"

"भजन तो होता है।"

"भजन तो हम कर ही लेते हैं—क्या कीर्तन से ही भजन होता है।"

"नहीं भई, भजन की तो तरकीब ही दूसरी है।"

राजा निरंजन जब तक बैठे रहे, यही जिक्र करते रहे। एक-एक बात को, दस दफा, दस प्रकार से कहा। हालाँकि मतलब एक ही रहा। यह भी राजा निरंजन का एक वस्फ़ है। एक ही बात को घण्टों रटते रहने की तरकीब कोई उनसे सीख ले। सुनने वाले का जी ऊब जाय परन्तु राजा निरंजन ऊबने वाले असामी ही नहीं हैं।

इस प्रकार राजा निरंजन का कीर्तन परिच्छेद समाप्त हुआ।

राजा निरंजन कुछ दिनों में विख्यात हो गये। लोग जान गये कि राजा निरंजन के यहाँ महात्मा लोग आया करते हैं अतएव लोग उनसे पूछा करते थे—

"बहुत दिनों से आपके यहाँ कोई महात्मा नहीं आये।"

यदि राजा निरंजन अच्छे मूड में हुए तो कह दिया—"हाँ, नहीं आये।" और जो मूड खराब हुआ तो बोले—"क्या महात्मा लोग मारे-मारे फिरते हैं। बड़े पुण्य -प्रताप से महात्मा आते हैं। महात्माओं का आना मजाक नहीं है। और वह इधर आकर करें भी क्या। अच्छे महात्मा यहाँ क्यों आवें? उनका स्वार्थ क्या है?"

कभी-कभी राजा निरंजन उत्तराखण्ड की यात्रा भी करते थे। उत्तराखण्ड की ओर उनके कुछ ऐसे मित्र हैं जो महात्माओं का पता लगाया करते हैं और पता लगाने पर तुरन्त राजा निरंजन को सूचना देते हैं। तब राजा निरंजन तुरन्त वहाँ दौड़ जाते। मित्र लोगों को इसका पता नहीं देते। क्योंकि कुछ लोग उनकी इस महात्माबाजी का विरोध किया करते है। इसलिए ऐसे अवसर पर राजा निरंजन चुपचाप खिसक जाते हैं। यार

लोग जब उन्हें गैरहाज़िर पाते तो समझ जाते कि किसी महात्मा की तलाश में गये हैं।

एक बार राजा निरंजन ने अपने कुछ खास-खास मित्रों को यह शुभ संवाद सुनाया कि—"एक बड़े अच्छे महात्मा आ रहे हैं। देखो जो आ जायँ। प्रार्थना तो हम बहुत कुछ कर आये हैं। बड़े आदमी हैं। हमसे कह दिया है कि हमारे पास भीड़-भाड़ न जमा होने पावे इस बार भीड़ जमा नहीं होगी। यह देख लीजिएगा।

"तो भीड़ जमा कौन करता है—तुम्हीं तो जमा करते हो।"

"हम तो इस बार किसी से नहीं कहेंगे। आप लोग दो-चार खास-खास आदमियों से कहा है और किसी से नहीं कहेंगे। क्योंकि भीड़ लगी तो वे चल भी देंगें, रहेंगे नहीं। ऐसे-वैसे महात्मा नहीं हैं।"

इस प्रकार खास-खास आदमियों से कहते-कहते कोई बीस-पचीस आदमियों से कह आये। और सबसे यही कहा कि—"बस आप दो-चार आदमियों से ही कहा है और किसी से नहीं कहेंगे।" महात्मा जी आ गये। एक-दो दिन तो राजा निरंजन जब्त किये रहे। परन्तु उन्हें चैन कहाँ? वे अकेले ही महात्मा के सत्संग का आनन्द लूटें—यह उन्हें कभी गवारा नहीं हो सकता। इसलिए आपने खास आदमियों को सूचना देनी आरम्भ की। वही पुराना ढर्रा! "वे महात्मा जिनका हमने आप से जिक्र किया था आ गये हैं। अच्छे महात्मा हैं, किसी दिन आकर आप भी दर्शन कीजिये—आपको कहना पड़ेगा कि हाँ, ये महात्मा हैं।" फिर क्या था, लोग आने लगे। प्रति दिन भीड़ बढ़ने लगी। राजा निरंजन लोगों की आवभगत करते करते परेशान। यार लोग डटे पान पर पान चबा रहे हैं। राजा निरंजन कभी एक कोने में दबके बैठे हैं, नाक खुश्क हो गई है, बोल भर्राया हुआ है, कभी हाथ बाँधे खड़े हैं, बैठने की जगह ही नहीं। महात्मा जी और लोगों का वार्तालाप सुन रहे हैं। जब कभी महात्मा जी कोई ऐसी बात कहते जो राजा निरंजन की समझ में मार्के की होती—औरों की समझ में हो या न हो, इसकी परवाह नहीं—तब राजा निरंजन लोगों की ओर इस प्रकार देखते, मानों मौन भाषा में पूछ रहे हैं—

"देखो! हम जैसा कहते थे वैसे ही हैं न?"

धीरे-धीरे अपरिचित लोग भी आने लगे। राजा निरंजन की प्रसन्नता का ठिकाना नहीं। जिसे देखो राज निरंजन का घर पूछता दौड़ा चला आ रहा है। एक दिन एक मित्र ने कहा—"फिर भीड़ लगने लगी।"

राजा निरंजन बोले, "फिर क्या करें, तुम्हीं बताओ! लोग भक्ति से आते हैं अब हमसे यह नहीं हो सकता कि हम किसी से कहें कि तुम मत आओ। बड़े भाग्य से कोई किसी के घर आता है।"

"लेकिन तुम तो कहते थे कि महात्मा जी ने भीड़ जमा होने के लिए मना कर दिया है।"

"वह भी क्या करें। जब हमसे यह नहीं हो सकता कि किसी को मना करें तो वह तो महात्मा हैं, वह अपनी जबान से कैसे कह सकते हैं।"

राजा निरंजन के घर को यार लोगों ने सार्वजनिक देवालय बना लिया। किसी

ने समय काटने का अड्डा कायम कर लिया। पर राजा समझते थे सब सत्संग के लिए आते हैं।

एक दिन राजा निरंजन का नया जूता गायब हो गया। कोई सत्संगी महाशय लेकर चलते बने। अब तो राजा निरंजन बहुत ही खफा हुए। बोले, "देखो? यह संसार है। महात्माओं तक को लोग नहीं छोड़ते। वाह रे संसार!" एक मित्र बोल उठे—"जूता तो तुम्हारा ले गया, महात्मा का तो ले नहीं गया!"

"महातमा के दर्शन के बहाने तो ले गया।"

"तो क्या हुआ। बड़े भाग्य से कोई किसी के घर आता है। और जूता चुरा ले जाता है।"

इतना सुनते ही राजा निरंजन बिगड़ उठे—"तुम्हें तो हर समय मजाक सूझता है। हमारा तो नया जूता उठ गया। बाज आये ऐसे सत्संग से। ऐसा अच्छा जूता था कि क्या कहें। देहात से मँगवाया था।"

"अच्छा वह पौने छः आने वाला जूता।" मित्र ने कहा।

"हुँह! पौने छः आने का—साठ की भैंस लाये चोर कहें बाँड़ी बीस आने का जूता था—दस आने का तेल पी चुका था।"

"अच्छा जूता तेल भी पीता था।"

"हम पिलाते थे। तेल पीने से जूता बड़ा मजबूत हो जाता है।"

"तब तो अच्छा हुआ जो चला गया। रहता तो कमबख्त न जाने कितना तेल पी जाता। दोनों वक्त पीता होगा?"

"अब बहुत बनाओ नहीं। तुम क्या जानो उन जूतों की कद्र तुम तो वही बूट पहनना जानो। वह चीज ही दूसरी होती है।"

"वाक़ई बड़े अफ़सोस की बात है। तुमने तेल पिला पिला कर उसे पाला—और चला गया।"

"एक दिन भी पहना हो तो कसम ले लो। एक दफ़ा भी पहन लेते तो इतना रंज न होता।"

उस दिन से राजा को भीड़ जमा करने से नफ़रत हो गई। यहाँ तक कि एक घनिष्ठ मित्र को लौटा दिया, बोले, "महाराज इस समय आराम कर रहे हैं। अब सिर्फ सुबह-शाम एक घण्टे मिला करेंगे और वह भी खास-खास आदमियों से।"

इस प्रकार राजा निरंजन का भीड़-प्रेम समाप्त हुआ। राजा को महात्माओं को बुलाने का शौक अब भी है। और वे महात्माओं की तलाश में रहते हैं। परन्तु अभी तक कोई महात्मा उन्हें ऐसा नहीं मिला जो उन्हें काया-प्रवेश सिखा देता। परन्तु राजा निरंजन निराश नहीं है और न उन्हें कोई जल्दी है। उनका विश्वास है कि किसी न किसी दिन कोई ऐसा महात्मा मिल ही जायेगा। तब राजा निरंजन लोगों से बातें करेंगे। जी हाँ! अभी तो बोलते नहीं हैं। अभी कोई चाहे तो कह ले।

कुछ भी हो राजा निरंजन बड़े नेक आदमी हैं और उनका दम ग़नीमत है।

लोकापवाद

शाम के 5 बज चुके थे। बाबू गिरिजाशंकर अपनी छोटी-सी बैठक में गावतकिये के सहारे लेटे एक अंगरेजी समाचार-पत्र पढ़ रहे थे। बाबू गिरिजाशंकर की वयस पचास वर्ष के लगभग थी। दोहरा बदन, तोंद निकली हुई। साँवला रंग, आँखें छोटी तथा धूर्त्तता से भरी हुई, सिर के बाल खिचड़ी हो चले थे।

इसी समय किसी के पैर की आहट पाकर उन्होंने सिर उठाया। सामने एक व्यक्ति हाथ में छोटा सा हुक्का लिये खड़ा था। इसकी वयस 27-28 के लगभग थी, गौरवर्ण इकहरा बदन। शरीर पर केवल एक बनियाइन थी। इस व्यक्ति को देखते ही गिरिजाशंकर ने किंचित मुस्करा कर कहा—आओ!

आगन्तुक चप्पल उतार कर बाबू साहब के सामने जा बैठा। बाबू साहब उठ कर बैठ गये। नाक पर से चश्मा उतार कर उन्होंने अपने बगल में रख लिया और धोती से मुँह पोंछते हुए बोले—"आज छुट्टी नहीं थी क्या?"

—"छुट्टी कहाँ थी, अभी तो ऑफिस से आया हूँ।"

—"बसन्त पंचमी की छुट्टी नहीं! यह क्या बात है? यह तो गजेटेड हाली डे है?"

—"छुट्टी तो थी, पर काम ज्यादा था। साहब ने कहा था कि आ जाना। आप जानिए खुशामदी लोगों की कमी नहीं है। बहुतों ने स्वीकार कर लिया, तब हमें भी स्वीकार करना पड़ा। हमारे दफ्तर का हिसाब बहुत बिगड़ गया है, बाबू! एका नहीं है। हर शख्स यह चाहता है कि साहब को खुश करके अपना मतलब गाँठे। कोई कायदा-कानून नहीं। साहब का हुक्म ही कायदा-कानून हैं। लोग खुशामद के मारे छुट्टी के दिनों में भी काम करने पहुँच जाते हैं। जो नहीं जाता वह साहब का कोप-भाजन बन जाता है।" इतना कह कर आगन्तुक हुक्का सटकाने लगा। बाबू गिरिजाशंकर बोले—"कभी ईसाई छुट्टी में साहब भी काम करने आता है?"

—"कभी नहीं! ईस्टर, बड़ा दिन तथा और भी जो ईसाई त्योहारों की छुट्टियाँ होती हैं, उन छुट्टियों में साहब खुद कभी नहीं आता, पर हमारे हिन्दुस्तानी भाई अपने त्योहारों की छुट्टी में भी आते हैं।"

—"यही मैं भी समझा था। साहब अपनी छुट्टी में कभी नहीं चूक सकता है।"

इसी समय एक 13-14 वर्ष का लड़का हाथ में एक पोटली लिये हुए आया और आगन्तुक की ओर हाथ बढ़ाकर बोला—"ले बाबू यह दो पैसे बचे हैं।"

आगन्तुक ने पैसे लेते हुए पूछा—"क्या क्या लाया?"

लड़का बोला—"चार पैसे की शलजम, दो पैसे के आलू, दो पैसे का प्याज!"

—"शलजम क्यों लाया, गोभी क्यों नहीं लाया? मैंने गोभी को कहा था।"

—"माँजी ने मना कर दिया था।"

—"क्या कहा था? आगन्तुक ने भौं सिकोड़ कर पूछा।"

—"कहा था कि गोभी न लाना, शलजम लाना।"

"हूँ", कहकर नवागन्तुक चुप हो गया। लड़का चला गया। नवागन्तुक के माथे पर बल पड़े थे और वह जल्दी-जल्दी हुक्के का कश खींच रहा था। गिरजाशंकर बाबू बोले—"तुम्हारा नौकर, यह लड़का बड़ा चंट है।"

—"अव्वल दर्जे का पाजी है। मेरा कहना कभी नहीं करेगा, जब करेगा माँजी का कहना करेगा। मैं कह आया था कि गोभी लाना, शलजम मुझे अच्छी नहीं लगती, पर गोभी नहीं लाया, शलजम ही लाया—माँजी ने जो कहा सो लाया।"

"क्यों भाई श्यामाचरण, मैं बहुधा यह देखता हूँ कि घर में तुम्हारी बहुत कम चलती है—बुरा न मानना।"

—"घर? घर नहीं नरक। इसीलिए तो मैं और भी छुट्टियों में ऑफिस चला जाता हूँ। सच्ची बात आप से आज बता रहा हूँ। अभी ऑफिस से आया, कपड़े उतारे हुक्का भरवाया और सीधा यहाँ चला आया, घर में एक मिनिट नहीं बैठा। घर, घर हो तो बैठने को जी चाहे।"

—"आखिर ऐसा क्यों है?"

—"तुम घर के स्वामी हो, तुम्हारी पहले मानी जानी चाहिए।"

—"मैं घर का स्वामी! राम का नाम लो बाबू! घर की स्वामिनी के आगे स्वामी की कोई हस्ती नहीं मैं तो खाली रुपया कमाने की मशीन हूँ, बस!"

"यह बेजा बात है।"

—"हमारी पत्नी महारानी बड़े घर की बेटी हैं। हर बात में अपना ही हुक्म चलाती हैं। मैं आम कहूँगा तो वे इमली कहेंगी। मैं जो कपड़ा पसन्द करूँगा, वह उनके पसन्द कभी न आवेगा। मुझे कपड़ा पहचानने की तमीज ही नहीं। मैं जो चीज खरीद कर लाऊँगा, उसमें सदा कोई न कोई ऐब निकल आवेगा। पत्नी महारानी जो कुछ करें उसमें ब्रह्मा के पिता भी कोई दोष नहीं निकाल सकते। मैं हर महीने तनख्वाह ले आता हूँ, इतना काम तो ठीक करता हूँ—बाकी सब गलत! तनख्वाह लाने के अतिरिक्त और मुझे कुछ आता ही नहीं।"

इतना कहकर श्यामाचरण हुक्का गुड़गुड़ाने लगा। गिरिजाशंकर हँसने लगे। हुक्का गुड़गुड़ा कर श्यामाचरण पुनः बोला—"आप के लिए यह हँसने की बात है, आप हँस सकते हैं; पर मेरे हृदय पर जो बीतती है वह परमात्मा ही जानता है।"

गिरिजाशंकर अपने हँसते हुए मुख को बलपूर्वक गम्भीर बना कर बोले—"निस्सन्देह यह बड़े दुःख की बात है। तुम्हीं ऐसे हो जो सहन करते हो। मैं तो कभी न सहन करूँ।"

—"सहन न करूँ तो क्या करूँ, बाबू? शान्तिप्रिय आदमी ठहरा। कलह से जी घबराता है। घर में जब कलह होती है तो कहीं भाग जाने की इच्छा होने लगती है। इस कारण अपना मन मारना पड़ता है—इससे शान्ति तो रहती है।"

—"ऐसी शान्ति किस काम की।"

—"दोनों समय पका-पकाया भोजन मिल जाता है, रात को आराम से पैर फैला कर सोता हूँ—बस यह शान्ति है।"

—"तब फिर घर को नरक क्यों बता रहे थे? जहाँ शान्ति मिले वह नरक कैसे हो सकता है।"

—"हमारे जैसे प्राणी नरक में भी शान्ति ढूँढ़ लेते हैं।"

—"ठीक! तब फिर शिकायत करना व्यर्थ है।"

—"बात उठती है तो वास्तविक दशा बतानी ही पड़ती है। परन्तु एक बात बताता हूँ। बाबू, किसी दिन सुन लोगे कि श्यामाचरण घर छोड़ कर चला गया।"

—"अरे, ऐसा न करना।"

—"मैं थोड़े ही करूँगा। मुझे ऐसा करना होता तो अब तक कर डालता—परिस्थिति करायेगी। मैं तो बहुत सहन करता हूँ और यथाशक्ति करता रहूँगा, परन्तु हर बात की एक सीमा होती है।"

गिरिजाशंकर बाबू मौन होकर कुछ सोचने लगे। थोड़ी देर हुक्का पीने के पश्चात् श्यामाचरण बोला—"अब जाता हूँ—शौच-वौच से निवृत्त होना है।"

"भोजन करके तो आओगे?"

"हाँ, अवश्य और ठिकाना ही कहाँ है।"

श्यामाचरण की पत्नी श्यामाचरण से यद्यपि तीन वर्ष छोटी थी, परन्तु उसके मुख पर प्रौढ़ता का भाव आवश्यकता से अधिक था। श्यामाचरण इकहरे बदन का था, वह दोहरे बदन की। यद्यपि वह कुरूपा नहीं थी, परन्तु मुख पर अत्यधिक प्रौढ़ता के साथ-साथ कर्कशता भी आ गई थी। इस कारण उसकी मुखाकृति में कुछ पुरुषत्व आ गया था।

श्यामाचरण घर पहुँच कर पहले शौच से निवृत्त हुए। उनकी पत्नी रसोई बना रही थी। हाथ-मुँह धोकर वह टहलते हुए रसोई की ओर गये।

"भोजन तैयार है?" श्यामाचरण ने प्रश्न किया।

"हाँ, तैयार है!" पत्नी ने उत्तर दिया।

"साग क्या बना है?"

''आलू-प्याज और शलजम।''

''मैंने तो गोभी मँगायी थी।''

''मैंने मना कर दिया था।''

''क्यों?''

''क्यों क्या! गोभी शलजम से अधिक अच्छी होती है?''

''पर मुझे तो शलजम अच्छी नहीं लगती।''

''अच्छी चीजें तुम्हें कब अच्छी लगती हैं!''

''तो मुझे सब खराब चीजें ही अच्छी लगती हैं?''

''अब रार तो बढ़ाओ न, खाना हो तो चुपचाप बैठ कर खा लो।''

''और जो न खाऊँ?''

''तुम्हारी इच्छा। जान पड़ता है भूख नही है। तभी इतने नखरे कर रहे हो।''

''क्यों? खाया क्या है?''

''अब यह तो तुम्हीं जानो। भूखा आदमी इतनी मीन-मेष नहीं निकालता। जो कुछ मिले चुपचाप खा लेता है।''

''तो तुम्हारे हिसाब से भूखा आदमी अपने मन का भोजन पाने का अधिकारी ही नहीं?''

''तुम्हें तो झख सवार है। त्योहार के दिन लड़ाई करना चाहते हो?''

श्यामाचरण को यह ध्यान नहीं था कि आज बसन्त-पंचमी है। यह ध्यान आते ही उन्होंने सोचा—जाने भी दो, आज क्यों कलह उत्पन्न करते हो! वह सोच कर चुपचाप भोजन करने बैठ गये।

दो-तीन ग्रास खाकर श्यामाचरण बोले—'''आलू-प्याज में मिर्च अधिक है।''

—''मिर्च का तो स्वाद ही है। बिना मिर्च-खटाई के प्याज मीठा-मीठा लगता है।''

—''तो इतनी मिर्च?''

—''इतनी क्या पसेरी भर हैं?''

—''इतनी भी ज्यादा हैं।''

—''हाँ, आज तो तुम्हें सब में कुछ न कुछ ऐब ही दिखाई पड़ेगा—गोभी नहीं बनी है न!''

—''अरे! तो क्या मैं झूठ कह रहा हूँ या जबरदस्ती ऐब निकाल रहा हूँ?''

—''न सही। अब तो जैसा बनना था बन चुका। चाहे मिर्चें अधिक हो चाहे नमक।''

श्यामाचरण ने पानी के सहारे ग्रास गले के नीचे उतार-उतार कर आधे पेट भोजन किया।

—''आज त्योहार का दिन था—कोई मीठी चीज—हलुवा या खीर बना लेतीं!''

—''तो यह कहो मीठा खाने की इच्छा थी, मिर्चों का तो बहाना था।'' पत्नी

ने व्यंग्य से मुस्करा कर कहा।

श्यामाचरण को यह व्यंग्य बहुत ही बुरा लगा। रक्त में उत्तेजना उत्पन्न हुई; परन्तु त्योहार का दिन है इस विचार से लहू का घूँट जैसा पीकर बोले—"मीठा खाने की इच्छा होना कोई बुरी बात है, क्या?"

"बुरी बात तो नहीं, पर चटोरपन तो है।"

"कभी-कभी खाना भी चटोरपन है?"

पत्नी ने इसका कोई उत्तर न दिया।

श्यामाचरण ने अपने को अपमानित अनुभव किया। यद्यपि वे चुपचाप उठ आये; पर पत्नी के प्रति उनके हृदय में घृणा-भाव के अतिरिक्त और कुछ नहीं था।

श्यामाचरण ने अपना हुक्का भरवाया और उसे हाथ में लेकर गिरिजाशंकर के यहाँ जाने को तैयार हुए। इसी समय एक व्यक्ति ने द्वार पर से आवाज दी। श्यामाचरण बाहर निकल आये। आगन्तुक ने उन्हें देखते ही कहा—"बाबूजी, आपको सरजू की माँ ने बुलाया है।"

—"क्यों?"

—"मालूम नहीं। मुझसे तो इतना ही कहा कि बाबू को भेज देना। सरजू कुछ बीमार है शायद!"

इतना कहकर वह चला गया।

श्यामाचरण ने जल्दी-जल्दी हुक्के के दस-बारह कश लिये। तत्पश्चात् कपड़े पहन कर चल दिये। नौकर से कह दिया—पूछें तो कह देना एक काम से गये हैं।

अयोध्याप्रसाद, सरजू का पिता, श्यामाचरण के दफ्तर में काम करता था। एक वर्ष हुआ उसकी मृत्यु हो गयी थी मरते समय वह श्यामाचरण से कह गया था—'मेरे बाल-बच्चो का ध्यान रखना।' अतएव श्यामाचरण महीने में एकाध बार उनकी खोज-खबर ले लेते थे।

श्यामाचरण अयोध्याप्रसाद के मकान पर पहुँचे। अयोध्याप्रसाद की पत्नी को देखते ही उन्होंने पूछा—"क्यों, सरजू कैसा है?"

—अच्छा है, सो गया है।"

अयोध्याप्रसाद की पत्नी की वयस पच्चीस-छब्बीस वर्ष के लगभग थी। गेहुँआ रंग, दोहरा बदन, नख-शिख साधारणतः सुन्दर। आँखें बड़ी बड़ी तथा करुणापूर्ण।

श्यामाचरण बोले—"वह आदमी, जो बुलाने गया था, कहता था कि सरजू की तबीयत खराब है।"

—"नहीं, ऐसी कुछ खराब नहीं है, ऐसे ही जरा जुकाम हो गया है। उस आदमी ने यों ही कह दिया होगा। आज सन्तू आया नहीं, न जाने कहाँ रह गया, इसी से

दूसरा आदमी भेजना पड़ा। आज त्योहार का दिन था—चीज-वस्तु मँगाने में ऐसी दिक्कत हुई कि क्या कहूँ। लड़का बड़ा खिलाड़ी है। क्या करें सिर्फ चार रुपये महीना देना पड़ता है, इससे उसे रखे हूँ। आदमी नौकर रखूँ तो दस-बारह रुपये से कम नहीं लेगा। इतना देने को कहाँ पाऊँ! मकान का कुल पचीस रुपये किराया आता है—उसी में सारा खर्च चला चाहे।''

इतना कह कर सरजू की माता ने दीर्घ निःश्वास छोड़ी।

श्यामाचरण बोले—''देखो कोई दूसरा लड़का मिलेगा तो भेजूँगा।''

—''हाँ पर जरा काम करनेवाला हो, खिलाड़ी न हो।''

—''हाँ! हाँ! ऐसा ही तजबीज करूँगा। अच्छा मुझे बुलाया क्यों?''

सरजू की माता किंचित् मुस्करा कर लजाते हुए बोली—''आज त्योहार का दिन था—खाने-वाने को बनाया था। कुछ थोड़ा खा लीजिए!''

—''खाना तो मैं खा चुका हूँ। अभी-अभी खाकर उठा ही था कि तुम्हारा भेजा हुआ आदमी पहुँचा।''

सरजू की माँ का मुख उदास हो गया। दुःखी स्वर से बोली—''क्या बताऊँ! मैं तो सुबह ही कहला भेजती कि आज भोजन यहीं करना, पर कोई आदमी नहीं था। तड़प-तड़प कर रह गयी। इस समय वह किरायेदार किराया देने आया था—तब उसी को भेजा। क्या कहूँ ऐसा पछतावा है कि मैं ही जानती हूँ।''

श्यामाचरण ने पूछा—'क्या-क्या बनाया है?''

—''पूरी, कचौरी, आलू-गोभी, जमीकन्द, पालक है—मटर पड़ी हुई, पापड़, रायता, चटनी, हलुवा—बस यहीं चीजें हैं। जो-जो चीजें आपको पसन्द हैं वही बनायी है।'' यद्यपि श्यामाचरण भोजन कर चुके थे, पर खाया था उन्होंने आधे ही पेट, क्योंकि उनकी रुचि का भोजन नही बना था। अतएव इस समय अपनी रुचि की चीजों का नाम सुन कर उनके मुँह में पानी भर आया। उन्होंने कहा—''खैर तुम्हारी मेहनत बेकार नहीं जाने दूँगा। लाओ, पर थोड़ा-थोड़ा ही लाना।''

सरजू की माँ का मुख खिल उठा, वह शीघ्रतापूर्वक थाली परोसने चली गयी।

इधर श्यामाचरण सोचने लगे—एक ऐसी स्त्री जिसकी मैं महीने में एकाध बार खोज-खबर ले लेता हूँ उसे मेरी रुचि का इतना ध्यान, और मेरी पत्नी, जिसका मैं भरण-पोषण करता हूँ, जिसके लिए मैं अपने प्राण तक दे सकता हूँ उसे मेरी कुछ भी परवाह नहीं!

सरजू की माँ थाली परोस कर लायी। श्यामाचरण ने भोजन करना आरम्भ किया। सरजू की माँ सामने बैठ गयी।

कुछ क्षणों तक मौन रह कर वह बोली—''उनके मरने के बाद यह पहला त्योहार मनाया गया है। बर्सी हुए बिना कोई त्योहार नहीं मनाया जाता। आज आप न खाते तो मुझे बड़ा कलक होता।''

श्यामाचरण सरजू की माता का मुँह देख रहे थे। सरजू की माता के मुख पर हार्दिक प्रसन्नता थी। श्यामाचरण को वह बड़ी सुन्दर दिखायी पड़ रही थी। श्यामाचरण ने मन ही मन सोचा—"यदि यह मेरी पत्नी होती तो मेरा संसार स्वर्गतुल्य होता।"

यह पहला अवसर था जब श्यामाचरण के हृदय में उपर्युक्त विचार उत्पन्न हुआ।

भोजन से निवृत्त होकर श्यामाचरण नें पान खाया। सरजू की माँ ने सिगरेट की डब्बी दी। श्यामाचरण अकचका कर बोले—"सिगरेट भी मँगा ली!"

—"हाँ! आप पीते हैं इसलिए मँगायी।" सरजू की माँ ने कहा।

श्यामाचरण मुग्ध हो गये। सिगरेट सुलगाते हुए सोचने लगे—"ऐसी स्त्री और विधवा! तिस पर लोग ईश्वर को दयालु कहते हैं।"

थोड़ी देर पश्चात् श्यामाचरण विदा हुए। रास्ते भर उनकी आँखों के सामने सरजू की माता की मूर्ति फिरती रही और उनके कानों में ये शब्द गूँजते रहे—"जो-जो चीजें आपको पसन्द हैं वही बनायी हैं।"

घर पहुँचे तो पत्नी ने प्रश्न किया—"कहाँ गये थे?"

श्यामाचरण ने गम्भीरता पूर्वक उत्तर दिया—"स्वर्ग की सैर करने!"

पत्नी के माथे की स्थाई रेखाएँ अधिक गहरी हो गयीं। उसने पूछा—"फिर लौट कैसे आये?"

—"नरक के प्राणियों को वहाँ रहने की आज्ञा नहीं है।"

—"तो फिर नरक ही में चले जाते!"

—"इस घर के अतिरिक्त भी कोई और नरक है क्या?"

—"यह नरक है तो तुम्हीं इस नरक में रहो। मैं कल ही अपने मायके चली जाऊँगी।"

श्यामाचरण ने कोई उत्तर न दिया।

श्यामाचरण की पत्नी अपने मायके चली गयी। श्यामाचरण ने भी उसे रोकने का प्रयत्न नहीं किया। उसने सोचा—अच्छा है! कुछ दिनों अलग रहने से शायद मिजाज दुरुस्त हो जाय।

श्यामाचरण का साला जो उनकी पत्नी के बुलाने पर उसे ले जाने के लिए आया था, उनसे सीधे मुँह नहीं बोला।

पत्नी के चले जाने पर दो-तीन दिन तो श्यामाचरण को बड़ी शन्ति सी मिली; परन्तु फिर क्रमशः उनकी तबीयत घबराने लगी। उन्हें पता लगा कि जो घर पत्नी की उपस्थिति में नरक-तुल्य था, वह पत्नी के मायके चले जाने पर भी स्वर्ग नहीं हुआ। उन्हें मालूम होता कि वे निर्जन वन में पड़े हैं और बिल्कुल अकेले हैं। उन्हें अपनी दशा पर स्वयं ही तरस आता था और एक बार वे दयनीय तथा दयालु, दोनों की अनुभूति

में इतने मग्न हो गये कि बड़ी देर तक पड़े रोते रहे। जब मनुष्य को किसी वस्तु का भाव तथा अभाव दोनों ही कष्टप्रद प्रतीत होने लगते हैं तब वह विह्वल हो जाता है।

उस दिन, पत्नी के मायके जाने के पश्चात्, पहला इतवार था। श्यामाचरण ने सबेरे उठ कर पहले तो यह निश्चित किया कि आज बढ़िया भोजन बनायेंगे। परन्तु फिर आलस्य के कारण विचार बदल गया। उन्होंने सोचा—आज सरजू के घर क्यों न चलें। वहाँ भोजन भी हो, दोपहर को आराम भी वहीं करें। इस प्रकार भोजन बनाने की झंझट से भी बच जायेंगे और दिन भी कट जायेगा। यह सोच कर लड़के द्वारा सरजू की माँ के पास सन्देश भेज दिया। इसके पश्चात् उन्होंने स्नान किया, तेल-फुलेल लगाया, कपड़े बदले और तैयार होकर सरजू के घर की ओर प्रस्थान किया। उस समय नौ बजे थे। गिरिजाशंकर बाबू अपनी बैठक के द्वार पर खड़े थे। श्यामाचरण को देखकर उन्होंने पूछा—''कहाँ की तैयारी है?''

श्यामाचरण खड़े हो गये और बोले—''जरा अयोध्याप्रसाद की ओर जा रहा हूँ—बहुत दिनों से गया नहीं। खाना भी वहीं खा लूँगा। अपने हाथ से बनाते आलस्य लगता है।''

—''और उतना स्वाष्दिष्ट भी तो नहीं बनेगा जितना अयोध्याप्रसाद की पत्नी बनावेगी।'' बाबू गिरिजाशंकर ने रहस्यपूर्ण ढंग से मुस्करा कर कहा।

श्यामाचरण ने गिरिजाशंकर की मुस्कराहट का मतलब समझने का प्रयत्न करते हुए, कुछ गम्भीरतापूर्वक कहा—''हाँ, यह ठीक है। स्त्रियों के बनाये हुए खाने में स्वाद अवश्य आता है, पर वह इसलिए नहीं कि वह स्त्रियों का बनाया हुआ होता है, वरन् इसलिए कि वह उस व्यक्ति का बनाया हुआ होता है जिसे बनाने का अभ्यास है। यदि मुझे भी बनाने का अभ्यास होता तो मैं भी सुस्वादु भोजन बना सकता।''

गिरिजाशंकर श्यामाचरण के व्याख्यान पर ध्यान न देकर बोले—''जब बनानेवाला अपने मन का होता है तब खाना भी सुस्वादु बन ही जाता है। कब तक लौटोगे?''

—''शाम तक लौटूँगा—दोपहर को वहीं आराम कर लूँगा।''

—''ठीक है! पत्नी के अभाव में मन बहलाने का कुछ सामान तो होना ही चाहिए।''

श्यामाचरण चौंक पड़े। उन्होंने गिरिजाशंकर पर तीव्र दृष्टि डाल कर कहा—''इसका क्या मतलब?''

—''मतलब तुम खूब समझते हो उस्ताद! यह देखो! ये बाल मैंने धूप में सफेद नहीं किये।'' अपने सिर के श्वेत बालों की ओर उँगली उठा कर गिरिजाशंकर बोले।

—''इतनी जल्दी किसी के सम्बन्ध में कोई निश्चित धारणा बना लेने की आपकी जल्दबाजी देखने से तो यही मालूम होता है कि आपने बाल सफेद करने के लिए धूप में बैठने का कष्ट भी न उठाया होगा। चूल्हे में सिर घुसेड़ कर तुरन्त ही बाल सफेद कर लिये होंगे।''

—''हो सकता है कि तुम्हारा ही ख़याल ठीक हो, परन्तु केवल मेरी ही ऐसी

धारणा नहीं है। और लोग भी कुछ ऐसा ही सोचते हैं। तुम संसार को जितना बेवकूफ समझते हो या बनाना चाहते हो उतना वह न है और न बन सकता है।"

—"संसार सदैव बेवकूफ रहा है और सदैव रहेगा—सुना गिरिजाशंकर बाबू! संसार ने वास्तविकता को बहुत कम पाया है अधिकतर वह भ्रान्तियों का ही गुलाम रहा है।"

—"ठीक कहते हो! संसार जिसे रक्षक समझता है वही भक्षक निकल जाता है, यही भ्रान्ति है।" गिरिजाशंकर व्यंग्यपूर्वक बोले।

—"नहीं, यह भ्रान्ति नहीं है। जब रक्षक भक्षक प्रमाणित हो गया तब भ्रान्ति कहाँ? संसार यह नहीं सोचता कि जिसे वह भक्षक समझ रहा है सम्भव है वही रक्षक निकल जाय—भ्रान्ति वास्तव में यह है।"

गिरिजाशंकर हो! हो! करके हँस पड़े और बोले—"भई तुम्हारी फिलॉसफी विचित्र है। अच्छा जाओ। वहाँ प्रतीक्षा हो रही होगी। हमारी ओर से कोई शंका न करना।"

श्यामाचरण कुछ क्षणों तक खड़े सोचते रहे। तत्पश्चात् अपने आप यह कह कर—उहँ! "जब कर नहीं तो डर काहे का।" चल दिये।

सरजू की माता ने श्यामाचरण का स्वागत किया। श्यामाचरण ने भोजन किया। भोजन करके तृप्त हुए क्योंकि भोजन उनकी रुचि का तथा सुस्वादु था।

भोजन करने के पश्चात् बोले—"अब दोपहर को कौन घर जाय—यहीं पड़ा रहूँगा।"

सरजू की माँ ने इसका कुछ उत्तर न दिया, उसके मुख पर चिन्ता की भावना उदय हुई। यह देख कर श्यामाचरण का कलेजा धड़कने लगा। उन्होने पूछा—"क्यों, यहाँ रहने में कोई हर्ज है क्या?"

सरजू की माता शीघ्रतापूर्वक बोली—"नहीं मेरा तो कोई हर्ज नहीं है। मुझे तो प्रसन्नता होगी परन्तु...।"

—हाँ-हाँ, "परन्तु क्या, शीघ्र कहो?"

सरजू की माता आँखों में आँसू भर के बोली—"क्या कहूँ, आप मुझे बड़ा नीच समझेंगे। आपने हमारे साथ जो उपकार किया है और कर रहे हैं उसका बदला मैं सात जन्म में भी नहीं चुका सकूँगी; पर आप जानें, संसार की जीभ कौन पकड़ सकता है।"

श्यामाचरण जल्दी से बोल उठे—"हाँ! हाँ! मैं तुम्हारा मतलब समझ गया! वाकई तुम्हारा ख़याल ठीक है। मेरी गलती थी। मैं जाता हूँ। अब कभी न आऊँगा।"

—"नहीं! नहीं! मेरा मतलब यह नहीं है कि बिल्कुल ही न आवें।" सरजू की माँ व्याकुल होकर बोली।

—"नहीं! नहीं! आने की जरूरत ही क्या है। अब नहीं आऊँगा! अब नहीं आऊँगा!" इतना कह कर श्यामाचरण पागल की भाँति वहाँ से भागे।

उस दिन से फिर श्यामाचरण का पता न लगा कि कहाँ गये। गिरिजाशंकर बाबू प्रसंग आने पर सिर हिला-हिला कर कहा करते हैं—"मैं तो पहले से ही जान गया

था कि परिणाम खराब होगा। आजकल वह जमाना है कि अपनों को तो कोई पूछता ही नहीं गैर की कौन कहे। श्यामाचरण अयोध्याप्रसाद की विधवा की जो इतनी खोज खबर रखते थे तो क्यों रखते थे? उनका कोई स्वार्थ तो अवश्य था। उसी के कारण पत्नी से लड़ा करते थे। आखिर उसे निकाल ही दिया—उसकी इच्छा के विरुद्ध मायके भेजा—इसे मैं निकालना ही समझता हूँ। इतवार को भोजन भी वहीं होता था, दोपहर भी वहीं व्यतीत होती थी।''

गिरिजाशंकर की बात सुन कर श्रोता लोग बड़ी गम्भीरता से सिर हिला कर कहते—''आजकल ज़माना ऐसा ही है। आदमी कहता कुछ है करता कुछ है।''

पूजा का रुपया

असह्य महँगाई, अर्थपिशाच-मुनाफाखोरों के कारण जीवनोयोगी वस्तुओं का अभाव, साथ में इनके आघात को तीव्रतम बनाने वाली बेकारी ने सरयूप्रसाद को अधीर कर दिया। सरयूप्रसाद एक गरीब ब्राह्मण हैं। घर में उनके सहित चार प्राणी हैं—वृद्धा माता, पत्नी तथा एक पाँच वर्ष का पुत्र। अभी तक सरयूप्रसाद कपड़े के एक व्यापारी के यहाँ माल दिखाने तथा लहना इत्यादि वसूल करने के लिए नौकर थे। वेतन पचीस रुपये मासिक था, परन्तु इधर मालिक ने पाँच रुपये महँगाई के बढ़ा दिये थे। एक दिन सरयूप्रसाद ने मालिक से वेतन वृद्धि की प्रार्थना की। मालिक ने कहा—पाँच रुपये तो बढ़ा दिए हैं, अब और क्या चाहते हो?

गुजर नहीं होता लाला! चार रुपये तो मकान का किराया निकल जाता है, बाकी इक्कीस रुपये में खर्च नहीं चलता।

इक्कीस रुपये में खर्च नहीं चलता! बहुत से लोग तो पन्द्रह-पन्द्रह रुपये देते हैं—हम अपने कहार को पन्द्रह रुपये देते हैं, उसका गुजर कैसे चलता है?

—कहार की बात दूसरी है लाला! उसकी औरत चौका-बर्तन करके पैदा करती होगी। आपका सौदा-सुलफ लाने में पैसे खाता होगा। आपके चौके में जो कुछ बचता होगा वह उसे मिल जाता होगा। इस तरह उसे पन्द्रह के पचीस-तीस पड़ जाते होंगे। न हमारी औरत कहीं काम करती है और न हम आपकी चोरी कर सकते हैं। हमें आप जो हाथ उठाकर दे देते हैं वही मिलता है।

तुम तो ब्राह्मण हो, तुम्हें भी दान-पुण्य मिलता होगा। लाला ने कहा।

—कोई दान-पुण्य नहीं देता। आजकल आप लोग दान-पुण्य उसी को देते हैं जो नित्य आपकी हाजिरी बजाता है और प्रत्येक काम में 'हाँजी-हाँजी' करता है। हमसे न किसी की हाजिरी दी जा सकती है और न चापलूसी हो सकती है, इसलिए हमें कोई नहीं पूछता।

—तो फिर, महाराज, घर बैठे तो कोई तुम्हें देने आयेगा नहीं। आजकल बिना उद्योग के कुछ नही मिलता।

—ठीक है! परन्तु दान-पुण्य के लिए हमसे उद्योग नहीं होगा।

वैसे मेहनत-मजूरी तो करते ही हैं—कोई घर बैठे तो दे नहीं देता। जो हमें भिक्षावृत्ति ही करनी होती तो आपकी नौकरी न करते।

—तो महाराज, अब वह समय भी नहीं रहा कि लोग आपको बैठे दान-पुण्य पहुँचावें। पहले जब ब्राह्मण ब्राह्मण होते थे तब बैठे पुजते थे। अब न वैसे ब्राह्मण रहे न वैसी कदर रही।

—इसीलिए तो आपकी नौकरी करते है। वैसे ब्राह्मण हम होते तो आप हमारे द्वार पर आकर नाक रगड़ते। वैसे ब्राह्मण नहीं हैं तभी तो आपकी गुलामी कर रहे हैं।

—तो यह आपके ही कर्मों का फल है, हमारा क्या दोष?

—हम आपको दोष देते कब हैं? हम तो केवल नौकर होने के नाते आपसे प्रार्थना करते हैं कि कुछ और बढ़ा दीजिये—इतने में गुजर नहीं होता।

—गुजर नहीं होता तो कोई ओर जगह ढूँढ़ लें, हम तो इससे अधिक नहीं दे सकते। हमारे भी तो खर्च बढ़े हुए हैं।

—आपके खर्च बढ़े हुए हैं तो आपको आमदनी भी तो हो ही रही है। खर्च जितना बढ़ा है उससे अधिक आमदनी बढ़ी है। हमारे तो खाली पाँच रुपये बढ़े हैं।

—रुपया नहीं लगाते हैं—हराम में थोड़े ही बढ़ी है?

—हाँ, रुपया तो लगता ही है, पर इतनी आमदनी जैसे बढ़ी है वह आप भी जानते हैं और हमें भी पता है।

—पता है तो हुआ करे। हम इससे अधिक नहीं दे सकते। आपका गुजर नहीं चलता तो कहीं और देख लीजिये। लाला ने कुछ कर्कश स्वर में कहा।

'अच्छी, बात है, देख लेंगे।'

लालाजी मुनीमजी से बोले—मुनीमजी, इनका हिसाब दे दो।

सरयूप्रसाद को यह आशा न थी कि उन्हें उसी समय जवाब मिल जायेगा। उनकी इच्छा थी कि जब तक कोई दूसरी जगह न ले ले तब तक वहीं बने रहें। परन्तु जब लाला ने हिसाब दिलवा दिया तब कुछ कह भी न सके—चुपचाप हिसाब लेकर चल दिये।

सरयूप्रसाद की नौकरी छूटे दो मास हो गये। इस बीच में सरयूप्रसाद ने नौकरी के लिए बहुत दौड़-धूप की, परन्तु सफलता नहीं मिली। एक परिचित ने गवर्नमेण्ट फैक्टरी में नौकरी लगवा दी परन्तु एक सप्ताह काम करके सरयूप्रसाद ने वह नौकरी छोड़ दी। लोगों ने नौकरी छोड़ने का कारण पूछा तो कहा—वहाँ बड़ा भ्रष्टाचार है, जाति-पाँति का कोई विचार नहीं। सबके साथ मिलकर काम करना पड़ता है। सबेरे सात बजे ही हाजिरी है। घर से खाकर जा नहीं सकते—उतने सबेरे भूख भी तो नहीं लगती। दोपहर को वहीं खाना पड़ता है। न कहीं नहाने की जगह है, न खाने की। और खाओ क्या? मिठाई खाओ चने चबाओ। तो नित्य ये खायी नहीं जातीं। और लोग तो रोटी बाँध

ले जाते हैं, कोई पराँठे ले जाता है। हम ये चीजें केसे ले जायँ! ब्राह्मण आदमी ठहरे बिना चौके और बिना स्नान किये कैसे खायँ!

दो-एक आदमियों ने कहा—अरे महाराज, तुम भी कहाँ की बात करते हो! चौके-चूल्हे के दिन लद गये। आनन्द से सबेरे पराँठे बनाकर लेते जाओ, दोपहर को जब छुट्टी हो तो खा लिया करो।

क्या करें भइया, बचपन से जो संस्कार पड़े हुए हैं वे कैसे छूटें। बिना स्नान किये, बिना चौके के हमसे अन्न नहीं खाया जाता।

—बस इसी में ब्राह्मणत्व रह गया है?

—अब चाहे जो समझो।

—तुम लोगों की इसीलिए तो यह दुर्दशा है कि तुम लोग समय के अनुसार नहीं चलते। इस जमाने में चौका-चूल्हा पकड़े बैठे हो।

—कुछ भी हो, हमसे भ्रष्टाचार नहीं हो सकता। नित्य सबेरे घण्टे-आध घण्टे सन्ध्या-पूजन करते थे, वह छूट गया। हमने सबर कर लिया कि आपत्काल है—ऐसा ही सही। अब भ्रष्टाचार भी धारण कर लें—यह हमसे नहीं होगा। लाख पतित हो गये हैं, पर यह नहीं हो सकता कि जहाँ जैसा पावें, खा पी लें

—नहीं हो सकता तो भूखों मरो।

—जैसी भगवान की इच्छा! उसकी इच्छा भूखों मारने की है तो मर जायेंगे।

भवगान की इच्छा! हुँह! चलनी में दूध दुहें भाग्य को दोष दें।

इस प्रकार अधिकांश लोग सरयूप्रसाद को ही दोष देते थे। कुछ ऐसे लोग भी थे जो सरयूप्रसाद का दृष्टिकोण समझकर उनकी प्रशंसा करते थे।

एक दिन गंगा-स्नान से लौटते हुए सरयूप्रसाद की भेंट उसी पुराने स्वामी से हो गयी। लाला ने पूछा—कहो महाराज, कहीं नौकरी लगी?

—अभी तो नहीं लगी।

—तुम पर दुर्बुद्धि सवार हो गयी। ऐसी महँगी में नौकरी छोड़कर बैठे रहो।

—क्या करें, जब गुजर नहीं होता तो नौकरी करने से क्या फायदा!

—गुजर करने वाले हर तरीके से गुजर कर लेते हैं।

सरयूप्रसाद का मुखमण्डल तमतमा उठा। वह बोले—

लाला, तुम तो रुपया बटोरने के लिए दुनिया भर की बेईमानी करो, माल छिपा कर धरो, एक-एक के आठ-आठ करने के लिए अपने भाइयों के गले काटो, हमारे जैसे गरीबों का खून चूसो और हमको यह उपदेश दो कि हर तरीके से गुजर किया जा सकता है। यही उपदेश अपने लिए क्यों नहीं बरतते? वाजिब मुनाफा लेकर भी तुम्हारा गुजर बड़े आनन्द से हो सकता है। परन्तु फिर भी तुम लोगों को हलाल करने पर तुले हो—ज़रा भी तरस नहीं खाते। और हम पेट भर भोजन माँगते हैं। तो वह भी देने को तैयार नहीं हो। कहते हो, हर तरीके से गुजर किया जा सकता है। तुम्हारे

जैसों को तो नरक में भी ठौर न मिलेगा। हा-हा-हा! गंगा-स्नान करने जा रहे हो! इस स्नान से क्या होगा? अपना मन शुद्ध करो, अपने आचरण सुधारो, दया-धर्म का पालन करो। इस गंगा-स्नान से कुछ न होगा। देवी, देवता भगवान को बेवकूफ बनाने से काम न चलेगा। वे तुम्हारे जैसों को खूब समझते हैं।

लाला हतबुद्धि होकर सरयूप्रसाद का मुँह ताकते रहे। सरयूप्रसाद चल दिये। कुछ दूर चलने पर जब क्रोध शान्त हुआ तो पश्चाताप करने लगे कि हमने व्यर्थ ही लाला को ऐसी कड़ी बातें कह दी। वह चाहे जैसे हों, हमने इनका नमक खाया है, हमें ऐसा न कहना चाहिये था। अच्छा, कल क्षमा माँग लेंगे।

सरयूप्रसाद की दशा प्रतिदिन खराब होती गयी। जो कुछ पास-पल्ले था वह सब बैठे-बैठे खा गये। इसके पश्चात् ऋण लेना आरम्भ किया और कुछ दिन इस प्रकार काम चलाया। अन्त को एक दिन ऐसा आ पहुँचा कि घर में कुछ न रह गया। उनकी पत्नी बोली—आज आटा-दाल कुछ नहीं है।

सरयूप्रसाद म्लानमुख होकर बोले—भगवान की इच्छा! हम तो दो-एक दिन बिना खाये भी रह सकते हैं, परन्तु बबुआ कैसे रहेगा! अम्मा भी बूढ़ी है, उनसे भी भूख न सही जायेगी।

—तो मैं क्या करूँ, बताओ! अब कहीं उधार भी नहीं मिल सकता।

सरयूप्रसाद बड़ी चिन्ता में पड़ गये। एक बार चित्त में आया कि लाला के पास चलकर कुछ याचना करें, परन्तु फिर विचार बदल गया। सोचा कि भूखों मर जाना स्वीकार है परन्तु लाला से याचना नहीं करेंगे।

पत्नी से पूछा—तुम्हारे पास कुछ है?

मेरे पास क्या धरा है? जो कुछ था, वह सब पहले ही दे चुकी हूँ।

—तो अब एक पैसा भी घर में नहीं है?

पत्नी कुछ क्षण सोचकर बोली—एक रुपया धरा है, पर वह पूजा का रुपया है। दीवाली को लक्ष्मी-पूजन पर उसे निकालती हूँ।

—तो लाओ, आज उसी से काम चलावें।

—वह तो मैं जीते-जी नहीं दे सकती। पूजा का रुपया खर्च नहीं करूँगी।

सरयूप्रसाद ने कहा—हाँ, उसे खर्च तो न करना चाहिये। परन्तु फिर आज का भोजन कैसे चलेगा, प्रश्न यह है।

—यह तो तुम जानो। मैं स्त्री-जाति क्या बता सकती हूँ!

—हम तो इस समय स्त्रियों से भी गये-बीते हो रहे है। कोई कला काम नहीं दे रही है।

दोपहर को भोजन नहीं बन सका। माता तो परिस्थिति समझकर चुपचाप रह

गयीं, परन्तु बबुआ ने 'भूख लगी है' कहकर रोना आरम्भ किया। माँ उसे बहलाने का प्रयत्न करने लगी; परन्तु रोटी का काम बातों से नहीं चल सकता। वह आँखों में आँसू भरकर पति से बोली—यह तो रो-रोकर प्राण दे देगा।

ईश्वर की इच्छा! हमने तो सब प्रयत्न करके देख लिये। अब केवल उसी का सहारा है।

कोई उपाय तो करना ही चाहिये, बबुआ का कष्ट नहीं देखा जाएगा।

उपाय यही है कि वह पूजा का रुपया निकालो। आज उसी से काम निकाला जाय; कल का राम मालिक है।

परन्तु कल क्या होगा, यह तो सोच लो। पूजा का रुपया भी चला जाय और कल फिर वही दशा हो तो उससे क्या फायदा!

इस समय को देखो, कल की चिन्ता मत करो।

क्या बताऊँ, वह रुपया खर्च करते मेरे प्राण से निकलते हैं। यदि मैं अकेली होती तो चाहे भूखों ही क्यों न मर जाती, पर वह रुपया न खर्च करती।

परन्तु इस समय तो दो प्राणियों के जीवन-मरण का प्रश्न है।

पत्नी कुछ क्षण सोचकर बोली—अच्छा, तो ले जाओ। भगवान् की ऐसी ही इच्छा है।

ब्राह्मणी ने रुपया निकाल कर दिया। रुपया देते हुए वह फूट-फूट कर रोने लगी। रुपये को माथे से लगाकर वह बोली—जाओ, लक्ष्मी महारानी! इस कंगाल के घर में तुम्हारा गुजारा नहीं हो सकता।

सरयूप्रसाद अश्रु पूरित नेत्रों से रुपया लेकर बाहर निकले। कुछ ही दूर चले थे कि उन्हें लाला का आदमी मिला। वह बोला—हम तो तुम्हारे ही पास जा रहे थे।

सरयूप्रसाद ने पूछा—कहो!

लाला ने तुम्हें बुलाया है।

—अभी?

—हाँ, कहा है कि साथ लेकर आना।

—अच्छा, चलो।

सरयूप्रसाद लाला के पास पहुँचे। लाला ने पूछा कहीं नौकरी लगी?

''कहीं नहीं।''—सरयूप्रसाद ने सिर झुकाकर उत्तर दिया। उनके नेत्रों में आँसू उमड़ रहे थे।

—''तो फिर यहीं आ जाओ। तुम्हारी पुरानी जगह है।''

सरयूप्रसाद कण्ठ गद्‌गद होने के कारण कुछ न बोले।

लाला ने कहा—तुम्हें पैंतीस रुपये मिलेंगे। तुम तीस माँगते थे। हमने पैंतीस कर दिये—अब तो प्रसन्न हो?

अब सरयूप्रसाद के आँसू नहीं रुके, अँगोछे से आँसू पोंछने लगे।

लाला बोले—हमसे जो गलती हुई हो उसे क्षमा करना। खर्च वर्च है कि नहीं?

सरयूप्रसाद बोले—नहीं! आज अभी तक चूल्हा भी नहीं जला।

—राम! राम! बड़े सीधे ब्राह्मण हो। ऐसा सीधापन भी अच्छा नहीं होता। हमसे आकर खर्च ले जाते। नौकर नहीं हो तो क्या हुआ, तुम्हें क्या हम खर्च न देते। मुनीमजी इन्हें पन्द्रह रुपये दे दो।

सरयूप्रसाद रुपये लेकर बोले—कल से आयेंगे।

हाँ, कल से आना।

सरयूप्रसाद घर लौटे तो भोजन-सामग्री लेते गये। पत्नी को पूजा का रुपया वापस देकर बोले—लो, रुपया बच गया।

पत्नी रुपये को माथे से लगाकर हर्षपूर्वक बोली—मेरी लक्ष्मी महारानी लौट आयीं। अब हमारे बुरे दिन निकल गये।

सरयूप्रसाद हँसकर बोले—नौकरी मिल गयी और दस रुपये तरक्की हो गयी। यह सब इन्हीं की कृपा है। अच्छा, अब जल्दी रसोई बनाओ, सब भूखे बैठे हैं।

संशोधन

मनुष्य जब जीवन के किसी एक क्षेत्र में कुछ दिनों रहकर स्थिर हो जाता है, तब उसके लिये उस क्षेत्र को छोड़कर किसी दूसरे क्षेत्र में काम करना यदि असम्भव नहीं तो कठिन अवश्य हो जाता है। एक कपड़े का व्यापारी, जो उसमें रम गया है और जिसने अपने जीवन का कुछ अंश उसमें व्यतीत किया है वह यदि उसे छोड़ कर कोई दूसरा काम करना चाहे, तो उसे कठिनता पड़ेगी। जो व्यक्ति आरम्भ से दासत्व में पड़ गया है और उसमें स्थित हो गया है, उसे कोई स्वतन्त्र कार्य करना बड़ा कठिन काम दिखाई पड़ता है। उस काम में उसे चाहे कष्ट ही क्यों न होता हो, पर वह कभी कोई दूसरा काम करने का साहस तक नहीं करता, चाहे उस दूसरे कार्य में उसकी उन्नति की आशा भी हो।

ठीक यही दशा पण्डित राजनारायण की थी। उन्होंने बी.ए. एल.एल.बी. पास करके वकालत आरम्भ की थी और उनको वकालत का भविष्य अच्छा दिखाई पड़ता था कि उसी समय असहयोग की लहर देश में उठीं। पण्डित राजनारायण ने भी देशभक्ति के क्षणिक आवेश में आकर वकालत छोड़ दी और खद्दर धारण करके पूरे देशभक्त बन गये। उनके इस कार्य से उनके माता-पिता अप्रसन्न हुए; परन्तु सर्वसाधारण में उनके हर कार्य से उनकी प्रतिष्ठा तथा आदर बढ़ा, इसलिए उन्होंने अपने इस कार्य को अत्यन्त उचित और हितकर समझा। परन्तु घर में इतना सुभीता नहीं था कि वे अपनी हैसियत तथा योग्यता के अनुसार कोई ऐसा काम कर लेते कि देशभक्ति के साथ ही साथ उद्घोषण का कार्य भी भलीभाँति और निश्चिन्तता पूर्वक चलता रहता। इधर असहयोग करने के पश्चात् उन्हें साल भर के लिये जेल-यात्रा भी करनी पड़ी। जेल से छूटने पर उनकी साख तथा प्रतिष्ठा में और भी वृद्धि हुई। इसका परिणाम यह हुआ कि वे पूरे देशभक्त बन गये। अब उनके लिए देशभक्ति का मार्ग त्यागकर कोई दूसरा मार्ग ग्रहण करना अत्यन्त कठिन हो गया।

दिसम्बर का महीना था। पण्डित राजनारायण अपने छोटे से कमरे में बैठे हुए 'लीडर' पढ़ रहे थे। उसी समय उनके एक खद्दरधारी मित्र आये। उन्हें देखते ही राजनारायण बोल उठे, आइए त्रिपाठीजी; कहिये सब आनन्द?

त्रिपाठीजी, आपकी कृपा है कहकर पण्डितजी के सम्मुख बैठ गये।

त्रिपाठीजी बैठकर बोले—क्या आज का 'लीडर' है?

पण्डितजी—जी हाँ।

त्रिपाठीजी—क्या समाचार है?

पण्डितजी—कोई विशेष बात नहीं, काँग्रेस की तैयारियाँ बड़े जोरों से हो रही हैं।

त्रिपाठीजी—हाँ, इस बार की काँग्रेस देखने योग्य होगी। आप तो अवश्य जायँगे?

पण्डितजी—हाँ, विचार तो है, देखिये जो पूरा हो जाय।

त्रिपाठीजी—आप तो नगर काँग्रेस कमेंटी की ओर से प्रतिनिधि चुने गये हैं।

पण्डितजी—जी हाँ।

त्रिपाठीजी—तब तो आप अवश्य ही जायँगे, वैसे चाहे न जाते।

पण्डितजी—नहीं, कोई आवश्यक तो नहीं है।

त्रिपाठीजी—हाँ, आवश्यक तो नहीं है, पर जाना चाहिए।

पण्डितजी—हाँ, जाना तो प्रत्येक दशा में अच्छा ही है।

त्रिपाठीजी—क्या कहूँ, इच्छा तो मेरी भी थी पर मैं तो शायद न जा सकूँ।

पण्डितजी—क्यों?

त्रिपाठीजी—दो-एक काम ऐसे आवश्यक हैं कि शायद अवकाश न मिले। आप जानते हैं रोजगार में एक न एक झंझट लगा ही रहता है।

पण्डितजी—झंझट तो लगे ही रहते हैं, पर यार, चार-छह रोज के लिए तो कोई बात नहीं।

त्रिपाठीजी—हाँ बात तो कुछ नहीं। देखिये, चेष्टा करूँगा। यदि चल सका तो अवश्य चलूँगा। आपके साथ ही चलूँगा।

पण्डितजी—बड़ी सुन्दर बात है।

त्रिपाठीजी—वैसे तो यहाँ से कई आदमी जायेंगे।

पण्डितजी—हाँ अभी तो आठ-दस आदमियों के जाने की बात है। समय पर जितने चले जायँ।

त्रिपाठीजी थोड़ी देर बैठकर चले गये। पण्डितजी जब अकेले रह गये तो उन्हें यह चिन्ता उत्पन्न हुई कि इस बार काँग्रेस कैसे जायँगे। काँग्रेस जाने में कम से कम सौ डेढ़ सौ रुपये चाहिये—यहाँ दस-बीस रुपये से अधिक का सुभीता नहीं। काँग्रेस कमेटी ने पण्डितजी का नाम विशेष रूप से काँग्रेस के प्रतिनिधित्व के लिये चुना था। ऐसी दशा में न जाने से देशभक्ति में बट्टा लगा जाता है। काँग्रेस कमेटी की बला से; उनकी आर्थिक दशा चाहे जैसी हो; उसने तो उनके गले में प्रतिनिधित्व का पट्टा डालकर छोड़ दिया कि जाओ बच्चा, माँगते-खाते चले जाओ, देशभक्ति का यही मज़ा है। परन्तु देशभक्ति के इस मज़े से पण्डितजी की प्रकृति मेल नहीं खाती थी। पण्डितजी उन आदमियों में से थे जो शान के साथ देशभक्ति करना अधिक अच्छा समझते थे,

और कम से कम अपने लिये तो अनिवार्य समझते थे। वह तो मज़ा इसमें समझते थे कि कम से कम सेकेण्ड क्लास में यात्रा की जाय, कांग्रेस में भी शान के साथ रहें, देखने वाले भी समझें कि किसी नगर से प्रतिनिधि आये हैं। पर ये सब तो उस समय हो सकता है जब पल्ले नक़द नारायण हों। जिस समय काँग्रेस कमेटी ने पण्डितजी का नाम प्रतिनिधित्व के लिए चुना था उस समय पण्डितजी शर्म के मारे यह कह न सके कि भई हमारा नाम मत चुनो, हम न जा सकेंगे, हमारी आर्थिक दशा अच्छी नहीं है। भला ऐसी हीन बात पण्डितजी कैसे कह सकते थे। भलमंसी में बट्टा लग जाता, लोगों की दृष्टि से गिर जाते। अभी तो लोग यह समझते हैं कि पण्डितजी को असहयोग किये इतने दिन हो गये, वे अपना सारा समय देशभक्ति ही में लगाते हैं, अन्य कोई काम नहीं करते—ईश्वर का दिया हुआ सब कुछ है, उन्हें कमी क्या है। पिता ने यथेष्ट धन संग्रह किया है, वह सब देश के ऊपर न्योछावर किये दे रहे हैं। उन्हें परवा किस बात की है। परन्तु पण्डितजी को जैसी परवाह थी, वह उनका हृदय ही जानता था।

पण्डितजी इसी चिन्ता में ग्रस्त रहे। सोचा पिता से माँगें, परन्तु फिर विचार आया कि पिता गृहस्थी का भार उठाये हुए हैं, यही क्या कम है, कहाँ से देंगे। बड़ी देर तक सोचते रहे—अन्त में यही स्थिर किया कि एक बार पिताजी से ही कहें, जहाँ इतना कर रहे हैं वहाँ यह भी कर ही देंगे।

दूसरे दिन उपयुक्त अवसर देखकर पण्डित राजनारायण ने अपने पिताजी से कहा—पिताजी आपको मालूम है, इस बार काँग्रेस बड़ी धूमधाम से हो रही है।

पिताजी ने लापरवाही से उत्तर दिया—हाँ, पढ़ा तो था।

पण्डितजी—इस बार की काँग्रेस देखने योग्य होगी।

पिताजी ने इसका कुछ उत्तर न दिया। पिताजी की उदासीनता देखकर राजनारायण का हृदय डूबने लगा। परन्तु फिर साहस करके बोले—यहाँ से बहुत से लोग जा रहे हैं।

इस बार पिता ने कुछ उत्सुकता प्रकट की, बोले—कौन कौन जा रहा है?

राजनारायण ने कुछ नाम बताये, तत्पश्चात् बोले—काँग्रेस कमेटी ने मेरा नाम भी चुना है और खास तौर से चुना है।

पिता—तुम्हारी तो आजकल नगर के नेताओं में गिनती है, तुम्हारा नाम क्यों न चुना जायेगा!

राजनारायण प्रसन्नमुख होकर बोले—हाँ लोग बड़ा जोर डाल रहे हैं, कहते हैं तुम्हें अवश्य चलना चाहिये। आपकी क्या राय है?

राजनारायण के पिता संसार देखे हुए और एक ही खुर्राट थे। समझ गये कि पुत्रराम का उनसे राय लेना इल्लत से खाली नहीं है, क्योंकि उनको यह अच्छी तरह मालूम था कि उनके पुत्र अधिकांश कामों में उनकी राय ली ही नहीं और जब कभी

उन्होंने स्वयं किसी मामले में राय दी, उसे उन्होंने माना नहीं। अतएव आज जो इतने प्रेमपूर्वक राय पूछी जा रही है उसमें रहस्य अवश्य है। यह सोच-समझ कर उन्होंने कहा भई, मेरी राय क्या, जो तुम्हारा जी चाहे सो करो। मेरी राय तो कभी तुमने मानी नहीं। मेरी राय मानते तो मुझे बुढ़ापे में ये कष्ट क्यों सहने पड़ते।

राजनारायण की आशा-लता पर तुषारपात हुआ। कुछ देर तक चुप खड़े सोचते रहे। अन्त में उन्होंने खिन्न होकर यह निर्णय किया कि डरने दबने का कोई काम नहीं, स्पष्ट बात करनी चाहिए, देना होगा दे देंगे नहीं तो देखा जायेगा। यह सोचकर उन्होंने कहा—इच्छा की तो कोई बात नहीं, जाना आवश्यक है, न जाने से बदनामी होगी। मेरे पास इस समय रुपये हैं नहीं, इसलिए यदि आप रुपये दे सकें तो चला जाऊँ।

पिता ने पुत्र की ओर स्थिर दृष्टि से देखते हुए कहा—राजनारायण तुझे मुझसे रुपये माँगते शर्म भी नहीं मालूम होती। न जाने मैं किस प्रकार गृहस्थी का खर्च चला रहा हूँ। तुमसे बहुत कुछ आशा थी, उसी आशा पर हज़ारों रुपये खर्च करके तुम्हें पढ़ाया-लिखाया, तुम्हारी ब्याह-शादी की, पर वे सब लुप्त हो गईं। अब मेरी आशा के फलने-फूलने का समय आया तब तुम्हें देशभक्ति सवार हुई। इस पर भी सबर किया कि चलो लड़के की इच्छा है, यह भी सही, मैं जब तक जीवित हूँ जैसे बनेगा चलाऊँगा। मेरे पश्चात् जब खुद पर पड़ेगी तब अपने आप सोचे-समझेगा। यहाँ तक तो कोई बात नहीं। परन्तु अब कमाना-धमाना तो भाड़ में गया, उल्टे मुझी को नोचने की ताक में हो। सो भई, मुझसे तो यह हो नहीं सकता कि इधर तुम्हारे बालबच्चों का भी खर्च उठाऊँ और उधर तुम्हारी देशभक्ति के लिए भी तुम्हें दूँ।

राजनारायण कुछ क्रुद्ध होकर बोले—तो देशभक्ति कुछ बुरा काम तो है नहीं।

पिता—यह कौन कहता है, पर देशभक्ति भी तभी भलीभाँति हो सकती है जब उदर-पोषण की चिन्ता न हो। साथ ही देशभक्ति के यह अर्थ भी नहीं हैं कि घर-द्वार की चिन्ता छोड़कर रात दिन उसी में फँसे रहो! देशभक्ति इस प्रकार भी हो सकती है कि अपना और अपने बालबच्चों का पालन-पोषण करने के साथ ही साथ जो देशसेवा तुमसे बने वह करते रहो। यदि तुम्हें ऐसी ही देशसेवा करनी थी तो तुम्हें अपना विवाह नहीं करना था। अकेले रहते, जो मिल जाता खा लेते, जो मिल जाता पहन लेते और रात-दिन देशसेवा करते। देशसेवा दो ही तरह के आदमी भलीभाँति कर सकते हैं—एक तो त्यागी और दूसरे श्रीमान्! त्यागियों और महात्माओं की स्वयं अपनी आवश्यकताएँ बहुत अल्प होती हैं, देश की सेवा के लिए उन्हें जिस चीज़ की आवश्यकता होती है, वह उनके धनी-मानी भक्त उनके लिए प्रस्तुत करते हैं। या फिर श्रीमान लोग कर सकते हैं जिनके पास इतना धन है, जिनकी स्थायी आय इतनी है कि वे स्वयं कुछ भी करें, कहीं भी रहें परन्तु उन्हें अपने परिवार के भरणपोषण की कुछ चिन्ता नहीं। हमारे-तुम्हारे समान मध्य श्रेणी के गृहस्थों को इस प्रकार की देशसेवा शोभा नहीं देती,

और न देशसेवा से देश का कुछ भला ही हो सकता है। जो व्यक्ति अपने छोटे से परिवार की नौका नहीं खे सकता वह इतने बड़े देश की नौका को क्या पार लगावेगा। कुछ नहीं, यह सब ढोंग है। तुम्हारे काँग्रेस में न जाने से काँग्रेस की कौन सी भारी हानि हो जायेगी? उसका कौन सा काम रुक जायेगा।

पुत्र—यह तो आप बड़ी लचर बात कह रहे हैं, यदि प्रत्येक आदमी ऐसा ही सोच ले तो क्या दशा हो—एक भी आदमी काँग्रेस में न दिखाई पड़े।

पिता—(हँसकर) यह बड़ी ही लचर दलील है जो प्रायः लोग किया करते हैं। 'यदि प्रत्येक आदमी ऐसा सोच ले,' यह वाक्य कहा तो बहुत जाता है; परन्तु क्या वास्तव में प्रत्येक आदमी कभी भी ऐसा सोच सकता है—इसका उत्तर कोई नहीं देता। रोना तो सारा यही है कि प्रत्येक आदमी न एक बात सोचता है, न करता है। यदि प्रत्येक आदमी एक ही बात सोच ले और एक ही बात करे तो भारत को चौबीस घण्टों के अन्दर स्वराज्य मिल सकता है। क्या जितने आदमी काँग्रेस में जाते हैं, सब यही सोच कर जाते हैं कि उनके बिना काँग्रेस अधूरी रहेगी? मेरा तो ख़याल है कि बहुत से आदमी काँग्रेस में केवल उसी खयाल से जाते हैं जिस ख़याल से लोग कोई मेला-तमाशा, नुमायश इत्यादि देखने जाते हैं। काँग्रेस देश के हित की बात सोचे या अनहित की उनकी बला से, उनकी तो सैर हो गई, चार पाँच दिन आनन्दपूर्वक व्यतीत हो गये।

पिता की इस बात से पं. राजनारायण मर्माहत हुए, क्योंकि वे भी स्वयं यही भाव लेकर जा रहे थे कि वहाँ चार-पाँच दिन आनन्द रहेगा, नया शहर देखने को मिलेगा। इसके अतिरिक्त देश के अच्छे-अच्छे नेताओं से भेंट होगी, उनसे परिचय होगा। लोग हमें भी जानेंगे कि यह अमुक नगर के नेताओं में से हैं! इस प्रकार हमारा यश फैलेगा, इत्यादि इत्यादि। परन्तु उन्होंने अपने हृदय का यह भाव पिता पर प्रकट न होने देने की इच्छा से कहा—प्रत्येक आदमी इस विचार से नहीं जाता।

पिता—तो प्रत्येक आदमी कोरी देशसेवा के विचार से भी नहीं जाता।

पुत्र—खैर, इस झगड़े से कोई मतलब नहीं। मुझे केवल यह जानता था कि आप रुपये दे सकते हैं कि नहीं?

पिता—मैं तो कह चुका, कि मैं स्वयं ही एक-एक पैसे को तंग हूँ; तुम्हें कहाँ से दूँ। एक बार हो तो दे भी दूँ। दो-तीन बार दे चुका। तुम्हारा तो नित का यही झगड़ा है कि आज अमुक जगह कांफ्रेन्स है, आज अमुक जगह काँग्रेस है, आज अमुक जगह व्याख्यान देना है, आज अमुक नेता से मिलने जाना है। तो भाई मैं इतना कहाँ से लाऊँ जो तुम्हें देता रहूँ। तुम कमाकर घर में कुछ न दो, परन्तु अपने इन कामों के ख़र्च के लिए तो कुछ उपार्जन कर लिया करो! मैं इसी को बहुत समझूँगा।

राजनारायण—अच्छी बात है न दीजिए, देखा जाएगा। कहकर वह क्रोध में भरे हुए पिता के पास से चले आये।

पण्डित राजनारायण बड़ी कठिनता में पड़ गये। काँग्रेस में जाना आवश्यक और पास रुपये नहीं! क्या किया जाय। बहुत कुछ विचार किया, अनेक युक्तियाँ सोचीं। पहले निश्चय किया कि किसी से उधार ले लें परन्तु फिर खयाल आया कि उधार मित्र ही दे सकते हैं। उनसे मागूँगा तो वे अपने जी में क्या कहेंगे। आज तक किसी से उधार माँगा नहीं।

ऐसी ही बातें सोचते-सोचते जब वह थक गये और कुछ निश्चित न कर सके तो उन्हें अपने ही ऊपर क्रोध आया सोचा—हम भी बैठे-बिठाये एक मुसीबत मोल ले बैठें। वकालत करते, चार पैसे कमाते, मोज करते। घर वाले भी सन्तुष्ट रहते, अपनी भी चैन से कटती। अब एक-एक पैसे के लिए पराया मुँह ताकना पड़ता है। असहयोग करने से क्या लाभ हुआ। यदि स्वराज्य भी मिलने की आशा होती तो ठीक था, पर स्वराज्य अभी कोसों दूर दिखाई पड़ता है। हम बेकार में गेहूँ के साथ घुन की तरह पिस गये। पिताजी ठीक कहते हैं, यह हम लोगों के बस का काम नहीं है। बाल बच्चेदार आदमी को, सब काम-काज छोड़कर, इस प्रकार देशसेवा के पीछे हाथ धोकर पड़ने की आवश्यकता नहीं। पर अब ऐसे बुरे फँसे हैं कि इसे छोड़ नहीं सकते। इतनी दूर चले आये हैं कि पीछे लौट नहीं सकते। जो कुछ आदर-प्रतिष्ठा है वह सब मिट्टी में मिल जायेगी, उल्टे लोग घृणा करने लगेंगे। यह कोई न देखेगा कि पण्डितजी ने किस मुसीबत और मजबूरी में पड़कर ऐसा किया है। सब यही कहेंगे—कायर है, भाग खड़े हुए। जो ऐसा ही करना था तो काहे को असहयोग किया था—कुछ शान मारी जाती थी।

पण्डित राजनारायण इसी प्रकार की बातें सोच-सोचकर कुढ़ते रहे। शाम को काँग्रेस कमेटी की बैठक थी। पण्डितजी उसमें गये। इन्हें देखते ही लोगों ने कहा—आइये पण्डितजी!

एक साहब ने पूछा—कहिये किस दिन चलियेगा?

पण्डितजी कुछ अन्यमनस्क थे। बोले—कहाँ?

वह व्यक्ति बोला—काँग्रेस में, चलियेगा न?

एक दूसरे व्यक्ति बोल उठे—वाह, यह तुमने एक कही, पण्डितजी हमारे नगर के खास आदमी हैं, यह न जायँगे तो जायगा कौन? अबकी तो पण्डितजी आप भी वहाँ किसी प्रस्ताव पर बोलियेगा। सब्जेक्ट कमेटी में भी आपका होना आवश्यक है।

ये सम्मानसूचक वाक्य पण्डितजी के कानों को बड़े मधुर लगे। आत्म-सम्मान तथा आत्म-गौरव का नशा-सा चढ़ आया। पर यह नशा कुछ ही क्षण रहा। जहाँ काँग्रेस जाने और अपनी असमर्थता की याद आई वहीं सारा नशा उतर गया। एक लम्बी साँस छोड़कर सोचने लगे—इस काम में जितना मान तथा आदर है उतना किसी में नहीं। यदि आर्थिक चिन्ताएँ न होती तो, इससे बढ़कर सुख किसी में नहीं था। पर...।

वे ही सज्जन फिर बोले—पण्डितजी, दिन निश्चय कर लीजिये, हम सब आप के साथ ही साथ चलेंगे।

पण्डितजी मन ही मन में जलकर खाक हो गये। सोचने लगे—सब अपनी ही कहते हैं, यह कोई भकुआ नहीं कहता कि आपका काँग्रेस का ख़र्च हमारे सिर रहा! पण्डितजी, पण्डितजी कहते जीभ घिसी जाती है और अभी जो किसी से कह दूँ कि अच्छा मैं आपके साथ चलूँगा, मेरा सब खर्च आप पर रहा, तो अभी सत्तरह कोने का मुँह बनावें और मुँह फेर लें। फिर यह ध्यान न रहे कि पण्डितजी का जाना आवश्यक है। हर एक सार्वजनिक काम में हमारी पूछ होती है, पर यह कोई जानने की परवाह नहीं करता कि पण्डितजी की हालत क्या है। इनका खर्च कहाँ से चलता है।

पण्डितजी का चित्त इतना खिन्न हुआ कि काँग्रेस कमेटी में उनका जी न लगा। सिर के दर्द का बहाना करके उठ आये।

पण्डित राजनारायण ने अन्त में यह स्थिर किया कि इस बार तो जैसे बने काँग्रेस में चलना ही चाहिए, भविष्य में देखा जायेगा। यह सोचकर उन्हांने बहुत चेष्टा करके, लड़भिड़कर अनुनयविनय करके कुछ रुपये अपनी माता से लिए और कुछ अपनी पत्नी से। इस प्रकार उन्होंने काँग्रेस जाने की तैयारी कर ही ली। पर इस प्रकार रुपये प्राप्त करने में उन्हें जितना मानसिक क्लेश हुआ—उसे वह ही जानते थे।

पण्डितजी काँग्रेस पहुँच गये। वहाँ चार-पाँच दिन खूब आनन्द से कटे। वहाँ अच्छे आदमियों से परिचय हुआ, उत्साह बढ़ा।

परन्तु काँग्रेस से लौटकर घर आये तब उन्हें यह चिन्ता सवार हुई कि इस प्रकार बे नकेल के ऊँट बने फिरने से काम न चलेगा। खाली देशसेवा में समय व्यतीत करने से भोजनों के लाले पड़ जायेंगे। इसलिये कोई ऐसा उद्योग करना चाहिए जिससे चार पैसे की आमदनी होती रही।

अन्त में बड़ी कठिनता से और अत्यन्त चेष्टा करने के पश्चात् पण्डित राजनारायण को 30) रुपयें मासिक के दो ट्यूशन मिले। उनके दुर्भाग्य से, जिस शहर में वह रहते थे, वह एक छोटा शहर था, कोई व्यापारिक नगर नहीं था; इसलिए वहाँ सरकारी नौकरी तथा वकालत को छोड़कर और कोई आमदनी का अच्छा द्वार न था। इसलिये उन्हें और भी कठिनता पड़ी। इस प्रकार लस्टम-पस्टम एक वर्ष व्यतीत हुआ। पण्डित राजनारायण को पुनः वकालत आरम्भ करना बड़ा कठिन कार्य दिखाई दे रहा था। अन्त को पिता भी झींक कर चुप हो रहे। इधर पण्डित राजनारायण अपनी सेवा का छकड़ा किसी न किसी प्रकार चला रहे थे। दिखाने के लिए सब कुछ करते थे। खद्दर भी धारण करते थे। क़सम खाने के लिए प्रतिदिन चार छः माशे सूत भी कात लेते थे, परन्तु हृदय में वे उस घड़ी को कोसते थे जिस घड़ी में उन्हें असहयोग करने की धुन सवार हुई थी।

उसी वर्ष उनके नगर के प्रान्तीय काँग्रेस हुई। उसमें वे एक खास पद पर नियुक्त हुए। रुपया-पैसा तथा हिसाब-किताब भी उनके हाथ में था। अतएव वह इस सुअवसर

से लाभ उठाने का लोभ संवरण न कर सके। अभाव और दरिद्रता में पड़कर बिरले ही मनुष्य दृढ़ रह सकते हैं खेद है कि पण्डित राजनारायण उन विरले मनुष्यों में से नहीं थे। उन्होंने जहाँ तक बना वहाँ तक जनता की रकम पर हाथ साफ़ किया। जब जब उनके अन्तःकरण ने उनके इस कार्य के विरुद्ध आवाज उठाई तब तब उन्होंने यह कहकर उसे सन्तुष्ट कर दिया कि जब हम जनता की सेवा करते हैं तब हमें उसके धन के कुछ अंश को अपने व्यय में लाने का नैतिक अधिकार है। परन्तु उस समय वे यह भूल जाते थे कि यदि वे खुले तौर पर, कह-सुनकर ऐसा करें तब तो किसी अंश में यह ठीक भी है, पर इस प्रकार गुप-चुप कार्य करना न्याय के अनुकूल कदापि नहीं।

जिस कार्य में लोगों की आत्मा उच्च होती है, उसी कार्य में उनकी आत्मा पतित भी हो सकती है, वे मनुष्य से पशु तक बन सकते हैं। देशसेवा एक ऐसा महत् कार्य है कि उसमें पड़ कर मनुष्य उच्चात्मा बन सकता है। लेकिन पण्डित राजनारायण उसमें पड़कर नीचात्मा बन गये। इसमें देशसेवा का कुछ भी अपराध नहीं, यह पण्डित राजनारायण की प्रकृति और स्थिति का अपराध था।

इस घटना के पश्चात् प्रतिदिन उनकी आत्मा का पतन होता गया। पहले वे स्वप्न में भी कभी किसी संस्था के कोष पर दृष्टि न डालते थे; परन्तु कांफ्रेंन्स होने से उन्हें इस बात का चस्का पड़ गया। वे सदैव इसी ताक में रहने लगे कि कोई सार्वजनिक काम हो, कोई चन्दा उठे अथवा कांग्रेस कमेटी में उन्हें ऐसा पद मिल जाय कि जिससे कोश और हिसाब-किताब उनके हाथों में रहे—इत्यादि इत्यादि। पहले वे आर्थिक सहायता की आकाँक्षा नहीं करते थे; परन्तु अब वे प्रायः श्रीमानों से यह इच्छा लेकर मिला करते थे, कि वे कुछ उनकी आर्थिक सहायता करें। पहले वह किसी से उधार नहीं लेते थे; परन्तु अब उधार माँग लेना तो कोई बात ही नहीं थी; साथ ही लेकर देना उन्हें बड़ा बुरा मालूम होता था। जो बेचारे उनसे अपने रुपयों का तकाजा करना उचित नहीं समझते थे, उनके रुपये वसूल भी नहीं होते थे। इतना सब कुछ था; परन्तु पण्डितजी के मान तथा प्रतिष्ठा में कोई अन्तर नही पड़ा था। संसार में सच्चाई कम तथा ढोंग अधिक है। जो लोग अपनी घर की चारदीवारी के भीतर बैठकर पण्डितजी के इन कार्यों की आलोचना घृणा के साथ किया करते थे; वे ही मंच पर खड़े होकर सर्वसाधारण के सामने पण्डितजी की प्रशंसा के पुल बाँध देते थे। लोगों के इस कार्य से पण्डितजी का साहस और भी बढ़ता जाता था।

रात के आठ बज चुके थे। पण्डितजी काँग्रेस कमेटी की बैठक से लौटे हुए घर आ रहे थे। उसी समय एक मनुष्य ने उनके पास आकर कहा—"पण्डितजी मुझे आपसे एक बात कहनी थी।"

पण्डितजी उस आदमी की शक्ल देखकर सूख गये, सिटपिटा कर बोले—कहो, क्या कहना चाहते हो।

उस व्यक्ति ने कहा—चार महीने हुए आपने चालीस रुपये लिये थे।

पण्डितजी—हाँ-हाँ, मुझे उन रुपयों का स्वयं खयाल है, पर क्या करूँ आजकल

ज़रा हाथ तंग है, मैं शीघ्र ही प्रबन्ध करके तुम्हारे रुपये दे दूँगा। तुम घबराओ मत, तुम्हारे रुपये मिल जायेंगे।

वह व्यक्ति—वैसे तो बात नहीं, आप जब चाहते दे देते, पर इस समय मुझे आवश्यकता थी।

पण्डितजी—क्या करूँ मजबूरी है—यदि चार-छः रोज़ पहले सूचना दे देते तो सम्भव है अब तक प्रबन्ध हो जाता।

वह व्यक्ति—मुझे आपसे तकाजा करने में संकोच होता था, आज भी बड़ी आवश्यकता पड़ने पर अत्यन्त साहस करके मैंने कहा है, दूसरे, मेरा वह खयाल था कि आपको स्वयं उनका ध्यान होगा।''

यद्यपि पण्डितजी ने इस व्यक्ति के रुपये अदा करने की चिन्ता करने का कभी कष्ट नहीं उठाया था; परन्तु वह बोल उठे—मुझे तो स्वयं ध्यान था ही और तुम न भी कहते तो मैं जितना शीघ्र सम्भव होता तुम्हारे रुपये दे देता। तुम जानते हो भाई, देशसेवा में आमदनी टके की नहीं और हमारे ऊपर गृहस्थी का पूरा खर्च है। न जाने ईश्वर किस प्रकार काम चला रहा है। ऐसी दशा में हाथ तंग होना स्वाभाविक है।

वह व्यक्ति—पण्डितजी, आप धन्य हैं, जो इस प्रकार कष्ट सहकर देशसेवा कर रहे हैं। बड़ा कठिन काम है। क्षमा कीजिएगा, मैंने बड़ी मजबूरी में पड़कर आपको स्मरण दिलाया था। आशा हैं आप कुछ बुरा न मानेंगे।

पण्डितजी—नहीं भाई, बुरा मानने की कोई बात नहीं। तुमने स्मरण दिलाया तो अच्छा किया। भाई, देश-सेवा में तो कष्ट होता ही है, क्या किया जाय; पर चाहे जो हो हम पीछे हटने वाले नहीं हैं। हम तो देशसेवा का व्रत धारण कर चुके है। परन्तु पण्डितजी जैसा व्रत धरण किये हुये थे उसे सभी भलीभाँति समझाते हैं। नेता बनकर नाम कमाने और प्रतिष्ठा बढ़ाने की महत्वाकाँक्षा ने उन्हें इतना जकड़ रक्खा था कि खुद उसके लिए देश-सेवा को क्या अत्यन्त घृणित से घृणित काम करने के लिए भी सदैव प्रस्तुत रहते थे। यदि उन्हें यह विश्वास होता कि पुनः वकालत आरम्भ कर देने से उनके मान तथा प्रतिष्ठा में किसी प्रकार का अन्तर नहीं पड़ेगा तो वह देशसेवा के नाम पर सुबह-शाम सात झाड़ू, मारने को सहर्ष प्रस्तुत हो जाते।

रात के बारह बज चुके थे। पण्डित राजनारायण के पिता ज्वर-रोग से ग्रस्त होकर मृत्युशय्या पर पड़े हुये थे। मरने के एक दिन पूर्व उन्होने राजनारायण को अपने पास बुलाकर कहा—''बेटा, अभी तक मेरे सामने तुम जो कुछ करते रहे, वह ठीक ही था; परन्तु अब मेरे पश्चात् परिवार के भरण-पोषण का भार तुम्हीं पर आ पड़ेगा। ऐसी दशा में तुमने मेरे पश्चात् क्या करने का विचार किया है? क्या तुम इसी प्रकार देशसेवा में लगे रहोगे?''

पण्डित राजनारायण ने कहा—तो क्या आपकी इच्छा है कि मैं देशसेवा का कार्य छोड़ दूँ?

पिता—देशसेवा का कार्य छोड़ना तो किसी भी दशा में अच्छा नही कहा जा सकता। परन्तु जिस प्रकार की देशसेवा तुम कर रहे हो उससे न कुछ देश का ही हित हो सकता है, न स्वयं तुम्हारा ही।

पण्डितजी—मैं किस प्रकार की देशसेवा कर रहा हूँ, यह आपको क्या मालूम?

पिता—मुझे सब मालूम है। मुझसे कोई बात छिपी नहीं है। तुम समझते होंगे कि तुम्हारी करतूतें किसी को ज्ञात नहीं है, पर बात ऐसी नहीं है। अनेक लोग तुम्हारी देश-सेवा का असली स्वरूप जानते हैं—उन्हीं में से एक मैं भी हूँ।

पण्डित राजनारायण का हृदय धड़कने लगा। उन्हें पिता की बातों से भय मालूम हुआ। परन्तु उन्होंने ऊपर से दृढ़ बने रहने का प्रयास करके कहा—प्रथम तो मेरी देश-सेवा का कोई दूसरा स्वरूप ही नहीं—दूसरे यदि लोगों को मालूम होता तो वे मुझसे तो अवश्य ही कहते।

पिता—यदि तुम्हारे दोष कोई तुम से नहीं कहता, तो इसके यह अर्थ मत लगाओ कि उन्हें कोई जानता नहीं। यह भूल प्रायः लोग किया करते हैं। लोग समझ बैठते हैं कि उनके दोषों की चर्चा उनके कानों तक नहीं पहुँचती इस कारण उन्हें कोई नहीं जानता। इसके अनेक कारण होते हैं। कुछ लोग तो उपेक्षा करते हैं—वे सोचते हैं अपने से क्या मतलब, जो करते हैं करने दो। कुछ लोग स्वयं अनेक दोषों से भरे होते हैं इस कारण उनका साहस नहीं होता कि वे किसी दूसरे के दोष स्वयं उसी के सामने प्रकट करें। उन्हें भय रहता है कि कहीं कोई उनके दोषों की भी आलोचना न करने लगे। यह ठीक है कि ऐसे मनुष्य भी अधिक होते हैं जो वास्तव में किसी व्यक्ति के आचरणों से अवगत नहीं होते—वे समझते हैं कि वह व्यक्ति सदाचार का पुतला है। सच पूछो तो ऐसे ही लोगों के कारण उस व्यक्ति के कुत्सित कर्मों पर पर्दा पड़ा रहता है। ये लाग अपने अन्धविश्वास के कारण उसको इतना ऊपर उठाते रहते हैं कि जानने वालों का उसके विरुद्ध कुछ कहने का साहस नहीं पड़ता। यदि इधर-उधर कुछ कहा भी जाता है तो लोग उस पर विश्वास नहीं करते।

पण्डितजी—तो आखिर इस व्याख्यान से आपका तात्पर्य क्या है?

पिता—मेरा तात्पर्य यह है कि तुम यह ढोंगपूर्ण जीवन छोड़ दो। अपना बनता-बिगड़ता देखो। अपना जीवन सँभालो। मेरा कहना यही है कि तुम वकालत करना आरम्भ कर दो।

पण्डितजी—वकालत और देशसेवा में तो वैर है।

पिता—वह तुम्हारी भूल है। जिनके हृदय में देशसेवा के भाव होते हैं वे प्रत्येक दशा में देशसेवा कर सकते हैं। यह बात दूसरी है कि वे किसी विशेष सिद्धान्त अथवा आदर्श का पालन कर सकें—पर देशसेवा वे भलीभाँति कर सकत है।

पण्डितजी—वकालत करके मैं किस प्रकार देशसेवा कर सकूँगा, यह मेरी समझ में नहीं आता।

पिता—तुम सुशिक्षित होकर भी ऐसी लचर बात कहते हो, यह दुःख की बात है। तुम उस दशा में धन द्वारा देशसेवा कर सकते हो, साहित्य द्वारा देशसेवा कर सकते हो। हाँ, यदि तुम्हें इसी प्रकार देशसेवा करनी भली मालूम होती हो तो शौक से करो, पर यह ढोंग और नीचता छोड़ दो। यह देशसेवा नहीं देशद्रोहिता है। इस प्रकार की देशसेवा से तुम्हारा कितना पतन हुआ है इसे मैं जानता हूँ और तुम भी भलीभाँति जानते हो।

पण्डितजी राजनारायण ने पिता की ओर देखा। पिता और उनकी आँखें चार हुई। पिता की आँखों में कुछ ऐसी बात थी कि पण्डित राजनारायण की गर्दन लज्जा से झुक गई।

पिता ने फिर कहना आरम्भ किया—देशसेवा के पवित्र कार्य को क्यों कलुषित करते हो, राजनारायण! इससे अधिक पाप और क्या होगा? देशसेवा करते हुए भी तुम उतने ही पाखण्डी, उतने ही ढोंगी, उतने ही लोभी, उतने ही स्वार्थी, उतने ही नीच हो जितना कि कोई भी आदमी हो सकता है। मुझे विश्वास है कि वकालत अथवा और कोई कार्य करने से तुम्हारा इतना पतन कभी न होता। तुम इस प्रकार की देशसेवा के पात्र कदापि नहीं हो। इस प्रकार सर्वस्व त्याग कर देशसेवा करना बड़ी उच्चात्माओं का काम है। सर्व साधारण इसे नहीं कर सकते—जो करने का दावा करते हैं वे भी तुम्हारी ही तरह ढोंगी पाखण्डी और नीच हैं।

पण्डित राजनारायण ने सिर उठाया। उनके नेत्रों से अश्रुधारा बह रही थी। उन्होंने पिता के हाथ पर अपना सिर रख दिया और बोले—पिता, वास्तव में मैं बड़ा नीच हूँ। नाम कमाने और आदर पाने की महत्वाकाँक्षा ने मुझे इस दशा पर पहुँचाया। मैंने इसके चक्कर में पड़कर बड़ी नीचताएँ कीं। ऐसी नीचताएँ मैं और किसी भी कार्य में कदाचित् ही करता।

पिता—बेटा! मुझे यह देखकर प्रसन्नता हो रही है, कि तुम्हें अपने कार्य पर पश्चात्ताप है।

पण्डित राजनारायण—मुझे हृदय से पश्चात्ताप है। अब आप जैसा कहें वैसा करूँ!

पिता—मेरा कहना यही है कि तुम इस मार्ग को छोड़ दो।

पण्डितजी—पर मैं इस नगर में मुँह छिपाने योग्य न रहूँगा।

पिता—कुछ चिन्ता नहीं, तुम इसे अपने पापों का प्रायश्चित समझकर इसे सहन करो। यदि तुम्हें यह स्वीकार न हो, तो इस नगर को छोड़ दो, कहीं ऐसी जगह जाकर रहो, जहाँ तुम्हारे सम्बन्ध में लोगों को अधिक जानकारी न हो।

पण्डितजी—मैं ऐसा ही करूँगा।

पिता—क्या सच्चे हृदय से कहते हो?

पण्डितजी—मैं प्रतिज्ञा करता हूँ कि मैं अब जो कुछ करूँगा शुद्ध और सच्चे हृदय से करूँगा।

तीन वर्ष पश्चात्।

पण्डित राजनारायण ने अपना जन्म-स्थान छोड़ दिया। अब वह एक ऐसे नगर में हैं, जहाँ लोग उनके पिछले जीवन के सम्बन्ध में कुछ नहीं जानते। आजकल उनकी वकालत अच्छी चलती है। वे प्रतिमास अपनी आमदनी का दशांश गुप्तदान के रूप में प्रान्तीय काँग्रेस कमेटी के पास भेज देते हैं। अपनी इस तुच्छ देशसेवा से उन्हें जितना सन्तोष तथा सुख होता है, उतना उन्हें उस समय कभी नहीं होता था जब कि वे देश के लिये अपना सर्वस्व दे देने की डींगे मारते फिरते थे।

पाकिस्तान

नवाब साहब की महफिल लगी हुई थी। मुसाहिब लोग अपने-अपने स्थान पर अदब से बैठे थे। एक मुसाहिब आँखें बन्द किये, सिर घुटनों पर किये हुए झुका हुआ बैठा था। एक मुसाहिब कह रहा था—हुजूर कल बाग में जो लुत्फ आया वह याद रहेगा। खुदा की क़सम ऐसा मालूम पड़ता था गोया सावन इसी बाग में मुक़ैयद (बन्दी) होकर रह गया है।

''बाईजी ने भी वह समाँ बाँधा कि सावन की तस्वीर खींच दी। वह कजरी और बारहमासे गाये कि कलेजे में हूक उठने लगी।''—दूसरे ने कहा।

नवाब साहब बोले—''भई मौसम भी तो मुआफ़िक था। फुहार पड़ रही थी, रह-रह कर बिजली कौंध रही थी, ठहर-ठहर कर बादल गरज रहा था, रात का सन्नाटा, मोर बोल रहा था।''

एक पचास-वर्षीय मियाँ ठण्डी साँस लेकर बोले—''वल्लाह, कल हमें भी अपनी जवानी याद आ गयी। खुदाबन्द, इन बातों का लुत्फ तो शबाब (यौवन काल) में ही है।''

''जरा इनको देखिये, सिर डाले पड़े हैं। तोबा! अमाँ शबगीर!''

यह कहकर मुसाहिब ने शबगीर का कन्धा झकझोरा।

शबगीर मियाँ ने चौंककर सिर ऊपर उठाया और आँखें टिम-टिमाते हुए बोले—''सुभान अल्लाह! अभी आप रात का ही ख्वाब देख रहे हैं!''

मियाँ शबगीर अपने चारों ओर देख कर बोले—ए तोबा! कहाँ का ख्याल आ गया। मगर सच बात तो यह है खुदाबन्द, कि कल रात को इन्तहा का लुत्फ़ आया।

''तो आप उसी का ख्वाब देख रहे थे?''

''अजी आज पर क्या मौकूफ है। इसका ख्वाब तो उम्र भर देखूँगा।''

नवाब साहब बोले—''तो रात में ख्वाब देखियेगा—यह दिन है।''

''ऐं हुजूर! रात भर का जगा हूँ इसलिए आँखें कमबख्त काबू में नहीं हैं।''

''अफीम ज़्यादा जमा गये।''

''ज़्यादा मिलती किस बदनसीब को है। अफीम खाने के दिन तो लद गये, अब

तो फकत दिलबहलाव रहा गया है। खुदा जाने यह भी लड़ाई पर जाने लगी क्या? सुना है चीनी लोग अफीम खाकर लड़ते हैं यह बात सच मालूम होती है। यही वजह है कि जापान की इतनी कोशिश के बावजूद आज तक मगलूब (परास्त) नहीं हुए अफीमी आदमी बड़ा जिद्दी होता है। जिस बात पर डट गया, डट गया।''

''तुम भी लड़ाई पर चले जानो,'' नवाब साहब ने मुस्करा कर कहा।

''मैं तो चला जाता बन्दा-परवर, मगर बेगम के मारे जाने पाऊँ तब तो। एक दिन मजाक में कह दिया कि लड़ाई में भर्ती हो रहा हूँ।'' बस इतना सुनना था कि मेरी अफीम की डिबिया उठा ली। इत्तिफाक़ यह देखिये कि उसमें पूरी तोला भर थी, उसी वक्त खरीद कर लाया था। यह देख कर मेरे हाथों के तोते उड़ गये, किस्सा मुख्त सर (संक्षेप में) यह है कि जब मुझे क़सम खिलवा ली कि उम्र भर लड़ाई पर जाने का नाम भी न लूँगा तब डिबिया वापस की।

''तो डिबिया क्यों उठा ली थी? क्या खुद जाने का इरादा था?'' एक मुसाहिब ने पूछा।

''अजी खुद तो भला क्या जातीं, जुर्माना किया था, पूरी तोला भर जब्त करके।''

''वाह! बस तोला भर अफीम जब्त होने पर ही आपने भर्ती न होने की कसम खा ली।''

''और सुनिये! आपके लिये तोला भर अफीम की कुछ हस्ती ही नहीं है। कोई दो-चार रत्ती दवा के लिए माँगता है तो जान निकल जाती है। अल्लाह जानता है, तोला दो तोला खून माँगे तो मैं अपना खून दे सकता हूँ, मगर अफीम नहीं दी जाती।''

''आपके बदन में खून है कहाँ जो आप किसी को देंगे।''

''यह लीजिये! हमारे जिस्म में खून ही नही है। पूछिये, खून नहीं है तो हम जिन्दा कैसे हैं?''

''बेहयाई से!''

इस पर पुनः कहकहा लगा। मियाँ शबगीर कुछ बिगड़ कर बोले—''देखिये हुजूर, यह इनका मजाक है। यह मजाक नहीं शोहदपन है। अभी कुछ दिन सीखो तब मजाक करना! समझे बरखुर्दार (चिरंजीव)।''

इसी समय एक दूसरे मियाँ आ गये। उन्हें देखते ही मुसाहिब बोले—''आइये मोहसिन साहब!''

मोहसिन मियाँ नवाब साहब को फर्राशी (बहुत झुककर) सलाम करके बैठ गये।

''कोई नई खबर?'' नवाब साहब ने पूछा।

''नई खबर यह है खुदाबन्द कि गाँधी जी ने जिन्ना साहब का पाकिस्तान मंजूर कर लिया।''

''ऐं! तुम्हें वल्लाह!'' एक मुसाहिब बोला।

''अखबार! ऐं तोबा करो मियाँ। जमाने भर की झूठी-सच्ची खबरें छापते हैं ये अखबार वाले, जिन्हें पढ़कर खाम्खाह तबीयत परेशान होती है।'' मुसाहिब ने कहा।

"वाकई! बात तो सच कहते हैं मियाँ रज्जब! हमने तो आज तक कोई खुश करने वाली खबर न पढ़ी।"

"हमें यों ही तुम लोगों से खबर मालूम हो जाती हैं। अखबार में अक्सर बड़ी परेशान करने वाली खबरें आ जाती हैं। अच्छा तो मि. गाँधी ने पाकिस्तान मंजूर कर लिया?"

"जी हुजूर! दोनों की जल्दी ही मुलाकात होने वाली है।"

"लाहौल वला कूवत! क्या मनहूस खबर लाये। तोबा!" शबगीर मियाँ बोले।

"इसमें मनहूसियत क्या है जरा बताइये तो!"

"पहली मनहूसियत तो यही है कि गोया अभी तक हम लोग नापाकिस्तान में रह रहे हैं। लखनऊ के बराबर तो पाक शहर दुनियाँ के पर्दे पर नहीं हैं, जिनके गली-कूचों में नूर बरसता है।"

"क्या बात कही है मियाँ शबगीर, सुभान अल्लाह! वाकई लखनऊ ऐसा ही है।"

नवाब साहब बोले—"भई हमें तो लखनऊ से पाक शहर और कोई नहीं दिखाई पड़ता।"

"और यह पाकिस्तान बनेगा कहाँ?" एक मियाँ ने पूछा।

"पंजाब और बंगाल में।"

"तो हम लोगों को वहीं जाकर रहना पड़ेगा?"

"ज़रूर!"

"अँय क्या कहा? वहीं जाकर रहना पड़ेगा? इलाही तोबा! हजार तोबा! इससे तो सामने खड़ा करके गोली मार दें तो बेहतर! बंगाल और पंजाब! 'सगे जर्द बिरादरे शिगाल' (पीला कुत्ता शृगाल का भाई) दोनों जैसे के तैसे। 'तुरई चे कदू लानत व हरदू' (तुरई और कद्दू दोनों पर लानत)"—शबगीर मियाँ बोले।

"आप इन सूबों से क्यों घबराते हैं?" रज्जब ने पूछा।

"घबराता हूँ! अमाँ मैं पनाह माँगता हूँ, घबराना कैसा?"

"कभी गये हो वहाँ?" नवाब साहब ने पूछा।

"एक मरतबा देहली जाने का इत्तिफाक हुआ था हुजूर! बस मैं तो आसूदा होकर चला आया। एक शख्स का पता पूछा। अब लुत्फ देखिये—कोई कहता था 'उरे जा', कोई कहता था 'परे जा'। सुनते-सुनते आजिज़ आ गया। बोलने का सलीका ही नहीं। 'क्या कर रिहा है।' यह तो वहाँ की बोली है। यह देहली का हाल है। आगे के शहरों का क्या हाल होगा यह खुदा जाने। मगर पंजाबियों की बोली सुनकर कान परेशान हो जाते हैं।" शबगीर मियाँ बोले।

यह सुनकर खूब हँसी हुई। फिर पूछा गया, "बंगाल की बाबत आपका क्या ख़याल है?"

"वह तो रोज ही सुनते हैं। किसी दिन बंगाली टोले में चले जाइये, या दो बंगालियों के पास बैठ जाइये, तो लुत्फ आ जाय। 'आमी तुमी आछे और काछे' सुन कर तोबा बोल जाओगे।"

"है सिड़ी तो क्या हुआ, मगर कहता पते की है।" रज्जब हँसता हुआ बोला।

"जी! और ऐसी जगह जाकर बसने को कहा जायेगा। गोली मार दूँगा कहने वाले को।"

"पाकिस्तान में न जाओगे?"

"हम नापाकिस्तान में ही भले हैं। पाकिस्तान जिन्ना साहब को ही मुबारक हो।"

"मगर जाना तो पड़ेगा ही। यहाँ तो हिन्दुओं का राज्य हो जायेगा।"

"तो जनाब, हिन्दू कुछ हमें खा तो जायेंगे ही नहीं। बहुत से हिन्दू हमारे दोस्त और हमदर्द हैं।"

"अभी तो अंग्रेज़ी राज्य है न, इससे दोस्त है। जब उनका राज्य खत्म हो जायेगा, तब हाकिम हो जायेंगे। उस वक्त दोस्ती खत्म हो जायेगी।"

"क्या बात करते हो। हमारे दोस्त हिन्दू अफीमी हमारा लिहाज जरूर करेंगे।"

"क्यों करेंगे?"

"क्या नामाकूल आदमी हो, इतना भी नहीं समझते। अमाँ हम अफीमियों में भाई-चारा होता है। हरेक अफीमी दूसरे अफीमी को भाई समझता है चाहे वह हिन्दू हो या मुसलमान!"

नवाब साहब बोले—"भई लखनऊ छोड़ना तो गोया मौत के मुँह में जाना है। हमसे तो हरगिज न छूटेगा।"

"सच फरमाया हुज़ूर ने। यह तो मज़ाक़ की बातें थीं, वरना हक बात तो यह है कि चाहे एक नहीं, हज़ार पाकिस्तान बने हम तो यहाँ से टस से मस नहीं होंगे।"

"क्यों मियाँ रज्जब, अगर कोई पाकिस्तान में जाकर रहना न चाहे तो क्या जबरदस्ती भेजा जायेगा?"

"ऐसा तो शायद न होगा।"

"और अगर हुआ तो लखनऊ के मुसलमान तो गदर कर देंगे। लखनऊ का भंगी भी लखनऊ छोड़ना पसन्द न करेगा।"

"इसमें क्या शक है। रूए जमीन बर बिहिश्त यह लखनऊ।"

"वाहवा! इसका सानी दूसरा तो कोई शहर ही नहीं।"

"खैर म्याँ, जब कुछ होगा तब देखा जायेगा। अभी तो बातें ही बातें हैं।"

अब कोई दिलखुश करने वाली बात करो, तबियत रंजीदा हो गई।"

"अच्छी खबर लाये।" नवाब साहब बोले—"इसीलिए तो मुझे अखबारों से परहेज है। जब पढ़ो तब कोई न कोई दिल को रंज पहुँचाने वाली बात जरूर निकल आवेगी।"

"और इन मियाँ रज्जब को मर्ज है अखबार का। अखबार रोज पढ़ेंगे और आकर कोई न कोई मनहूस खबर जरूर सुनायेंगे।"

"लाहौल वलाकूवत!"

"और सुनिये, एक तो ताजा खबर सुनाऊँ, ऊपर से यह इलजाम! क्या खूब!"

"अच्छा अब कोई दूसरी बात करो। हटाओ इस फिक्र को।"

बदला

सन्ध्या के 6 बज चुके थे। बाबू सोमेश्वरप्रसाद दफ्तर से लौटकर अपने घर में प्रविष्ट हुए।

बाबू सोमेश्वरप्रसाद एक बैंक में क्लर्क हैं। वेतन महँगाई का भत्ता मिलाकर, पचहत्तर रुपये मासिक मिलता है। परिवार में उनकी वृद्धा माता, पत्नी तथा एक पाँच वर्ष की कन्या है। दस रुपये मासिक पर एक बड़े मकान का कुछ भाग किराये पर लिये हुए हैं। मकान में अन्य किरायेदार भी रहते हैं।

हाथ-मुँह धोकर सोमेश्वरप्रसाद कुछ कलेवा करने बैठे। उनके सामने उनकी पत्नी बैठकर पंखा झलने लगीं। सोमेश्वर ने पत्नी पर दृष्टि डाली। वह एक धोती, जो कई स्थान से फटी हुई थी, पहने थी।

सोमेश्वर मुँह का कौर निगलकर बोले—

''यह धोती तो बिल्कुल फट गई है।''

''क्या कहूँ! धोती कहाँ से लाऊँ! तुमसे कई बेर कहा, पर तुम कुछ समात नहीं करते।''

''तो क्या अब एक भी धोती नहीं है!

''एकाध पड़ी है तो वह कहीं जाने-आने के लिए रख छोड़ी हैं। फटी धोती पहनकर तो बाहर निकला नहीं जाता।''

''क्या बताऊ! धोतियाँ कहीं मिलती ही नहीं।''

''सुना था कि एक दुकान में औरतों को धोतियाँ दी जाती हैं। एक औरत को एक धोती मिलती हैं। मैं भी वहाँ गई। हैं भगवान्! वहाँ की दशा देखकर मैं उलटे पैरों लौट आई। एक धोती लेने में सोलहों कर्म हो जाते हैं। छीना-झपटी, पुलिस सिपाही की डाँट फटकार! और मैं तुमसे क्या बताऊँ। भगवान् बचावे! ऐसी धोती से तो घर में लंगोटी लगाये बैठे रहना कहीं अच्छा है।''

''औरतों में पुलिस की क्या ज़रूरत?'' सोमेश्वर ने पानी का घूँट पीकर कहा।

''भगवान् जाने! लेकिन औरतें भी ऐसी-ऐसी जाती हैं जो मर्दों के कान काट

लें। न भीड़ में उनका जी घबराता है, न उन्हें गुण्डों का भय और न पुलिस के बेंत का। उसमें दो-चार भलेमानस होती हों तो हों—नहीं तो सब वही सत्तर ख़समी!''

''यह अधिकारियों के प्रबन्ध की त्रुटि है।'' सोमेश्वर ने तश्तरी में हाथ धोते हुए कहा।

''माताजी के पास भी धोती नहीं है। वह भी आज झीख रही थीं।''

इसी समय सोमेश्वर प्रसाद की कन्या चम्पा आई। वह एक जाँघिया तथा फटा शलूका पहने थी। वह आकर बोली—''चाचा! हमें कपड़ा ला दो! हमारे पास न धोती है, न शलूका।'' कन्या की दीन वाणी से सोमेश्वर को क्लेश पहुँचा। वह बोले—''बेटी, कोशिश कर रहा हूँ।''

चम्पा की माता—''ऐसा समय तो कभी देखा न सुना कि पैसे खर्चने पर भी चीज़ नहीं मिलती।''

''कुछ तो कपड़े की कमी है ही। फ़ौजवालों के मारे पब्लिक को कपड़ा बहुत कम मिलता है सुना है, सरकार बाहर भी कपड़ा भेजती है। लेकिन ज़्यादा कष्ट तो इन हरामज़ादों ब्लैक मार्किट करने वालों के मारे हैं। कपड़ा दावे बैठे हैं—जो तिगुने-चौगुने दाम देता है, उसे देते हैं। बाक़ी को कह देते हैं कि है नहीं, सब बिक गया।''

''भगवान् समझेगा इन पापियों से! ऐसी पाप का कमाई फलती नहीं।''

''फले चाहे न फलें। इस समय तो चाँदी काट रहे हैं।''

''सब यहीं धरा रह जायेगा।''

''यह कौन सोचता है! ऐसा सोचने-समझने लगे तो फिर यह काम ही क्यों करें। देखो, कोशिश में लगा हूँ—अभी फिर जाता हूँ।''

वह कहकर सोमेश्वरप्रसाद माता के पास पहुँचे। माता बोली—''अरे बेटा, क्या मैं बुढ़ापे में नंगी रहूँगी?''

दुखी स्वर में सोमेश्वर ने कहा—''क्या कहूँ अम्मा! कपड़ा मिलता ही नहीं।''

''ऐसा भी क्या है। एक-दो जोड़े भी नहीं मिलते।''

''धज्जी तक नहीं।''

''तब फिर क्या टाट लपेटना पड़ेगा!''

''जो भगवान् की इच्छा होगीं देखो जा रहा हूँ—मिल जाय तो मिल जाय, पर आशा बहुत कम है।''

''यह सब कपड़ा गया कहाँ?''

''कपड़े वाले ससुरे दाबे बैठे हैं।''

''इन बेदर्दी को ग़रीबों पर तरस नहीं आता?''

''दर्द! लोभ में इन्हें मनुष्य से पशु बना दिया है। पशु भी नहीं, बल्कि पिशाच! ये अर्थपिशाच हो गये हैं।''

''भगवान् समझेगा इनसे।''

''हाँ! मनुष्य अभी तो मौज कर रहे है। जायदादें खरीदी जा रही हैं, ज़ेवर बन रहे हैं, खूब सैर-सपाटे होते हैं।

माता एक दीर्घनिःश्वास छोड़कर मौन हो गई। सोमेश्वर बाहर चलने के लिए कपड़े पहनने लगे।

घर से निकलकर सोमेश्वर अपने एक परिचित बज़ाज की दुकान पर पहुँचे। वह इन्हीं के यहाँ से कपड़ा लेते थे और बज़ाज़ के पुराने ग्राहक थे।

बज़ाज़ ने मुस्कराकर इनका स्वागत किया और दुकान के नौकर को पैसे देकर कहा—''पान और सिगरेट लाओ।''

सोमेश्वरप्रसाद बोले—''अरे भाई, पान-सिगरेट से काम नहीं चलेगा। कुछ कपड़ा दिलवाओ! घर में किसी के पास कपड़ा नहीं है।''

''क्या करें बाबूजी! कपड़ा मिलता ही नहीं।''

''तुम लोगो को भी नहीं मिलता।''

''मिलता होता तो क्या आपको न देते? ऐसा भला हो सकता है?''

''यह तो भगवान् जाने और तुम्हारा दीन-ईमान, मैं क्या कह सकता हूँ।''

बज़ाज़ हँसकर बोला—''आपको विश्वास ही नहीं होता!''

''जब कपड़ा है ही नहीं तब ब्लैक मार्किटिंग काहे से होती है?''

''मैं तो ब्लैक करता नहीं।''

''आप न करते हों, परन्तु जो करते हैं उनके पास तो होगा।''

''ज़रूर होगा।''

''तो भई एकाध जोड़ा कहीं से दिलवा दो।''

''क्यों एक के चार देओगे?''

''तो क्या करोगे फिर? आपका क्या मतलब है?''

''ऐसी तंगी है?''

'तंगी! ज़रा मेरे घर चलकर औरतों की दशा तो देखो।''

बज़ाज़ कुछ सोचकर बोला—''अच्छा देखिए पता लगाता हूँ। हरामज़ादे जल्दी कबूलते भी तो नहीं हैं। इन ससुरों के मारे रोज़गार चौपट हो गया।''

यह कहकर उसने अपने नौकर से कहा—''देखो महाराज! ज़रा... के यहाँ जाओ। ज़नाने धोती जोड़े दो-चार लाओ। दाम पूछते आना। कहना अपने लिए चाहिए। दाम वाजिब बतावें।''

नौकर चला गया। बज़ाज़ बोला—''बड़ी हराम दाढ़ लगी है इन सालों को।''

''समय है!''

''हाँ साहब, समय की बात तो हई है। लेकिन यह कोई अच्छी बात नहीं है। ऐसा पैसा किस काम का।''

''ऐसा समझें तो फिर यह रोना ही क्यों रहे।''

इसी प्रकार की बातों में नौकर वापस आया। बग़ल में, एक मैले कपड़े में लिपटी हुई, दो जोड़ा ज़नानी धोतियाँ थी। उन्हें बज़ाज़ के सामने रखकर वह बोला—''बड़ी मुश्किल से दो जोड़े दिये हैं।''

बज़ाज़ ने धोती जोड़े खोले और उन्हें पहले स्वयं देखकर सोमेश्वर से कहा—''देखिए।''

सोमेश्वर बोले—''ठीक है! इस समय तो तन ढँकना है—पसन्द और नापसन्द का कोई सवाल ही नहीं है। इस पर कन्ट्रोल के दाम छः रुपये पाँच आने पड़े हैं।''

बज़ाज़ ने नौकर की ओर देखकर पूछा—''क्या दाम बताये हैं?''

अठारह-अठारह रुपये। आपके लिए—वैसे, कहते थे कि चौबीस-चौबीस रुपये में बेचते हैं।''

''ग़ज़ब हो गया—इतना अन्धेर! अरे भई छः के आठ ले लो—दस ले लो। यहाँ तक तो ग़नीमत है, पर अठारह रुपये! यह तो गला काटना है।''

''गले तो कट ही रहे है। अमीरों ने और भी इनके दिमाग़ चढ़ा दिये। मुँह माँगे दाम देते हैं, इससे ये लोग सबसे उतने ही दाम लेते हैं। ग़रीब-अमीर का कोई खयाल नहीं।''

''कुछ और कमी नहीं हो सकती?''

''आपके सामने ही तो आदमी ने कहा है कि चौबीस-चौबीस रुपये बिकते हैं।

''बड़े आदमी चाहे तीस-तीस के लें। हम लोग इतने दाम कहाँ दे सकते हैं।''

''इसीलिए मैंने आपसे पहले ही कहा था।''

''सतगजा या अठगजा भी मिल जायेगा?''

बज़ाज हँसकर बोला—''आप तो ऐसी बात करते हैं, जानो मेरे घर में धरा है।''

''जिनके यहाँ से यह आये हैं उनके यहाँ पुछवाइए।''

''पहले इनका तो फैसला कीजिए।''

''इनमें से एक जोड़ा ले लूँगा—तब तक इसी से काम चलायेंगे—फिर देखा जायेगा।''

बज़ाज़ ने एक जोड़ा निकालकर रख लिया और आदमी से कहा—''यह जोड़ा वापस कर आओ! एक लिया है। और कोई सत-अठगजा हो तो एक जोड़ा लेते आना। एक ही जोड़ा चाहिए न?''

सोमेश्वरप्रसाद बोले—''हाँ, एक ही!''

आदमी उधर गया। सोमेश्वर बोले—''कोई शलूके का कपड़ा दे सकते हो। लड़की के लिए चाहिए।''

बज़ाज़ सोचकर बोला—''मेरे यहाँ एक टुकड़ा बचा पड़ा है। देख लीजिए।''

कपड़ा देखकर सोमेश्वर ने कहा—''क्या गज़?''

''डेढ़ रुपये!''

''ऐं! यह कपड़ा डेढ रुपये गज़।''

''दो रुपये गज़ कन्ट्रोल का भाव है। आप पुराने गाहक हैं—और किसी को तो

मैं दिखाता भी नहीं।''

''तीन गज़ में दो शलूके होंगे। अच्छा, देखिए कितना है!''

बज़ाज़ ने नापकर बताया—'सात, गज़ है।''

''तो तीन गज़ दे दीजिए।''

नौकर एक अठगजा धोती जोड़ा लाया। कन्ट्रोल के दाम साढ़े चार! बज़ाज़ ने बारह रुपये बताये।

''बड़ी लूट मचा रक्खी है इन लोगों ने।'' सोमेश्वर ने कहा।

''कुछ पूछिए नहीं।''

''एक जोड़ा तो लेना ही पड़ेगा।''

इस प्रकार कुल साढ़े चौतीस का कपड़ा लेकर सोमेश्वर ने पन्द्रह रुपये बज़ाज़ को दिये और कहा—''बाक़ी अगले महीने दे दूँगा।''

''सो कोई बात नहीं।''

सोमेश्वर ने घर में कपड़ा लाकर दिया तो ऐसी खुशी मनाई गई, मानो कहा का राज्य मिल गया।

इसके एक सप्ताह पश्चात् एक दिन सोमेश्वरप्रसाद बैंक से लौट रहे थे। रास्ते में उन्हें एक परिचित मिल गये। कुशल-क्षेम की बात हो चुकने पर सोमेश्वर बोले—''यार, कपड़े की बेहद तकलीफ़ है। अभी उस दिन ब्लैक मार्केट से दो धोती जोड़े—उनमें एक अठगजा है—और लड़की के दो शलूकों के लिए कपड़ा लाया हूँ—साढ़े चौंतीस रुपये देने पड़े। कुछ ठिकाना है।''

''खूब याद दिलाया। डिस्ट्रिक्ट सप्लाई ऑफिस में एक इन्सपेक्टर की जगह ख़ाली है।''

''तुम्हें कैसे पता लगा!''

''मेरा सप्लाई आफ़िसर से परिचय है। बेचारे बहुत मानते हैं। उन्होंने मुझसे कहा कि अगर आपका कोई आदमी हो तो बताइए। तुम करोगे इन्सपेक्टरी?''

''काहे की इन्सपेक्टरी।''

''यही कपड़े इत्यादि की।''

''खाली होता तो ज़रूर कर लेता।''

''अमाँ छोड़ो भी बैंक की नौकरीं। इन्सपेक्टर हो जाओगे तो दस-बीस हज़ार कमा लोगे। बैंक की नौकरी में तो जन्मभर में भी इतना रुपया इकट्ठा न हो सकेगा।''

''लेकिन यह इन्सपेक्टरी लड़ाई भर के लिए है।''

''तो कौन अभी लड़ाई खत्म हुई जा रही है। रुपया कमाके बाद को रोज़गार करना ठाट से! बैंक की नौकरी में क्या धरा है।''

कुछ क्षण सोचकर सोमेश्वर ने कहा—''इच्छा तो बड़ी होती है कि एक बार इन्सपेक्टर होकर इन हरामज़ादे कपड़ेवालों को ठीक बनाऊँ। बड़ा कष्ट दिया है इन

जल्लादों ने।''

''तो फिर छोड़ो बैंक की नौकरी।''

''लेकिन पक्की बात हो तो छोड़ दूँ। ऐसा न हो कि दोनों ओर से जाऊँ।''

''क्या बात करते हो। मैं जितनी बात कहूँगा उसे पत्थर की लीक समझो।

''तो कल इस्तीफ़ा दे दूँ।''

''दे दो। लेकिन जल्दी करो ऐसा न हो कि कोई दूसरा ले लिया जाय!''

''मैं कल इस्तीफ़ा दे दूँगा। पन्द्रह दिन की तनखाह का नुक़सान होगा।''

''होने दो—सब वसूल हो जायेगा।''

''तो मैं तुम पर भरोसा करके इस्तीफ़ा दे दूँ?''

''हाँ! हाँ! बल्कि... इस समय किसी काम से जा रहे हो?''

''घर जाना है, काम तो कोई नहीं है।''

''तो चलो इसी समय तुम्हारा सामना सम्पन्न अफ़सर से करवा दूँ तुम्हें इत्मीनान हो जायेगा।

कुछ क्षण सोचकर सोमेश्वर ने कहा—''अच्छा चलो। सब ठीक है। वहाँ का मामला पक्का हो जाय तो इस्तीफ़ा दे दूँगा।''

रात को जब वापस आकर घर पहुँचे तो बड़े प्रसन्न थे।

भोजन करने बैठे तो पत्नी बोली—''यह दशा कब तक चलेगी!''

''कौन दशा?''

''वही कपड़े की तंगी।''

''बस दो चार दिन में सब ठीक हो जायेगा।''

''अच्छा!''

''हाँ!''

''दो-चार दिन में कपड़ा मिलने लगेगा?''

''कितने कपड़े पहनोगी—ढेर लगा दूँगा।''

पत्नी प्रसन्न होकर बोली—''लड़ाई ख़त्म हो गई!''

''अब आरम्भ होगी।''

पत्नी ने आश्चर्य से पूछा—''आरम्भ होगी। किससे?''

''मुझमें और कपड़ेवालों में।''

''न जाने क्या कह रहे हो, मेरी कुछ समझ में ही नहीं आता।''

सोमेश्वर ने सब वृत्तान्त पत्नी को बताया। सब सुनकर पत्नी बोली' ''यह बात है। पर खूब समझ-बूझ लेना।''

''सब समझ-बूझ लिया है। इन बदमाशों से बदला लेने में यदि मुझे नरक में जाना पड़े तो भी मुझे स्वीकार है।''

''हाय! हाय! कैसा तरसाया है इन लोगों ने। आत्मा कलपती है। भगवान् जाने, इनकी भी ऐसी ही दुर्दशा हो तब कलेजे में ठण्डक पड़े।''

"तुम्हारे कलेजे पर बर्फ़ की सिल रखवा दूँगा। देखती जाओ।"

सोमेश्वरप्रसाद ने इन्सपेक्टरी का चार्ज ले लिया। इन्सपेक्टर होकर वह अपने बज़ाज़ की दुकान पहुँचे। बज़ाज़ ने इनका स्वागत किया सोमेश्वर बोले—"दो ज़नाने धोती जोड़े और चाहिए। एकलाई हों तो और अच्छा।"

"क्या बात करते हो! उस दिन तो सब देख गये हो।"

"जो दाम माँगेंगे वह दाम देंगे।"

सोमेश्वरप्रसाद की मुखमुद्रा उस दिन की भाँति दीनतासूचक न होकर कुछ प्रभुत्व-सूचक थी। दुकानदार ने इस बात को ताड़कर कहा—"अब कहाँ! थोड़े से जोड़े थे वे निकल गये!"

"आपको कैसे मालूम?"

"परसो मैंने मँगवाये थे—इस पर उन्होंने यह कहा कि सब निकल गये।"

"अच्छा और कहीं से मँगवा दो।"

"असम्भव! न मुझे पता है और न मैं किसी दूसरे से माँगूँ। उनकी बात और थी।"

"अच्छी बात है।" कहकर सोमेश्वर चल दिये। दुकानदार अपने मुनीम से बोला—"आज तो जैसे हुक्म दे रहे थे—क्या बात है!"

"कहीं से रक़म मिल गई होगी—इससे ऐसे बोल रहे थे—सोचते होंगे कि मुँह माँगे दाम देंगे तो मिल जायेंगे।"

दुकानदार हँसकर चुप हो गया।

थोड़ी देर बाद एक कपड़े का दलाल दुकान पर आया। अपने काम की बात करने के बाद वह बोला—"आज तो एक नये इन्सपेक्टर आये हैं।"

"वह कौन?" दुकानदार ने उत्सुकतापूर्वक पूछा।

"सोमेश्वरप्रसाद नाम है।"

"सोमेश्वरप्रसाद! उनकी हुलिया क्या है?"

दलाल ने बताया। दुकानदार अपने मुनीम की ओर देखकर बोला—"अब मामला समझ में आया। तभी इतने ठाट से बोल रहे थे। मैंने भी कैसा ताड़ा?"

दलाल ने पूछा—"क्या बात है?"

दुकानदार बोला—"सोमेश्वरप्रसाद हमारे पुराने ग्राहक हैं। इस समय अभी आये थे—एकलाइयाँ माँग रहे थे। मैंने साफ़ इन्कार कर दिया।"

"यह तुमने बुरा किया।"

"क्यों?'

"अरे भई इन्सपेक्टर है। इनको प्रसन्न रखना चाहिए। न जाने किस समय वार कर बैठे। अब वह तुमसे बुरा मान गये होंगे। ज़रा होशियार रहना।"

"इन बातों में क्या धरा है। इनके जैसे तीन सौ साठ आवें तब भी हवा नहीं

पा सके।"

कुछ दिन पश्चात् जब सोमेश्वरप्रसाद को सब जान गये कि यह इन्सपेक्टर हैं तो उनकी बड़ी ख़ातिर होने लगीं। कहाँ उन्हें अपने लिए भी नहीं कपड़ा मिलता था और कहाँ अब वह अपने मित्रों को कपड़ा दिलाने लगे। जिस दुकानदार से जो कपड़ा चाहते थे ले लेते थे। वह स्वयं कपड़े की तंगी भोग चुके थे, इस कारण उन्हें दूसरों के कष्ट के प्रति सहानुभूति होती थी। जहाँ तक सम्भव हो सकता था वे दूसरों की उचित आवश्यकता पूर्ण करने का प्रयत्न करते रहते थे। उनके इस कार्य से जनता उनसे प्रसन्न थी। नाराज केवल ब्लैक करने वाले दुकानदार थे।

एक दिन उन्हें उनके पुराने बज़ाज़ का एक कर्मचारी मिला। सोमेश्वरप्रसाद ने पूछा—"तुम्हारे मालिक के क्या हाल है?"

"ब्लैक में ख़ूब कमाया है, इससे दिमाग़ चढ़े हुए हैं। मुझे तो उन्होंने कल जवाब दे दिया।"

"क्यों?"

"बोले हमारे पास अब उतना काम नहीं है। और काम तो सचमुच अब पहले जैसा नहीं रहा। कन्ट्रोल के मारे बहुत कम हो गया है।"

"तुम्हारे मालिक तो कहते थे कि हम ब्लैक करते ही नहीं हैं।"

"सब ऐसा ही कहते हैं। अपने मुँह से कोई कहता है। लेकिन हमारे साथ तो बड़ी दग़ा की गई इन्सपेक्टर साहब! हमने मालिक का साथ दिया—ब्लैक के पाप में उनके साथ रहे। हम चाहते तो किसी भी दिन धरवा देते। उसका फल हमको यह मिला कि निकाल बाहर किया। हज़ारों रुपये ब्लैक में पैदा किये। हमें अलग किया था तो हज़ार दो हज़ार हमें भी देते कि हम घर बैठकर खा तो सकते। सो कुछ नहीं।"

"जब यह बात है तो तुम क्यों बड़े स्वामिभक्त बने हुए हो।"

"स्वामिभक्ति तो सब ख़त्म हो गई।"

"तो बताओ इनका माल कहाँ छिपाया धरा है।"

"मुझे सब पता है।"

"इसी से तो तुमसे पूछ रहे हैं।"

कर्मचारी ने कान में कुछ कहा।

सोमेश्वर बोले—"अच्छा! मुझे जो धोती जोड़े दिये थे, वे कहाँ के थे!"

"उन्हीं के यहाँ के थे। ज्यादा दाम वसूल करने के लिए दूसरी दुकान से मँगाने का ढोंग रचा था। मैंने ही तो लाकर दिये थे।"

"हाँ!! हाँ!"

"हम लोग सिखाये-पढ़ाये थे। इसी से तो कहता हूँ कि पाप में हिस्सा बँटाने को हम हैं, पर कमाई में हमारा हिस्सा नहीं है।"

"अच्छी बात है, इन्हें तो अवश्य धरना पड़ेगा। मैं उनका इतना पुराना गाहक, कभी मोल-तोल नहीं किया—जो दाम माँगते रहे आँख मूँदकर दे देता था—मेरे साथ

यह बर्ताव! दो धोती जोड़े दिये, उनमें भी ब्लैक कर लिया।"

"और शलूके का कपड़ा!"

"क्या उसमें भी ब्लैक किया?"

"जी हाँ! टुकड़े में कन्ट्रोल के दाम तो पड़े नहीं थे। वह सिरा काट दिया गया था।"

"कितना अधिक लिया?"

"कन्ट्रोल रेट बारह आने गज़ का है।"

"दूने ले लिये। अच्छा बच्चा रहो।"

"दूसरे दिन उस दुकानदार की दुकान पर डिस्ट्रिक्ट अफ़सर ने पुलिस सहित धावा किया और कर्मचारी के बताये हुए मकान की तलाशी ली गई तो उसमें पन्द्रह हज़ार का नाजायज़ कपड़ा निकला जिसमें ज़नानी धोतियाँ, एकलाइयाँ, मलमल इत्यादि सब महीन माल था।

दुकानदार साहब धर लिये गये। इन्सपेक्टर से उन्होंने कहा—"आपने मित्र होकर दग़ा की।"

"बेशक! बारह रुपये का धोती जोड़ा, डेढ़ रुपये गज़ का शलूके का कपड़ा याद कीजिए। तब मित्र बनने का दावा कीजिए। आप जैसों के साथ मित्रता का निर्वाह करना पाप है।"

दुकानदार निरुत्तर हो गया।

❑❑❑